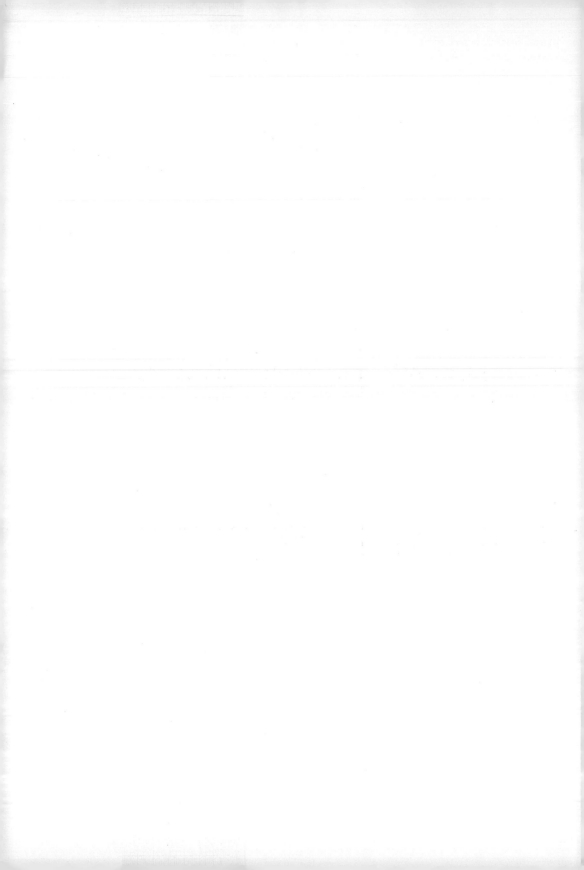

诗词曲格律新释

中国社会科学出版社

李方 著

图书在版编目(CIP)数据

诗词曲格律新释/李方著.—北京:中国社会科学出版社,
2009.9(2013.5重印)

ISBN 978-7-5004-8036-5

Ⅰ.①诗… Ⅱ.①李… Ⅲ.①诗词格律—基本知识—中国
Ⅳ.①I207.21

中国版本图书馆 CIP 数据核字(2009)第 128515 号

出 版 人	赵剑英	
责任编辑	史慕鸿	
责任校对	石春梅	
责任印制	李 建	

出　　版　中国社会科学出版社
社　　址　北京鼓楼西大街甲 158 号(邮编100720)
网　　址　http://www.csspw.cn
　　　　　中文域名:中国社科网　　010-64070619
发 行 部　010-84083685
门 市 部　010-84029450
经　　销　新华书店及其他书店

印　　刷　北京市大兴区新魏印刷厂
装　　订　廊坊市广阳区广增装订厂
版　　次　2009 年 9 月第 1 版
印　　次　2013 年 5 月第 2 次印刷

开　　本　710×1000　1/16
印　　张　19.25
插　　页　2
字　　数　273 千字
定　　价　36.00 元

写作意图和内容简介

中国古典诗歌内容丰富，世代广为传诵，为人民提供了美好的精神食粮。但是如果不懂得它有关格律等方面的知识，就不能充分欣赏古人在创作时，平仄相对、结构工整、音调铿锵、构思精巧、词语妙用等多方面的优点，从而遗漏许多宝贵的东西。

我国的格律诗继承了从《诗经》以来的艺术成果，其规律是既严格又灵巧，既精细又自然的，本不难掌握，所以才诗人辈出：从文豪到普通知识分子，从帝王到婢妾仆夫乃至年幼孩童，都有佳作流传下来。可惜关于诗（词、曲）的格律知识，向来缺乏系统而又简明的专著。20 世纪中叶以后，出现了一些专讲诗词格律的小册子，或附在某些语文教材书末的简单介绍。这些资料对于诗歌格律知识的推广，无疑起了很有益的作用。

但可惜的是，一般的讲解方法都是教人死背 16 个以上彼此相类似而又难记的公式，就好像塾师强迫学生死背"六甲"，而不是教以用十"天干"和十二"地支"依次相配、到 60 再循环的推演方法，结果是"事（数）倍而功（不）半"。此外偶有个别讲授格律诗词的书籍，互相传抄，了无新意；甚至诠释错误，企图以己之昏昏，使人昭昭；或则大搞烦琐哲学，例如据某一本书说仅七律常用句式就有二十多万句（262144 句）之多，岂不把人吓死！须知全唐诗才 49403 首，除掉非七律的诗篇之后，怎么演算也凑不上此数。又如，把必须遵守的基本规则和仅供参考的"讲究"（注意事项）混淆在一起，把仅供参考用的写作方法"起承转合"也定为规律（所谓"章律"），云云；特别严重的是，竟有人"愚而好自用"，任意否定文化遗产，把我国硕果累累的音韵学，说成"是世界上最大的一堆假学问"。其他谬论尚多，这就势必对于青年人产生严重误导，使人不能不对于诗词研究的前途深怀隐忧。

本书是作者幼读私塾、生平爱对古代汉语和诗词多所玩味之心得，以及早年讲授中国文学史时部分教学经验的总结。当时讲课的学时有限，而学生又迫切想知道我国格律诗词的主要规律，以便深入理解和学习写作。作者不得不在极短时间内讲清楚这些问题。于是冥思苦想，采取总结其基本规律的途径，并将此心得于1980年在《百科知识》第8期上发表。曾引起广泛反响，有读者希望我写成有关的专著。于是便在退休后的晚年撰写此书，以偿夙愿。

本书尽量吸收前人在研究诗词格律方面的成果，但是在对于基本写作格式的探讨上，一改传统方法，从总结近体诗的基本规律着手，以便推演操作。即在阐明若干基本常识后，总结出一条90字（甚至可进一步简化为41字）的基本规则和一个简易的公式。据此就可以准确无误地推演出律诗和绝句的各种格式来。此点作者曾找中学生当场试验，屡试不误。在讲清楚近体诗的基本规律后，本书再进一步对于可遵可不遵的种种补充规则与讲究，以及前人在诗歌写作上的某些方法和经验，作了深入浅出的扼要介绍，作为格律之外的补充知识。

在了解近体诗规律的基础上，本书进而比较简易地介绍了对于词、曲的欣赏和写作方法。由于坊间有关曲律的参考书籍甚为少见，著者只得大胆做一些披荆斩棘的尝试工作；错误之处，极希得到各方指正。

本书还在讲述各种格律之前，先就一般诗歌理论、我国诗歌发展源流等方面的知识，作了简要的介绍和论述，以供欣赏、习作古典诗歌和探索新诗发展道路的人士参考。

书末有《附录》六则。其中宋词常见词牌及作品60阕，加上"双调"或"又一体"计共选词69首，另常见词牌30只。元曲常见曲牌及作品50只，加"带过曲"及"散套"，实为70只。词、曲均标明"韵脚"。曲牌并经过对多种作品的比较和摸索，将正文及"衬词"用不同大小字号排印。故此附录中之词、曲两种样板，均可作为《词谱》、《曲谱》看待，便于习作。

序　言

一　这工夫不会白费

有位老朋友听说我以耄耋之年，竟然不顾老眼昏花，撰写有关旧体诗词曲格律的著作时，便大不谓然，认为这是向摩登小姐推销三寸金莲绣花鞋，白费工夫。他似乎言之有理。

的确，时代不同了，人们的需要和胃口已经大大改变。而今的文化格局是从内容到形式都已经多元化，各种海内外娱乐项目日新月异，层出不穷；人们休闲的兴趣广泛而且多样化。中青年人大多被流行歌舞所陶醉，满足于快餐文化，谁还会有兴趣研究古典诗词这种劳什子，出版社也对这种不赚钱的书籍不感兴趣。这正如同有些人在那里努力振兴和推广京剧一样。这些人竟忘记当年那种促使京剧盛极一时、连皇帝也能哼上几句的局面肯定是一去不返了。因为从清朝中叶到民国时代，京剧是唯一高尚典雅而且时髦的娱乐项目，庆典上最热闹的场面就是唱京剧的"堂会"。而今京剧的观众愈来愈少，其结果恐怕会是与日本的"能"差不多，只能作为历史文物，保存在特定的场所里面去。

文化生活也跟其他社会现象一样，不同的花样"各领风骚若干年"，并且是不以某些人的意志为转移的。记得当年通俗音乐和舞蹈开始流行时，西方新马克思主义者曾经尽力上纲，咒骂其为使人堕落的资产阶级的东西，尽管爵士音乐是来自黑非洲，而迪斯科和卡拉 OK 则起源于 20 世纪 70 年代的世俗酒吧；谁也考证不出它们的资产阶级或反动政治背景来。我个人对于其中某些庸俗的唱词、怪诞的唱法和夸张的表情也有些接受不了，因而对于有位相声演员把流行歌曲的演出说成是"手舞足蹈，声嘶力竭和丑态百出"时，也曾有些欣赏；但是我并没有跟着反对。首先，因为我觉得，既然有成千上万的人喜欢，其中必有道理。这道理之一就是芸芸众生特别是在紧张节奏中生活的中青年人，他们的身心需要放松，因而对那些通俗易懂、可以跟着歌唱和表演的东西乐于接受。正因为如此，所以在各个社会，"下里巴人"总是会得到广大群众的拥护而顽强地生存下去的。何况积之既久，人们也从卡拉 OK 中培养出了大批优秀的歌手，筛选出了不少脍炙人口的美妙歌曲，并且为由普及走向提高创造了条件。中国优美的古典诗歌，从《诗经》数起，也大多是从当时的下里巴人中成长起来的。

其次，除了这一般的理由之外，开放改革以来，人们一时特别陶醉于流行歌舞，还有他特殊的时代背景，那就是群众对于长期只能够看"样板戏"、看"老三战"电影的一种反抗，是人们在长期封闭、一朝开放后的猎奇心理的反映。这正如同人们一度蜂拥去光顾麦当劳、肯德基是一样的道理。到过西方的人都知道，这类快餐店只是一时救急用的，没听说有人会把那里当做请客的豪华场所。

但是，生活是多姿多彩的。这里且不去讲普及和提高的关系那种大道理，说什么应该使下里巴人走向阳春白雪；单从精神和物质营养与衣食住行应该多样化和经常换换胃口的角度说，人们在走出卡拉 OK 歌厅之后，总该会要寻求一些别的精神食粮；而我国的古典诗歌，拥有几千年沙里淘金所积累下来的无数精品，是世界文化遗产中少有的瑰宝。它一定能够给人以从通俗歌舞中所不能得到的精神享受。下文还将对此作进一步的陈述。

二 这是一项多功能的精神建设

（一）可以丰富我们的精神生活

古今中外美好的古典文学遗产多的是，我为什么偏偏挑选中国的古典诗歌，特别是其中的格律诗（诗、词、曲）进行研究呢？这是有多方面原因的。

　　首先，我国古典诗歌历史悠久，技巧纯熟，作品丰富，贴近人民生活。其脍炙人口、深入人心的程度，是其他中外文学作品所无法比拟的。每一个出生于稍有文化家庭的人，在回忆起自己幼小时所受启蒙教育时，几乎都有背诵唐诗的经历。有的人一两岁时就能够背诵许多首。例如：

　　　　鹅，鹅，鹅，曲项向天歌。白毛浮绿水，红掌拨清波。

（骆宾王）

　　　　锄禾日当午，汗滴禾下土。谁识盘中餐，粒粒皆辛苦。

（李　绅）

　　　　床前明月光，疑是地上霜。举头望明月，低头思故乡。

（李　白）

　　　　白日依山尽，黄河入海流。欲穷千里目，更上一层楼。

（王之涣）

　　其他可以举出的还有很多很多。到年龄较大时，熟悉或能够背诵的诗词就更多了。每当人们碰到喜怒哀乐时，总能够从这些古典作品中找到种种适合心灵需要的安慰。比如：

　　独自出门在外，看到别人节日家人团聚时，你会想到或者朗诵："独在异乡为异客，每逢佳节倍思亲。遥知兄弟登高处，遍插茱萸少一人。"（王维）

　　在外漂流时思念起亲人来了，你会想起："慈母手中线，游子身上衣……"（孟郊）

　　远在他乡荒村浪迹时，当你读到："枯藤、老树、昏鸦，小桥、流水、人家，古道、西风、瘦马。夕阳西下，断肠人在天涯"（马致远）时，会觉得简直就像是在替自己的处境写生或拍照。

　　经历变故之后，偶得家书，你认为的确是"烽火连三月，家书抵万金"（杜甫）。

3

在外奔波一生，告老还乡时，你会想起："少小离家老大回，乡音无改鬓毛衰。儿童相见不相识，笑问客从何处来？"（贺知章）

想念故人时，你觉得"海内存知己，天涯若比邻"（王勃）。

很高兴结识了新的好友时，你深感"同是天涯沦落人，相逢何必曾相识"（白居易）。

参军杀敌时，你会想到唐人许多豪迈的边塞诗，例如："黄沙百战穿金甲，不破楼兰终不还。"（王昌龄）

国破家亡时，你会想到"死去元知万事空，但悲不见九州同！"（陆游）；想到"莫等闲，白了少年头，空悲切！"而要"驾长车，踏破贺兰山阙。壮志饥餐胡虏肉，笑谈渴饮匈奴血"（岳飞）。

如果是陷身敌后，你也许会爱读："春花秋月何时了？往事知多少？……故国不堪回首月明中。……问君能有几多愁？恰似一江春水向东流！"（李煜）

而当为某种微妙的感情所困扰时，你又会从"春蚕到死丝方尽，蜡炬成灰泪始干"，"身无彩凤双飞翼，心有灵犀一点通"（李商隐）等诗篇里找到共鸣。想到"金风玉露一相逢，便胜却人间无数……两情若是久长时，又岂在朝朝暮暮"（秦观）。

还有许多像这类几乎家喻户晓而又经常在我们日常生活中使用的唐诗乃至宋词元曲名句，例如："射人先射马，擒贼先擒王。""野火烧不尽，春风吹又生。""千呼万唤始出来，犹抱琵琶半遮面。""抽刀断水水更流，举杯消愁愁更愁。""天生我才必有用，千金散尽还复来。""出师未捷身先死，常使英雄泪满襟。"这类诗句简直不胜枚举，你可以很容易地编成一本小册子。这些看似古代的词语，已经融入当代生活，成为现代汉语中极为活跃的因素。试问中国有哪一种其他古典作品，世界上还有哪一个国家的古代诗歌，具有这样深厚而且长远的影响？

可见，发掘和欣赏我国古典诗歌，是丰富我们精神生活乃至加强语言表达能力的重要途径之一。

（二）可以加深对古典诗歌的理解和便于有志者学会习作

本书在前人的研究基础上，使用一种极为简明易懂的全新方法，使略有基础的人能够在一两小时之内，准确无误地掌握格律诗的基本规律，即平仄格式和写作规则。对此我曾找语文较好的初二以上学生当场试验，屡试不误。而在掌握近体诗的基本规律后，对于词与曲写作规则的学习和掌握问题，便可以迎刃而解。当然，光是懂得甚至熟练地掌握诗词曲格律，而缺乏相应的生活体验和语言文学乃至诗学美学的基本功夫，也断难写出好诗来的。所以与此同时，本书还深入浅出地介绍一些有关诗歌的基本理论和普通常识，这会加深人们对古典诗歌的理解，帮助有志者学习古典诗歌的写作。

1．加深对古典诗歌的理解

尽管中国人对于自己的古典诗歌深深热爱，世代口耳相传；但是一般群众对它们的了解还是很不深刻全面的。这是因为中国的古典诗歌太精巧，不了解它们的写作规律和相关的知识，就很难深入了解其中的奥妙，发掘出字面以外的丰富内涵。

道理很简单。先从与文学有关的音乐、戏剧说起。音乐大约是人人都喜欢的。不仅普通人爱听他自己所习惯的音乐，据说即使是"对牛弹琴"，也可以增加牛奶的产量。但是，音乐又是一种特殊的高级语言。一个有西方古典音乐修养的人，听起交响乐来，他的感受当然会比普通听众丰富深刻得多。举个更为浅显的例子，平素喜爱京剧而又懂得一点皮黄知识和剧目内容的人，听起京剧来摇头晃脑，如痴如醉，而有些年轻人听起来则味同嚼蜡。

流传至今的中国古典诗歌，有许多是经过千百年时间考验，沙里淘金所积攒下来的精品。你如果懂得它的格律等有关知识，那就不仅仅是觉得古人说了你想说的心里话，而且会对它的艺术成就，如从"平仄相对"、"粘对相配"和音韵铿锵的音乐美，对仗安排的结构美，到词语妙用和夸张、锤炼的修辞美等方面有更多的发现。这样就会事半功倍，使我们得到更多的东西。关于这些，我们将在有关章节着重加以阐

5

述。这里可以肯定地说，学习一些诗词曲格律知识，是充分欣赏我国古典诗歌这一宝贵而且丰富的文化遗产的重要条件。

2. 有利于学习格律诗的写作

我不主张大力提倡写作古典诗歌，古典的诗词曲也绝对没有恢复唐宋元盛况的可能。但是人们在欣赏之余，喜欢自己动手模仿一二，以抒所怀，应该是很自然而且值得鼓励的事情。特别是一个时期以来，由于某些下文还将讨论的原因，从达官贵人、科学巨擘到普通文化人，突然爆发了撰写旧体诗词的浓厚兴趣：私人编印的诗集纷飞，诗社和诗刊迭出，呈现出要复辟或者挤垮新诗的架势。遗憾的是，其间虽偶有佳作，但几乎很多人都没有把诗词格律弄懂，写出一些四不像和令人起鸡皮疙瘩的东西来。早在 20 世纪 50 年代就曾有人给某报编辑部写信，说是生平有三怕，那就是：怕听机关老爷的官腔，怕看百货公司女售货员的冷面孔和特别害怕拜读报刊上某些知名人士的打油诗。本人深有同感。

这种现象的产生，不能光责备作者的不虚心，主要原因还在于诗词格律太精巧，而书肆又一直缺乏简明扼要的讲解格律的著作，有些书籍甚至对青年人产生了阻吓和误导的副作用。

我们这个民族有灿烂悠久的美好文化，但却有一个最大的缺陷，那就是在早期，无论什么美好的东西，自己懂得或者口授心传、教给弟子后人就行了，很少条分缕析地写下系统科学的著作来。我们有世界上最古老的哲学思想，但在过去，从来没有人从世界观、本体论、认识论、方法论的角度作系统阐述。我们有世界卓越的科技理论与实践成果，但是在欧风东渐之前，很少有人按科学门类写下数学、物理、化学等学科的系统著作。我们从春秋时代起就注重文采，提出"言之无文，行而不远"《左传·襄二十五年》。撰写一份政府公文，要指派有不同特长的专家分担起草、讨论、修饰和润色的工作（《论语·宪问》）。有最精辟的语言研究和语法修辞功夫。为了一个字的增损，可以推敲入迷，可以下拜致谢，可以悬赏千金；然而迟至 1898 年才有马建中参照拉丁语法所写的第一部汉语语法修辞著作《马氏文通》，这是多么令人惋惜的事情！

中国古典诗词格律的命运也正是如此。中国人至少从西周起，就重视诗歌，讲求诗法。由四言、五言、七言、杂言而长短句，这中间经过了两三千年的摸索，才找出一整套精巧而且为大家所公认、所约定俗成的规律来。然而在 20 世纪 50 年代之前，却很少有人把这些规律系统地写成专著。在南朝，人们开始自觉地总结出了汉语中有平上去入四种声调，提出了作诗应该避免"八病"等说法，但也仅此而已。诗圣杜甫大约是最懂诗律的了，连他自己也说"诗律群公问"（《承沈八丈东美除膳部员外，阻雨未遂驰贺，奉寄此诗》），"晚节渐于诗律细"（《遣闷戏呈陆十九曹长》）；然而深为可惜的是他只是留下了极好的诗歌样板，却并没有把他所熟知的"诗律"写下来。魏晋以来，人们有关诗律的见解，只是散见于各种笔记、诗话和词话之中，有待感兴趣的人去摸索、收集和整理；因而诗律这门学问长期以来一直是凌乱纷繁，缺乏明白体系；并且各家之言，难免矛盾冲突。

1949 年以后，开始有人发表有关著作和通俗小册子。这对于古典诗词的研究，作出了不小的贡献。但有的失之烦冗和神秘化，例如一部《汉语诗律学》厚厚九百多页，洋洋将近八十万字。诗律如果真是这样繁难，那李白、杜甫恐怕早就被吓得改行了。中国的诗律是极其细致精巧然而又极其合理自然，容易掌握的。正因为如此，所以才会有杰出诗人成辈涌现，并且许多普通人士也能写诗。《汉语诗律学》之所以被弄得这样复杂，那是别有原因的，作者因故把大量无关或繁复的东西塞进去了。

几本有关诗词格律的通俗小册子，起了很好的推广作用；但都有一个通病，那就是没有很好地总结出近体诗的基本规律，而是告诉读者以至少十六个彼此类似、难以分辨和不便记忆的公式。然而初学者在作诗时又不能随时把公式抄在手边，结果是"开卷了然，闭卷茫然"；于是只得退回到采取前人使用过的老方法："熟读唐诗三百首，不会吟诗也会吟"，按照自己所能够背诵的名篇去模仿，这就大大地影响了人们创造能力的发挥。这种办法使我记起早年读私塾时，塾师靠竹板强迫学生花很长的时间，用机械记忆力硬背"六甲"的情景。可是六甲彼此类似，极易弄混，因而效果不好。但聪明的塾师却教学生只需记下十"天干"和十二"地支"；然后依次相配，到六十之后便周而复始地循环。这样十几分钟就学会了，并在运用中逐渐熟练。可以毫不客气地断言，当前大批解说诗词曲格律的书，都是在那里教学生死背"六甲"。

本书所提供的就是这种类似巧记"六甲"的方法：在弄懂若干基本概念之后，只需记下一条90字（或进一步缩减为41字）的基本规则和一个简单的公式，就可以准确无误地推演出律诗和绝句的各种平仄格式来。正如本节开始时所说，著者为此曾多次找语文较好的初中学生当场试验，从来没有失败过。谓予不信，你可以亲自试试。当然，能够掌握平仄格式只是刚刚起步，远不等于会作格律诗；要作诗还得有比这更重要的许多其他条件和艰苦训练。

这里有两桩事情应该顺便提一下。首先，我之所以会总结出这一基本规则来，应该归因于我所教过的历届学生的督促：20世纪60—80年代我在北京外国语大学讲授中国文学史。课时有限，然而学生强烈希望搞清楚旧体诗词格律。我只得冥思苦想，终于找到了只用三几个学时，扼要讲述我国诗歌的发展源流和基本格律的方法。为了集思广益，我曾于1980年把这一心得写成《诗律浅识》一文，在《百科知识》第8期上发表，曾经引起较强烈的反响：不少读者鼓励我早日写成专著出版，以便帮助青年人学习古典诗词。但也有人持怀疑态度，不相信无比高雅的唐人近体诗，可以用一篇短文甚至几十个字的规则说清楚，恐怕是一种误人子弟的无稽之谈。我本想早日写出此书作为回答。可惜从1980年起，我因为希望真正的民主自由早日到来，于是再作冯妇，无保留地投身于中国的政治改革中去了。直到近年，"意倦思还"，回归到以写作自娱的生活中来。这期间，时常有朋友询问有关诗词格律的问题，于是才想起去日苦多，应该趁尚有余力的时候，把这一点心得写下来，以了夙愿，以还宿债，并且就正于大方之家。

其次，20世纪90年代初，我在旅美时偶然从报纸上看见有篇报道，说是沙地先生有解释诗律的新法，但可惜语焉不详，没有言及那新法的具体内容。沙是我早年的老同学，我很想从他的新法中得到启发。

但是经过辗转打听，终于无法联系上，深感遗憾。当时我最担心的是，尽管我二人在这方面研究心得的发表，相去有很长一段时间，平常彼此又几十年没有联系；但倘使我二人各自的对方"先得我心之所同然"，对诗词格律的解释方法有若干相似之处，岂不会让社会产生某种误解。碰巧的是，此书定稿的时候，沙地兄自加拿大回国小住。经通电话，始知我二人走的是"殊途同归"的路子。所谓同归，是我二人都觉得精巧而又简明合理的诗词格律，被某些人弄得复杂化和含混不清了，应该大声疾呼地使她恢复自己清爽的本来面目。所谓殊途，是从电话中，初步得知我二人在阐释诗词基本规律方面，各有各的路子，不会有彼此抄袭之嫌。沙地兄著有《沙氏诗词格律 ABCD》等多种，我还没有来得及拜读；有条件时，我将从他的研究中寻求启发，以便相得益彰。但是，从我们彼此的观点都遭到某些老学究的鄙视看来，我们彼此的大方向是一致的。

自从 20 世纪 80 年代初我提出从把握诗词基本规律入手以来，本来希望有人响应，代我还债，我就可以安心干别的工作了。遗憾的是几十年以来，这方面的进展不大。例如新近收到一本据说是还有一定影响的研究诗词格律的书：条理紊乱，内容繁琐；以献曝为创新，对于不懂的东西，轻易妄断，否定祖国宝贵文化遗产，把音韵学说成"是世界上最大的一堆假学问"；并且随意另立新规，误导初学；但却于贬低古人、谩骂今人之余，自诩为"文章中有万丈才华"，将"成为家家或村村必备的我们民族的传家宝"！学风、学术与出版水平如此，怎不令人深感忧虑！对于该书的严重错误，本书将在有关的论述章节顺便指出，以免误导青年读者（引文见余浩然著《格律诗词写作》，岳麓书社 2001年版并多次印刷）。

（三）希望有助于新诗的成长

诗词曲格律和新诗似乎是风马牛不相及的东西，这里为什么把它们扯在一起呢？这要从我对新诗的态度和海外一篇文章的启发说起。

打从进初中算起，在政治与文化方面，我一向都是拥护革新的。对

9

于白话文和新诗，我一贯衷心支持。不过我有点像鲁迅所说的那样，喜读旧体诗词，但是不敢动笔，觉得好的诗词都被唐宋人写光了；支持新诗，但是我不会写，对于报刊所发表的新诗也很少拜读。听说某些诗作很有成就，我也曾想硬着头皮读完，但总是半途而废。在我个人这小小约两万余册的藏书室里，竟然找不出一本新诗集子来，我也说不清是什么原因。我曾经请爱好新文学的青年人给我推荐一些像唐诗那样脍炙人口的新诗，我好诵读，但总不能如愿。

两年前忽接学长兼好友唐德刚教授从纽约给我们夫妇寄来他的新作《论五四后文学转型中新诗的尝试、流变、僵化和再出发》。文章发表在台湾有影响的《传记文学》74 卷第 4 期上，正文 15 页，有重要历史价值的附注竟长达 17 页计 108 条之多。该文在港台及海外华人文化圈曾引起强烈反响，索要者多，供不应求。我也曾复印多份，寄给若干友人参考。

唐教授的文章汪洋恣肆，畅论我中华民族的伟大转型问题。大意以为百余年来虽惊涛骇浪，死人如麻，然而终于还是在政治、经济、文化、社会等多方面都取得了大小不同的进步，并且将渐入佳境，屹立于世界现代文明强国之林。但是在新文化运动方面却成败不一：白话文（按：准确地说，应该是以宋元以来"白话"文学方面的成就为基础的"白话文"）彻底战胜了文言文，成为占牢固统治地位的"现代汉语"。当然也并不能因此就否定文言文在语言运用方面的成就。然而令人遗憾的是，新诗却走入了死胡同。

五四新诗人全盘否定旧体诗词，忽视了前人在音律推敲、艺术讲求和语言运用方面的优秀成果；一味崇洋媚外，放弃"纵的继承"，只接受"横的移植"。他们起初是学习外国的格律诗，商籁体（sonnet，即十四行诗）；学习他们的抑扬、轻重、长短格律，学习其音步、音节乃至与中国不同的押韵方式。其实这些东西人家也是从希腊罗马继承得来的，并不是什么反封建的新东西。近来有学者认为始见于文艺复兴初期、盛行于十六七世纪的"十四行诗"，是受流行于8—13 世纪的中国"词"的影响而形成的。他并且还推定是以《何满子》、《浪淘沙》为蓝本演变而来的。这虽是少见的一家之言，看来也有一定的参考价值。

抛弃中国的传统格律，转而求助于洋人的格律，这样他们当然就写不出什么好诗来。于是又转而求助于惠特曼（Walt Whitman）的极端自由主义和其他种种流派。长时期这样转来转去，进退失据，找不到出路。连毛泽东也认为"几十年来，迄无成功"。

唐教授认为，这种现象的产生，在五四时期老一代诗人来说，他们是在深知中外传统的基础上，对故国文化作了矫枉过正的否定；而对于第二、第三代的诗人，则是既对外国诗歌知之甚少，又对祖国诗歌传统近乎无知的盲目反对。悲哀之处尤其在于既无知而又不自知其无知。很难想象，不了解祖国举世罕见的丰富诗歌传统，只是置身于象牙之塔中，闭门造车地去写啊写的，怎么可以写出伟大的诗篇和培育出伟大的诗人来。

唐教授希望新中国的新诗人，在总结五四以来所走弯路的基础上，闯出一条新路来。

本书则希望在他们冲闯的时候（如果他们当中有人觉得应该闯新路子的话），提供一条学习祖国诗歌传统的捷径。

三　有关编写的几点说明

（一）由于这是一本通俗读物，为节省篇幅计，对于格律以外的辅助知识，只是约略涉及，而不做过多的旁征博引，也尽量省去不必要的注释。正文中所摘引的名句，均出自古人名篇，一般都不处处写出作者及篇名。曾经说明出处的篇章，再现时出处当然从略。

（二）本书对于今人的某些著作和理论，有不同意见时，均毫不隐讳地大胆提出；但一般都省去了原作者姓名和书名，只是在具体问题上就事论事而已。然而却绝不是空穴来风，而是有事实根据的。熟悉这方面情况的人，自不难找到这些问题所涉及的著作及其作者。

（三）本书在叙事和说理时，在有些语句上加了引号，但是一般都不注明出处。这表明我只是借用他人的表述方式，来说明自己的看法，而并无"拉大旗作虎皮"的意思。也就是说凡没有注明出处的引号之内的文字,也仍然是我自己的看法。

凡属前人所曾论及有关诗律的重要事项,我都尽量收集并表示个人的看法。至于我个人的较重要论断,均酌加"按"或"愚按"字样,以示此系管见,庶免贻误读者。

(四)本书所引篇章,诗以唐诗、词以宋词、曲以元曲为主,只在偶然场合涉及其他时代的作品。

古籍特别是诗词中的文字,有时因版本的不同而有所差异,这大约有以下几方面的原因:首先是作者本人写好后又作了修改,其次是后人编选时按照自己的意思加以窜改,再次是传抄时产生的错误。本书目的在说明诗词格律,而不在于研究和考证版本;因而所举实例中,以合乎韵律,朗朗上口者为上选;而不介意其与权威版本是否一致。例如:李绅《悯农》之二中,《全唐诗》及多种版本中作"谁知盘中餐",间或也有作"谁识盘中餐"的;但"识"字古读仄声,更近律化,所以取后者。又如李商隐《锦瑟》:"一弦一柱思华年。"思字虽可读第四声,但一般人不知道或不习惯,故从某本作"想华年",因为更合律化标准。他如杜甫"画图省识春风面",某本作"画图怎识春风面",与下句"环佩空归月夜魂"属对较为工整,且指责皇帝之意更加强烈,故从之。余不一一。

(五)正文内容按章、节、条、款、项、目分级。

(六)书末载有对初学者比较有用的附录若干则,即:

1. 典型(样板)近体诗(绝句与律诗)16首;

2. 常见词牌及作品60阕;

3. 常见曲牌及作品50只(衬词用不同型号的字样区别排印);

4. 《对韵》17则;

5. 韵书示例;

6. 简易参考书目,以便有志者作进一步研究之用。

《附录》中宋词常见词牌及作品60阕,加上"双调"或"又一体"实计共选词69阕,另常见词牌30只。元曲常见曲牌及作品50只,加

"带过曲"及"散套",实为 70 只。词、曲均标明"韵脚"。曲牌并经过对多种作品的比较和摸索,将正文及"衬词"用不同大小字号排印。故此附录中之词、曲两种样板,均可作为《词谱》、《曲谱》看待,便于习作。

四　奉劝盗版商和引用者

按理对于盗版和剽窃现象,应该加以禁止和消灭;但这也和贪污现象一样,短期内怕是对它无可奈何的。好在我写此书只是为了还债,为了传播;既不图利,也不邀誉;但求能够对于我国诗歌的发展及其影响的扩大,起一点积极作用而已。因而这书出版后,如果有人看得起并导致盗版的产生时,恳请使用激光照排,而不要弄得错误百出,面貌全非,使我蒙不白之冤。倘蒙引用,就说是你自己的见解也可以,我对此毫不在意;但是也恳请弄懂了再抄,以免贻误他人。因为个人曾有过不幸的遭遇,有人把我的书整段整页地抄,连原书的笔误和错排也都照抄了,岂不哀哉!

2003 年 5 月 7 日写于"非典"肆虐高峰时期
之北京芙蓉里不言斋

目　　录

第一章　简论诗歌

为了深刻了解和鉴赏我国的古典诗歌，从而掌握其内部规律和学习诗歌写作，当然应该首先了解诗歌的含义及其基本特征；因此本书从简论诗歌开始。对于学有根基，仅欲了解古典诗歌格律的人，对此自可存而不问，直接从第三章开始阅读就可以了。

第一节　从词义上说诗、歌和诗歌

诗与歌在汉语和多种外语中，一般来说是既有联系又有明显区别的两个单词。例如在英、法语中，诗是 poem，poème；歌是 song，chanson。歌并且不仅是一种语言作品，而且还因为必须能够演唱而与音乐密不可分；诗虽然不一定能唱，当然也应该是朗朗上口的。

但是有时两者又很难区别开来。有的歌词（特别是经过文人加工过的、有韵律有节奏的美好歌词）记录下来就是诗（篇）。中国古代从《诗经》到"乐府"（诗），其中许多有名的诗篇都是来自民歌。而所谓诗，虽然大多是文人的创作或经他们加工后的民歌，是文学作品的一种；但是其中很多也是供演唱用的歌词。至于"诗歌"则往往是二者的统称。

产生这种复杂情况，是因为古代汉语大多是单音词，即一词一形、一音、一义，也就是说，每一个字就是一个单词，都有自己的形、音、义。所以有人曾把它叫做"单音节语言"，虽然这是不够准确的。汉语只有个别情况，例如玲珑、等闲、猃狁、浮屠等，因为是联绵词或外来语，组成很难加以分割的双音词。

但是，为了避免同音词太多，影响沟通，汉语很早就自然而然地由单音词向复音词的道路上发展，并且逐渐变成了以复音词（主要是双音词）为主体的语言。早期的少数双音词大多都是以两个单音词为词素组成的，例如踊跃、商量、欢乐、萌芽、自在、雷同，等等，并且这两个词彼此按照多种语法关系结合在一起。在此种趋势下，人们一般把很多单音词加以"复化"，例如把歌称为歌曲，把曲称为曲子，把诗称为诗歌，而不一定是诗与歌的统称。只有古典诗歌中的"词"和"曲"，不好称为"宋词"、"元曲"，因为它们并非只存在于宋元两代，于是通常就只好仍然以单音词的形式出现。

本书下文就大致按这种约定俗成的习惯来使用这些词语，即随着上下文的情况，诗歌既专指"诗"，也兼做"诗"和"歌"的总称。

第二节　诗歌的起源及其在文学中的地位

一　诗歌的起源

这本是学术界争论甚多的复杂问题之一。本书不准备展开文学理论上的探讨，只在此简单地谈一下个人浅陋的看法。

我们不知道当鸟儿在枝头欢唱时，是抒情，是休息，还是沟通？或者各项作用兼而有之？但我们可以肯定人类的诗歌起源极早，大概从产生语言的时候起，人类就用诗歌抒情或传递信息，而不必在其究竟源于劳动还是休息等问题上多加争论。几乎每一个人，在感到沉闷、高兴或悲伤时，都有随便哼哼以资宣泄的需要。有句英文成语说是"每个人在浴室里都会唱歌"（Everybody can sing in the bathroom），说的就是这种本能。加上诗歌有韵，便于记忆和传播，有利于讲述祖先历史或某种英雄故事，所以各民族在没有文字以前，都曾留下世代口耳相传的史诗。因而诗歌与传说故事，同为最早的人类文学现象，是韵文和散文的最早源头，是先民调节生活、沟通信息和传播历史文化知识的重要手段。

二 诗歌在文学和社会生活中的重要地位

文字产生和文明进步之后，诗歌便在口头说唱的基础之上，发展成为一种重要的文学体裁，成为文学的主要类别之一，并且摸索出许多有关的格律规则来。

随着文明的发展，诗歌在各民族的文化生活中一般都占有重要地位；但是由于各民族的历史和文化传统不同，它所占有的具体地位是并不完全相同的。在我国，由于至少从西周时代开始，"诗"就被列为考察民俗、宣传教化、进行娱乐、祭祀神祇祖先和在外事及交际场合表明意向的重要手段。当时的诗歌总集《诗》被尊为我国古代儒家五大经典之一。往后写诗又成为社会时髦风尚和应付科举考试的必备本领，以及广大人民日常生活中的重要抒情手段和精神食粮；因而诗歌就在中国的文化生活和文学发展上占有十分突出的地位。此点将在下章中详加陈述。

从数量上讲，诗歌远不如与之相对的广义散文（小说，话剧，散文——报告、随笔、札记、杂文等）的作品多。但是，从影响深广的程度上说，则恐怕可与散文的总体相抗衡，而大过其中的某一单独项目。以我国为例，固然许多有旧学根基的人，能够把不少古典散文名篇背得滚瓜烂熟；但是在略有文化的广大人民群众当中，他们可以不知道《谏逐客书》、《岳阳楼记》，但大都多少能够背诵几首自己所欣赏的诗词。

一个不珍重诗歌的民族，是没有文化和不懂得品味生活的民族。

第三节 诗歌的基本特征

关于什么是诗或者诗歌，它的定义应该如何下，古今中外一向是众说纷纭的。至于诗歌应该具备哪些条件，恐怕也不容易从一般的诗论中去找答案。因为古今中外的诗论虽然连篇累牍，卷帙浩繁，但大多是诗人或诗歌评论家叙说自己的世界观、文艺理论、人生体会、学习艰辛、写作经验、作家评论、作品和流派分析，以及记述诗人言行轶事等的综合资料，而很少条分缕析，以讲求诗的特征、要素和诗法、诗律为中心内容的。一般的诗论著作，恐怕只能供对诗歌有一定根基的人做进修参考，而不是诗歌写作的入门之书。

不仅如此，一般的诗论，大都是与美学密不可分的玄之又玄的艰深理论。以我个人驽钝的水平，恐怕用好几章的篇幅也说不清楚什么是诗歌以及与此有关的理论，而且这也不是本书写作的目的。因之我这里只能做"卑之无甚高论"，仅仅是从欣赏和习作的角度，来探索诗歌，特别是中国古典诗歌的若干基本特征。

为了弄清楚诗歌的基本特征，以便学会欣赏和写作诗歌，我以为还是从一般文学作品的特征谈起比较方便；因为诗歌再重要、再神圣、再美好，它也只不过是文学作品的一个类别、一种体裁而已。

诗歌既然是文学作品之一种，它当然首先应该具备各种文学作品的共同特征。按照一般的说法，文学是一种语言艺术，它凭借优美的语言塑造形象，从而具体地反映与评价生活，表达思想感情，满足审美的需求和推动社会前进。

但是诗歌除了须具备文学作品的一般特征外，又与其他文学作品有显著差别，这些差别主要表现在以下几个方面，也就是说诗歌应该：

一　语言精炼

任何优秀的文学作品，其语言都应该是精炼的。但是诗歌跟散文、小说等相比较，它的篇幅都是比较简短的。中外文学史上虽然也有一些长篇诗歌，如荷马的史诗，法国的《罗兰之歌》、拜伦的《唐璜》、中国的《格萨尔王》等，但一则这只是极少数，再则与同类的史书或小说相比，其篇幅仍然算是很简短的。

在大多数情况下，诗篇都是用很短的篇幅，表达很多的内容，这就需要言简意赅，意在言外；中国的古诗、格律诗尤其如此。因为近体诗每首少者才20字，多者也不过56字，哪里还有说废话的余地。试看王之涣的《登鹳雀楼》：

> 白日依山尽，黄河入海流。欲穷千里目，更上一层楼。

短短二十个字，不仅描绘了壮丽的黄河傍晚景色，而且言外之意，教人应该站得高，望得远；做人应有远大眼光。再看李白的《黄鹤楼送孟浩然之广陵》：

> 故人西辞黄鹤楼，烟花三月下扬州。孤帆远影碧空尽，唯见长江天际流。

不只景物鲜明，更重要的是表达了作者对故人依依惜别的深情。到过长江中下游并且坐过帆船的人都知道，江面宽阔，登高望去，至少要一两小时帆影才能消失；而等到帆影消失之后，作者还痴痴地待在那里，看着长江往天际流去。一个正襟危坐、怅然东望的文人身影，跃然纸上。

这里顺便说一下，李白的另一首送别诗《送汪伦》则与此相反，写得欠佳。原诗是：

> 李白乘舟将欲行，忽闻岸上踏歌声。桃花潭水深千尺，不及汪伦送我情。

与前诗相较，大为逊色。也许由于汪伦文化水平的限制，或者还加上作者只是在临别时仓促所作的急就章，因而只是作了一首大白话似的顺口溜，韵味就不够隽永。这应该是李白诗中的下乘，然而却因为是李白所作，不少评论家还赞了又赞，真是不知所云。

说到这里，也许有人要十分光火甚至暴跳如雷地说："你真狂妄，连李白、杜甫的作品都敢说三道四！"我想这里应该郑重说明一下：从众多的中外名人手稿看来，有些地方，连他们自己也都拿不定主意，而要反复修改。古人遗留下来的东西绝非篇篇都是他的精心得意之作，虽千金不能增损一词的。因此有时提出某些意见，并无损于对他们的崇敬，却可提高我们的鉴赏能力。当然我的意见不一定对，但提出作为研究的参考应该是可以的。个人早年曾有一篇游戏之作，叫做《替古人修改文章》，现特举其中例子之一作为例证。

> 王勃当然是大手笔。他的《滕王阁序》虽然传诵千古，但第三联首句"襟三江而带五湖"，如果不是传抄错误，就是用词失当。在做夸张比拟时，显然是三江如带，五湖似襟，应该改作"带三江而襟五湖"，或"襟五湖而带三江"。

本书下文在对古人作品进行分析时，请恕我不能为贤者讳。其实我也不必太担心被指责为狂妄，敢于这样做的，古今实不乏人。宋洪迈曾在其《容斋漫笔》中对名人的写作优劣多所评论。今人陈如江先生在其《古诗指瑕》中也有类似的做法。好在我并不是"始作俑者"。

以上说明诗歌应该用极精炼的语言，表达许多的东西。为此诗人常是"语不惊人死不休"。他们冥思苦想，"吟安一个字，捻断数茎须"。贾岛为"鸟宿池中树，僧敲月下门"，到底该用"推"字还是"敲"字，琢磨到入迷失神的程度。王安石为"春风又绿江南岸"一句中的绿字，曾先后选用"到、过、入、满"等十来个字，最后才选定极为生动传神的"绿"字。这些都传为文坛佳话。

字词尚且如此，语句就尤其应该多加锤炼，防止说废话。诗人写作，有时是偶得佳句，然后凑成一首，如鲁迅所谓"偷得半联，凑成一律"。唐代著名诗人李贺就是每天骑马、背着锦囊外出，得到佳句就写好放在囊中，晚上回家再"足成之"（补充成篇）。古书中常有这方面的记载。这时应特别注意，要防止拼凑。即以大诗人杜甫的作品为例，他的律诗《蜀相》虽脍炙人口，但是其中首联"丞相祠堂何处寻？锦官城外柏森森"可能由于迁就韵脚等某些原因，稍嫌失之拼凑，这一联完全可以用一句包括，另外再写进其他东西。

二　思想深刻

不同的文化传统对诗歌的基本特征，有时抱不同的看法。大致说来，西方比较强调诗歌的（感）"情"和（优）"美"，而中国则自古就强调其思想性（思想深刻美好），并不是马列主义传入后才如此的。

语言是思想的外壳。任何语言都必然表达一定的意思，包含一定的思想。但文学作品所包含的又不是一般的思想活动，而应该是能够对生活起积极作用的美好而崇高的思想。至于文学作品中的瑰宝——诗歌，它所包含的思想尤其应该是美好和富有启示性的，它应该是对于生活中最难忘的思想片段的巧妙捕捉。

中国传统的说法是"诗言志"。这种说法首先见于《尚书·舜典》，而为此后的各种权威所接受、所重复、所强调。如《尚书·集传》："心之所之谓之志。心有所之，必形于言，故曰诗言志。"《礼记·乐记》："诗言其志也。"又《孔子闲居》："志之所至，诗亦至焉。"同书他处也曾多次宣扬诗的思想教育意义。《诗·大序》："诗者，志之所之也。在心为志，发言为诗。"《左传·襄二十七年》："诗以言志。"《论语·为政》："诗三百，一言以蔽之，曰：思无邪。"

以上足见中国的主要学派，大都以为诗是表达思想的，并且所表达的应该是正确而美好的思想。

然而人的思想范围极广，从世界观、人生观等大问题，到对日常生活中的细微琐事的反映，无所不包。如果把"言志"一定理解为仅限于天下兴亡、社会变故、伦常悲欢等大事，那么诗歌就必将成为政治课本似的说教，激不起心灵的震荡和得不到美感的享受。实际上连孔子所称赞的"诗三百"，也并非处处讲大道理，而是充满"桑间、濮上"之生活乐趣的。

所以"诗言志"应该是广义的，是从天下大事到个人生活无所不包的；并且所涉及的思想无论属于何种范畴，都同样可以是深刻而具有启发意义的。我们读屈原的"岂予身之惮殃兮，恐皇舆之败绩。……抑予心之所善兮，虽九死其犹未悔！"李白的"总为浮云能蔽日，长安不见使人愁",杜甫的"朱门酒肉臭,路有冻死骨"或三吏三别以及读辛弃疾的许多爱国词章等,固然深受感染和激励,报国之心油然而生;但是在读描写生活点滴的诗篇中,如"慈母手中线,游子身上衣……";"唯将终夜常开眼,报答平生未展眉"之类的诗句时,也必然深深为其母子深情、夫妻恩厚所感染。而当亡国之君感叹"故国梦重归,觉来双泪垂","雕栏玉砌应犹在,只是朱颜改。问君能有几多愁?恰似一江春水向东流!"当遗世独立的渔夫见到"桃花流水鳜鱼肥……斜风细雨不须归";当旅客酒醒时面对"杨柳岸,晓风残月";当思妇因失眠而耳听"梧桐树,三更雨,不道离情正苦。一叶叶,一声声,空阶滴到明";或者在江边直等到"过尽千帆皆不是……肠断白蘋洲";当回乡游子因为"近乡情更怯,不敢问来人"时;在这种种场合,所见所闻,无不在在使我们体会到生活中有许多大大小小的动人心弦或引起共鸣的思绪。甚至有人闲得无聊时,觉得所见到的是"无可奈何花落去,似曾相识燕归来",也能传达某种特殊的生活体验。所以诗歌所言的志,绝对不能限于天下国家、伦理纲常等大事,否则诗人就不能自由地去捕捉许多有启示的思想生活片段了。

但是,如果诗歌中没有包含这些有关从大故到小事的有启发的思想,那么即使所描写的山河再壮丽,景致再优雅,情节再曲折,文辞再华丽,也都会显得苍白而缺乏生命力。历史上曾产生过许多光是文字堆砌的自然主义的作品,如六朝的某些山水诗,它们很快就被人遗忘,就是因为缺乏深刻的思想,从而失去了成为优秀诗歌的价值。

三 感情丰富

思想和感情虽然同属人类精神活动的两个范畴,但二者却又是经常结合在一起的。诚然人们可以有不带感情色彩的纯理性的思维,例如说 $1+1=2$;但是却绝没有不带思想、不可言状、不能作理性分析的感情。所以文学作品的思想感情常常是同时展现,被结合在一起加以分析的。

诗歌必须有深刻的思想已如上述,但是诗歌尤其不能没有丰富的感情。我国虽然曾经有人把言志理解为"载道",并与"抒情"(缘情)

对立起来，但那只不过是少数人的一家之言。实则古人所谓"诗言志"中的志，常常被扩大为胸怀、感触，因而是把思想感情同时糅合在一起的。李善注《文赋》时说："诗以言志，故曰缘情。"刘勰称"人秉七情，应物斯感；感物吟志，莫非自然"。可见他们显然是把思想和感情结合在一起的。不仅如此，上条所举有良好思想性的诗歌，无一不是同时表达了与之结合在一起的美好感情。

在西方，"情"与"美"是诗歌最主要的特征。我国许多诗人也都是主张诗歌应该"动之以情"而不是"晓之以理"的，所以朱熹说《国风》是"男女相歌咏，多言其情者也"。从来不曾见到有缺乏感情而又为人所称道的诗篇。那种干巴巴的哲理诗、自然主义的山水诗和无病呻吟的抒情诗，是绝对不能够吸引读者的。

当然，也不可以过于强调"缘情"，从而忽略了诗歌的思想性，更不可以装作多情而"为赋新词强说愁"，而应当是使思想与感情紧密而允当地结合在一起，使诗歌的思想和感情同时臻于上乘。

总之，诗歌既以捕捉美好的思想感情为使命，因而二者绝不可偏废，尤其千万不可把"言志"简单地理解为"载道"，并且与"抒情"（缘情）对立起来。不过由于篇幅的限制，诗歌经常不是靠"以理服人"而是凭"以情动人"为自己的主要特征，当然这感情应该是健康而且鼓舞人前进的。

我国的古代优秀诗歌特别是唐诗宋词中的佳作，是思想与感情密切而允当地结合的典范。它们所表达的思想、抱负和情怀，常常是感人肺腑，使人一唱三叹的。可以毫不夸张地说，几乎人类生活中一切值得记录与回味的喜怒哀乐爱恶等方面的思想感情，都在这些古典诗词中有体贴入微的描写，得到了极其完美的体现。这也就是中国古典诗歌千古脍炙人口的根本原因。

四 景致生动

这里不说"风景"、"景物"、"情景"，而偏偏选用"景致"一词，那是为了取其词根"景物"与"情致"合而为一的含义。因为风景与景物中不一定有人并且还含情，而情景则又习惯上常指情况。

诗歌写景不应该是客观主义、自然主义的拍照，而应该是"见景生情"，"寄情于景"，以达到"情景交融"的目的。

当心情好的时候，你觉得："落花如有意，来去逐轻舟"；"霜叶红于二月花"。

而当你心情不好时，你觉得："感时花溅泪，恨别鸟惊心"，"行宫见月伤心色，夜雨闻铃肠断声"。

情与景必须配合得恰到好处。如果一面写战场上尸横遍野，一面又写积尸旁风景秀丽；一面悲壮地表示"壮士一去兮不复还"，一面又赞赏"风熏熏兮易水蓝"。这样的蠢材大概不会有，但情与景安排得不协调，或景物描写得不恰当的诗文则并不少见。

诗歌由于其篇幅的限制，在倾诉心情和描绘景物时，虽然偶有细致的工笔，但这只是在刻画诗人认为需要特别强调的某些特写镜头时，才会如此；而在更多的地方则是使用比喻、夸张、烘托、白描等手法。下文将另立条款详述。

五　音韵铿锵

诗歌是朗诵的，是歌唱的，而不光是写给人看的；它必须具有语言的音乐美。音乐美主要表现为要有韵律，也就是要音韵铿锵，节奏和谐，即必须具有音韵美和节律美，使听者感到悦耳。诗歌与散文的最大区别就在于具有这种精致的韵律美。

诗歌的音韵美在不同的语言体系中有不同的表现，但力求其悦耳则是古今中外一致的。没有音韵美就会读起来不上口，听起来不入耳；就不成其为诗歌，而只不过是分行散文。绝对自由主义的"自由体"之所以甚少成就，症结就在这里。

也许有人要发表异议了："分行散文有什么不可以？不是还有散文诗吗？"请不要把基本概念弄混淆了。所谓散文诗指的是富有诗意的美好散文，但它终归是散文。还没有见过在诗集中收入散文，哪怕是散文诗的。

　　在西方，诗歌的音韵和节律美主要表现在语音的长短、高低、强弱及其组合变化和押韵方式上；在汉语里，特别是在旧体诗词中，则主要表现为语音平仄相对、语言结构相称和两者有规律的变化，以及用韵严谨而又和谐等规则上。此点将在下文讲解诗词曲格律时详述。

　　中国诗歌的音韵和节律美，使诗篇表现为从音调到句式都是富有节奏感的，给人以整齐与和谐的感觉。整齐不能简单地理解为句子长短或音节多少的整齐划一，而是指让人听起来，觉得有抑扬顿挫、铿锵悦耳的节奏感。中国的古典诗歌，除律诗和绝句外，句子的长短都不一定是整齐划一的。"古诗"有五、七言，可以在诗中穿插以与主体不同的长短句，"词"和"曲"则更是以使用长短句为基本特征。词的别名并且就叫做"长短句"。但是这些诗篇我们诵读起来却觉得都富有节奏感，和谐顺畅，铿锵悦耳。

　　当然，诗歌的整齐节律并不专指格律诗所规定的那种节律，而是可以由诗人自己揣摩，自己创作的。然而这创作又绝不可以任意拼凑；正如同乐曲的旋律可以创造，但却不可以用不同的音符、音阶，任意拼凑一样。一首美好的乐曲，必须经过音乐家冥思苦想，反复推敲才能够写成。作诗当然也应该如此。有些新诗之所以无人诵读，少人欢喜，其症结之一就在于缺乏节奏感。

　　不仅诗歌应该具备音韵美和节律美，高明的散文家也都很注意语言的铿锵节奏，在使用排偶、对仗等手段上，往往不露痕迹地加以讲求，以达到悦耳和加强宣传效果的目的。

六　意境高雅

　　所谓"意境"，是中国文艺理论中的一个很重要而又很特殊的概念或者范畴，人们并且把意境的有无和高下，当做对诗歌和其他艺术作品的审美标准。各种辞书对它的解释很不一致，不少"汉外辞典"对它的译法更是相差甚远，因而这里很难找出为各方面所同意的深入浅出的定义。然而它又是中国诗家所乐用的重要词语，不能加以回避。本书中特地借用它来指诗歌在具备上述各条的要求后所产生的综合效果和所达到的艺术境界。

意境一词，出现甚早。"境"本来指的是抽象或具体的境界，在诗歌中则指它的写作成就所达到的艺术境界，它的艺术造诣所展现的魅力。刘禹锡所谓"境生象外"（从具体物象之外所产生的境界）指的就是这种境界。决定一首诗好坏的标准就在于它有无"境界"。"意"指心意、情意或者意念；而所谓意境与上文诗人所说的境界含义相同，但使用的频率更高，指的是诗歌内容由于情景交融所产生的使人心旷神怡的境界。它使作者或读者的心神融化和浸透于诗篇的情景之中（审美者移情于审美对象之中）。"遂觉诗人之言，字字为我所欲言，而又非我之所能言者"（王国维）；从而引起强烈共鸣，并且借助于诗篇的具体景象而飞跃，使人进入自己想象的境界之中。

由此可见，所谓意境就是美好境界的简称，就是"美"的另一种说法。一首具有高雅意境的诗篇，也就是一首情景交融、塑造出了生动感人形象的美好诗篇。它使人宛如身临其境，得到充分的艺术享受；它使人沉浸陶醉于美育的春风化雨之中，驰骋神游于想象的美好而广阔的天地之外。形象思维是文学艺术的主要特点，而美好生动的形象，则是诗歌赖以生存的命脉。所以人们把"美"看做诗歌的最根本的特点——美的感情、美的景物、美的语言、美的音韵、美的节律、美的意境所构成的美的结晶。因而"诗"这个词也就成了"美"的同义词。人们把美好的史书称为史诗，把美好的语言称为如诗的语言，把美好的散文称为散文诗，把美好的生活称为诗一般的生活。由此可见，诗学与美学是密不可分的。

然而，由于美学是一门既艰深而又灵活性很大的学问，因而诗学特别是诗歌鉴赏方面的分歧也就非常巨大。例如有人觉得白居易的诗歌是雅俗共赏的美好史诗，但另外也有人一提起《白香山集》就摇头，认为是一些粗俗不堪入目的作品。"人各有好尚，兰茞荪蕙之芳，众人之所好，而海畔有逐臭之夫。"（曹植）世界上有很多事情是不能强求一致的。因此本书在许多地方都只好力求采取为多数人所可能接受的观点，有时还不得不使用一家之言，以供参考，然而却并无武断和强求认同之意。

总而言之，一首成功的诗篇，必须具有高雅的意境，使读者觉得诗意盎然，美不胜收。格律诗如果不美，即使是平仄协调，属对工整，也不过是"合律韵语"，难逃"打油诗"的讥评。

综上所述，足见诗歌的所谓意境，不是由某种单一条件或要求所构成，而是以上多种条件的一部或全部，在应用得当时所产生的综合效果。

境界或意境，是王国维诗歌理论的核心，这一概念遂因他而更加广为文艺界所乐用，并且推广于一切艺术作品之中。

诗歌除以上所说的几种特点或基本特征之外，在写作艺术手法方面，跟其他语言艺术——散文、小说、戏剧等相比，有其大同小异之处。大同指的是，凡属其他文体所能够使用的手法，诗歌也都能够使用。小异指的是诗歌由于篇幅的限制，使用比兴体的时候特别多，偶然也使用一些诗歌所特有或不便使用于散文的表达方式。下文将对比兴体和某些特殊表达方式，扼要加以陈述。

第四节　比兴体和诗歌习用的若干表现方法

一　诗歌可以使用语言艺术的一切表现方法

综上所述，诗歌既是文学体裁的一种，其他文体所常用的表现手法，从各种流派和风格的取舍，主题、情节、结构的安排，叙事、抒情、状物方式的采取，具体语言手段的运用，如前节所说过的炼字、炼句等功夫的讲求，到其他语法修辞手段的使用，等等，在诗歌写作中也同样占有重要地位。而反过来，诗歌所使用的某些手法，其他文体也基本上都能够使用，只不过诗歌对此情有独钟而已。但是，诗歌偶尔也有一些自己所惯用，而其他文学体裁所不便或不能使用的艺术手法，例如某些特殊的语法、句式等。下文将对此另立条款加以陈述。

上述多种艺术手法中，值得单独提出的是关于比兴体的问题，因为它早在周代就已经广为使用，并且一直为我国诗人所特别重视。

二 比兴体的含义

我国传统的诗学，有所谓"诗之六义"，即"风、雅、颂，赋、比、兴"。前三者指的是对《诗经》三种体裁的诗篇，即十五国风、二雅、三颂的理解，于此可以从略。后三者，特别是比兴体是《诗经》的主要表现手法，这里特扼要加以说明。

所谓"赋"，自郑玄以降，各家解释基本相同，而以朱熹《诗集传》的说法，比较为各方所熟悉，即"赋者，敷陈其事而直言之也"；也就是指一种实话实说的平铺直叙的方法。这也是各种文体所常用的不可缺少的方法。其含义甚为明显，无需多加解释。

比较费事的是比兴体，它通常的解释，按照朱熹的说法是："比者，以彼物比此物也。"

也就是说，比是作比喻，打比方。比喻的方式很多，下面将在比兴体项目下另行陈述。而所谓"兴者，先言他物以引起所咏之词也"（《诗集传》）。也就是人们常说的"起兴"。关于兴的具体解释，各家众说纷纭，莫衷一是。这里先从广义与狭义两方面入手。

狭义地说，"先言他物"就是先找一个话题做开头，然后引入正题；而不是单刀直入，一下子就端出诗人所要说的内容来，从而让听者有个心理准备。这里所找的话题不见得与主要内容有或正或反的联系，否则就是"比"了。这样的例子很难找。勉强举出几个：

*文娱晚会上常听到说快板的一开头总是说："打竹板，响叮当，诸位同志听我说端详。"这种开头肯定不会与下文有内容上的联系。只是为了念来顺口和引出下文而已。

*传说孔子周游列国，在进入陈、蔡之前，与弟子在桑树下休息，树上采桑娘唱道："南枝窈窕北枝长，夫子在陈必绝粮。九曲明珠穿不得，还须问我采桑娘。"

孔子当时不解其意。后来在陈绝粮，陈人以能穿"中心九曲之明珠"为释放条件。孔子只得派人回去请教。采桑娘告以一端放置蜂蜜，另端用细丝系在蚂蚁腿上，因此终于穿过明珠而脱此难。这当然是后人的附会，春秋时也不可能写出这种式样的绝句来。不过此诗的开头恰好是狭义"兴体"的标本，因为首句仅仅是用来"起兴"，与后文并无联系。

　　*《孔雀东南飞》的开头两句："孔雀东南飞，五里一徘徊。"有点像狭义的"兴"，但也可以认为有比的意思在内，即将孔雀比女主人公刘兰芝，虽然飞去，但仍然徘徊留恋夫家的意思。

　　*《诗·桃夭》："桃之夭夭，灼灼其华。之子于归，宜其室家！"诸家认为是"兴也"，但其起兴虽与内容无具体联系，然而在情调和气氛上实有象征和渲染的作用。

　　像这样的与正文和主题无直接联系的起兴方式实在是很难找寻，找到了也不一定很富有诗意的。即以《诗经》的首篇《关雎》而论，被认为是典型的"兴也"，但其实是比；因为诸家注释，多认为关雎是"匹禽"（生有定偶而不相乱的禽鸟），有与"君子好逑"相比喻的意思。可见《诗经》中即使这公认为最典型的"兴体"也含有比的意思，纯粹而且狭义的兴体既不多见也无关紧要。

　　广义的兴体因其与"比体"难以区分，所以学术界就干脆合而为一，名之曰"比兴体"。

三　比兴的方式

　　以上说明，所谓比兴主要就是"以彼物比此物，并因此起兴"，也就是使用比喻方法即"用打比方作为开头或描述手段"。这是一种人人都懂得并且经常使用的修辞手段。它必须使用两种互不相同而又能找出某种相似之处的东西进行比较。比喻的种类和功能很多，它的最大好处是能够简要、明确而且生动地说明问题，使复杂的问题变成简明，抽象的化作具体，生僻的成为熟识，模糊呆滞的显得形象生动，因而能够收到多方面的良好效果。

　　要使比喻新颖生动，往往需要作者有奇妙的联想和高超的手法。例如秦观在《浣溪沙》词中说："自在飞花轻似梦，无边丝雨细如愁。"竟能使几乎毫不相干的花与梦、雨和愁很好地联系起来。白居易《长恨歌》中有："玉容寂寞泪阑干，梨花一枝春带雨。"用带雨梨花比哭泣美人，使得本应难看的哭脸也变得姣好。

但是比喻如果使用得不好，则往往显得多余而且笨拙，在诗歌中尤其大煞风景。例如东晋名臣谢安于下雪时问诸子侄"何所似也？"想以此考核他们的才能。他侄子谢朗说："撒盐空中差可拟。"侄女谢道韫说："未若柳絮因风起。"谢安大悦。道韫因此被誉为才女（柳絮才），而以空中撒盐比下雪则被视为蠢材。遗憾的是在现实作品中，这种拙劣比喻却很常见。这是人们在使用比喻时所应该力求避免的。

诗歌一则由于篇幅的严格限制，必须是行文简洁而又形象生动，再则由于诗人不愿使所说内容一览无余，而要给人以回味思考的余地，因而比喻手段使用得比散文要多。于是比兴体就成为诗歌所最适宜、最常用的手段。

但是，诗歌中的比兴手法却比一般修辞书中所称"比喻"的范围要宽广得多。修辞中所指比喻通常是指明喻、暗喻和借代三种，而我们在本条目中则把一切与比兴有关的手法都包括在内，而不限于狭义的"比喻"。这些手法计有：

（一）明喻

这就是明白告诉你，作者是在打比方，如："大弦嘈嘈如急雨，小弦切切如私语。""芙蓉如面柳如眉，对此如何不泪垂！""忽如一夜春风来，千树万树梨花开。"美好的例子不胜枚举。

（二）暗喻（隐喻）

就是并不使用比喻词语"好像"、"比如"之类，而是直说或用"是"、"成为"等词语。如："荷叶罗裙一色裁，芙蓉向脸两边开"。意思是说："荷叶与罗裙本是一色所裁，面庞两边像是盛开的芙蓉花。"后一句又可理解为下述的"借代"。

（三）借喻（借代）

也就是使用有关联的事物（或人）直接代替另外一种事物（或人），如说："何以解忧？唯有杜康。"因杜康造酒，所以就用他代酒。"总为浮云能蔽日，长安不见使人愁。"用浮云比小人、谗臣，用日代替天子。

（四）比拟

比拟本来也就是比方的意思，这里特指把一样事物当做另一样事物。比拟又可分为拟人和拟物。

拟人：就是把非人的东西当人看待，如："众鸟高飞尽，孤云独去闲；相看两不厌，只有敬亭山。"这里把敬亭山当做了知己朋友。又如："蜡烛有心还惜别，替人垂泪到天明。""屋上松风吹急雨，破纸窗间自语。"这里把蜡烛当成了对诗人痛苦深深同情的有灵之物，把吹破了的窗纸振动当做仿佛有人在自言自语。

拟物：指的是把人当物，或把甲物当做乙物。诗歌中拟物的比较少，勉强凑成三例：

人拟物："硕鼠硕鼠，无食我黍。"把剥削统治者比作大老鼠。"旧巢共是衔泥燕，飞上枝头变凤凰。"用燕子和凤凰分别比拟命运好坏不同的早年同伴女子。

物拟物："金乌常飞玉兔走，青鬓常青古无有。"把太阳说成金乌，月亮说成玉兔。

除此之外，还有一些其他的与比喻有关的方法，例如：

博喻（联贯比）：即用多个比喻来说明一个事理。如韩愈《送无本师归范阳》中，一连用八句四喻形容无本的诗胆，四句四喻形容其诗才。苏轼在《百步洪其一》中，连用四句七喻形容激流放舟的情景："有如兔走鹰隼落，骏马下注千丈坡，断弦离柱箭脱手，飞电过隙珠翻荷。"

龚自珍在《西郊落花歌》中，用十句六喻极写北京丰宜门外海棠落花之盛。

但是，诗歌因要求简练，除要极力夸张的场合外，使用"博喻"和下文所述"排比"者不多，近体诗中尤其少见。

曲喻（连比）：以一端相似，推而及于不相似之他端。如李贺《天上谣》："银铺流云学水声。"云既似水，因而亦似有声。

谜喻（廋词、隐语）：以具体形象的画面使人体会潜藏的底蕴。如用"光细弦初上，影斜轮未安"，比拟"初月"。

复喻：同一比喻包含多层不同含义，见于不同篇章中，如："圣道如水月"，"浮世如水月"。此种情况极少见于同一篇诗中，故不重要，仅顺便提及而已。

（五）双关与歇后

所谓一语双关，指的是说话时表面是一种意思，实际上表达的是另一种意思。典型的双关语是借助同音词的作用，暗指字面以外的东西，并且与字面所说的事物往往有一定的比拟关系。这种方法在诗词曲、特别是在表现爱情的民歌中常常使用，但正规的文人创作中则较为少见。最典型而常被大家所习用的双关语，如刘禹锡的《竹枝词》（仿民歌或加工后的民歌）：

> 杨柳青青江水平，闻郎江上踏歌声。东边日出西边雨，道是无晴却有晴。

这里表面上是说天气，实际上是使用双关手法，借谐音指"郎"像多变的天气，道是无情却又似有情。又如南北朝《子夜歌》：

> 始欲识郎时，两心望如一。理丝入残机，何悟不成匹。

这里显然用丝指相思，用匹指匹偶。意思是说自己把心思花在不良人的身上，正如同把蚕丝放进残破的织机里面，岂知这是不能织出成匹的绸缎来的；谐音指不能成为相匹配的夫妻。

双关容易与另一种语言文字游戏"歇后语"相混，歇后语也是借谐音或寓意的作用，把真正意思隐藏在并未说出或稍后再说出的后续语言（稍歇后说出的语言）之中。例如"外甥打灯笼——照舅（旧）"；"泥菩萨过河——自身难保"。歇后语在唐宋时代，只偶见于文人诗中，也常常存在于普通百姓的日常对话或戏剧台词之中，但它和双关语都不能算是一种重要的修辞手段。

双关与歇后，很容易与比拟和"一词多义"或有"言外之意"的语言现象相混。

例如：李白《登金陵凤凰台》："总为浮云能蔽日，长安不见使人愁。"浮云指小人，日与长安指朝廷或君王。又如：骆宾王《在狱闻蝉》："那堪玄鬓影，来对白头吟。"此处"白头吟"一语多意，既指秋蝉对白头的自己吟唱；也指自己心烦头白，吟诗抒怀；而秋蝉和自己所唱的《白头吟》又正是诗人喜欢并多仿作的乐府名曲。

类似的例子还很多。这是因为我们曾经多次反复指出，诗歌的基本特点之一，就在于委婉含蓄，意在言外，让人反复琢磨，挖出其中深奥的含义。例如明代于谦有名的《石灰吟》：

> 千锤百炼出深山，烈火焚烧只等闲。粉身碎骨全不怕，要留清白在人间。

这实际上是一种比拟（拟人化）手法，把石灰的遭遇和性质，比拟作者自身的性格和决心，其中锤炼、焚烧、碎骨等实指生活磨炼，而清白则指行为和品格。

四 与比兴体相关的其他手法

比兴体直接使用比拟方法。此外还有一些诗歌中所常用，而其性质又与比兴体有某种相似之处的手法，特趁此提出。

（一）夸张

夸张可以加深印象，但其中也多少包含有比拟、好像的意思。夸张其实就是一种采用夸大方式的比喻。诗歌中使用夸张的场合极多。夸张又可分夸大和夸小（缩小）两种。

夸大：如："一日不见，如三秋兮！""君不见，黄河之水天上来。"（有好像从天而降的意思）"边庭流血成海水，武皇开边意未已。"

夸小：如："蜗角虚荣，蝇头微利，算来着甚乾忙！"

（二）委婉

委婉指的是用比较文雅柔和、婉转间接的方法说明事物，以免显得言语粗俗裸露并因而引起不快。在这里，比拟的色彩是以不言而喻的内容与柔和间接的方式表现出来的。如："醉卧沙场君莫笑，古来征战几人回。"这里用醉卧表示战死。

诗歌崇尚婉约，故使用委婉手法之处极多。他如："闲坐悲君亦自悲，百年多是几多时！"借询问人生几何，来感叹自己身体的衰老和来日无多。"花开堪摘直须摘，莫待无花空摘枝。"借花开之日无常，劝人及时行乐。说"春蚕到死丝方尽，蜡炬成灰泪始干"，借描写自然景况以表达自己殉情的决心。类似的例子举不胜举。这是因为诗歌的主要特点之一，就是用委婉含蓄的语言，表达细致深藏的心曲，所以使用委婉手法的时候极多，并且在中唐以后兴起的新体格律诗——"词"的写作上，成为竞相讲求的时尚，形成以婉约见称的主要派别。

（三）排比

排比指三个以上内容相关联，结构相同或类似而又语气相连贯的句子或句子成分组成的表达方式。它通过对比和递进以加强文章气势和宣传效果，其"比"的意思也是很明显的。排比因所占篇幅较多，所以多见于散文，在诗歌中如同上文所述"博喻"一样，用得较少。博喻常兼有排比意。散文中如李斯《谏逐客书》："必秦国之所生然后可，则是夜光之璧，不饰朝廷；犀象之器，不为玩好；郑卫之女，不充后宫；而骏马駃騠，不实外厩；江南金锡不为用，西蜀丹青不为彩。"这里如果简化成"一切重要美好的用品皆无从获得"，就毫无气势和说服力了。

又如：贾谊《过秦论》："秦孝公……有席卷天下，包举宇内，囊括四海之意，并吞八荒之心。"四个并列分句，说的是一个意思，但却因此突出了秦国的天大野心。

而韩愈的"守一城，捍天下；以千百就尽之卒，战百万日滋之师；蔽遮江淮，沮遏其势；天下之不亡，其谁之功也？"则是排比而兼对偶，极有力地突出了张巡的勇敢和功绩；而又流畅自然，不漏排偶痕迹。

诗歌中则多见于民歌或古诗，如《木兰辞》："东市买骏马，西市买鞍鞯，南市买辔头，北市买长鞭。""爷娘闻女来，出郭相扶将；阿姊闻妹来，当户理红妆；小弟闻姊来，磨刀霍霍向猪羊。"

（四）对偶

对偶指的是使用结构相同（或相似）、字数相等的两个句子，以加强语言表达效果；在格律诗中并发展成为结构相同、平仄相反的"对仗"，这是单音节并且具备平仄声调的汉语所特有的一种重要修辞手段，是汉语诗歌中常用的表现方法，是律诗的生命线。它能给人以在辞藻音律和对比联想等多方面的享受。下文第三章第四节中将对此着重讲述，这里仅从名家律诗中略举三例：

> 征蓬出汉塞，归雁入胡天。大漠孤烟直，长河落日圆。（王维《使至塞上》）

> 无边落木萧萧下，不尽长江滚滚来。万里悲秋常作客，百年多病独登台。（杜甫《登高》）

> 几处早莺争暖树，谁家新燕啄春泥。乱花渐欲迷人眼，浅草才能没马蹄。（白居易《钱塘湖春行》）

（五）烘托

烘托指的是通过陪衬，使所要表现的事物显得鲜明突出。这种手法在烘托者与被烘托者之间，暗含着某种比较或对比关系，如："回眸一笑百媚生，六宫粉黛无颜色。""明妃初出汉宫时，泪湿春风鬓脚垂。低回顾影无颜色，犹得君王不自持。"明妃悲惨时刻尚且如此动人，倘使是容光焕发之际，真不知君王将如何倾倒。

五 诗歌所常用或所特有的其他表现方法

有一些表现方法虽然也见于其他文体，但却是诗歌所常用；另外有某些语法修辞手段是在诗歌中甚为常见，而其他文体则甚少使用或者不能够使用的，一并胪列如下：

（一）白描勾画

白描本指绘画中不加渲染，不用彩色，而只用线条勾画人物的画法。文学中借用它指使用简练的笔法勾勒出人物或其他形象的一种手法。

诗歌由于篇幅的限制，在倾诉心曲和描绘景物时，很少使用工笔。虽则当内容需要时，偶然也可以使用特写镜头作细致的描写，例如《诗·卫风·硕人》说庄姜之美是："手如柔荑，肤如凝脂，领如蝤蛴，齿如瓠犀，螓首蛾眉。巧笑倩兮，美目盼兮。"白居易《长恨歌》写处身海上仙山的杨贵妃在梦中醒来，匆匆迎接天子使臣时，"云髻半偏新睡觉，花冠不整下堂来。风吹仙袂飘飘举，犹似霓裳羽衣舞。玉容寂寞泪栏杆，梨花一枝春带雨"。但这只是在碰到诗人需要特别强调的时候，才会使用这种手法；而且一般只见于篇幅不受限制的古风中。

在更多的场合，诗人总是使用白描手法，对人物或情景，做三言两语的勾勒，而把详情留给读者去想象。例如白居易《新乐府·井底引银瓶》中的女主人公纯情、勇敢，但却不为男女双方亲长所允许和接纳，以致落个无家可归的下场。她给人印象深刻，博得同情，元代白朴并从此篇获得灵感，写有杂剧《墙头马上》。可是对于她的形象，诗人却只用了两句话、十四个字："忆昔在家为女时，人言举动有殊姿：婵娟两鬓秋云薄，婉转双眉远山色。"在《孔雀东南飞》中，诗人对使读者万般同情的聪明、美好而又纯情的刘兰芝，也只用了四个诗句："十三能织素，十四学裁衣，十五弹箜篌，十六诵诗书。"并没有涉及她的长相。直到被逼离家前化妆时，才说她"著我绣夹裙，事事四五通。足下蹑丝履，头上玳瑁光，腰若流纨素，耳著明月珰。指如削葱根，口如含朱丹，纤纤作细步，精妙世无双"。要是在小说中，肯定会有大段而细致的描写。

至于在绝句与律诗中，则更加只能有极为简略的勾勒。例如张祜在形容虢国夫人的美丽时，就只用了具有衬托性的十四个字："却嫌脂粉污颜色，淡扫蛾眉朝至尊。"

（二）象征想象

象征和想象是诗歌中使用得最多的手法之一。诗歌主要靠象征手法和美妙幻想，使人产生丰富的联想和美好的意境。它所采取的方式是多种多样的，例如前引："春蚕到死丝方尽，蜡炬成灰泪始干。"以及"蜡烛有心还惜别，替人垂泪到天明"。这里诗人用托物寄情的方式，把春蚕想象为有思想并且怀着为追求某种目标而"有死无二"的情操；而那蜡烛也同样可以钟情哭泣并且坚持到死而后已。作者使用想象和比拟的手法，表现了自己为深情所苦，乃至决意殉情的心态。另一首中的蜡烛则非常富有同情心，可以陪伴着你直哭到天明，当然这里用不着再说明诗中人物通宵几乎哭成泪人。这给予多愁善感的读者以何等丰富的联想和同情！

又如："嫦娥应悔偷灵药，碧海青天夜夜心。""我欲乘风归去，又恐琼楼玉宇，高处不胜寒。起舞弄清影，何似在人间！"两位作者都对天上月宫做了具体真切的想象，并归结为"只有人间才最美好"。

（三）回环反复

诗歌贵在简练，但有时为了抒情和加强宣传效果的需要，往往采用某种回环反复的手段，正好像乐曲中，为了加深感染力，往往使其主旋律在多个乐章中反复出现一样。回环反复为诗歌中所常见的手法，例如《诗·秦风·黄鸟》：

交交黄鸟，止于棘。谁从穆公？子车奄息。维此奄息，百夫之特。临其穴，惴惴其慄。彼苍者天，歼我良人；如可赎兮，人百其身！

交交黄鸟，止于桑。谁从穆公？子车仲行。维此仲行，百夫之防。临其穴，惴惴其慄。彼苍者天，歼我良人；如可赎兮，人百其身！

交交黄鸟，止于楚。谁从穆公？子车鍼虎。维此鍼虎，百夫之御。临其穴，惴惴其慄。彼苍者天，歼我良人；如可赎兮，人百其身！

这是一首非常有名的痛惜人才、反对用人殉葬的诗篇。如果光从叙事着眼，那么只需把第一章"子车奄息"改为"子车兄弟"，就将三章全都概括了；但是诗人却为他兄弟二人，三次回环反复，特别是每章末尾六句，一字不改地回环反复。呼天抢地，以致哀思；指控陋俗、怜惜人才之心，感人肺腑。又如《诗·唐风·葛生》，凡五章，三次使用"予美亡此，谁与独处（独息、独旦）"，两次使用"百岁之后，归于其居（其室）"，反复表达了寡妻痛悼亡夫的心曲。

（四）断续跳跃

诗歌有时并不要求结构完整，而是断断续续，或者跳跃不拘，无须用连接、过渡、转折等词语做交代；而是任凭诗人的遐想，自由飞翔，留给读者以想象捕捉的机会。这在一般散文中是很少见的。法国诗人瓦莱里（Paul Valery）说得好："散文是步行，诗歌是舞蹈。"

试看：杜甫《绝句四首》其三：

两个黄鹂鸣翠柳，一行白鹭上青天。窗含西岭千秋雪，门泊东吴万里船。

写的是流落四川的杜甫独处室内一时之所见，并无任何故事情节，但诗人的目光却从近到远、从下到上地观望，心绪则从古到今地遐想联翩。在听到水边翠柳之上黄鹂歌唱时不知诗人曾有何感想，也许觉得为人不如做鸟欢快；但看到白鹭在天际翱翔时，显然深感流落他乡的不自由；而当看到远处西岭千秋积雪时，叹息时光之逝者悠悠；见到门前所泊船只时，所想到的竟是来自万里东吴的旅客，这当然是作者长期在外漂流时的感受。总之一缕忧思，在远近高下，上下古今之间断续跳动，给读者以充分遐想的余地。

又如刘禹锡的《酬乐天扬州初逢席上相赠》：

> 巴山楚水凄凉地，二十三年弃置身。怀旧空吟闻笛赋，到乡翻似烂柯人。沉舟侧畔千帆过，病树前头万木春。今日听君歌一曲，暂凭杯酒长精神。

这里说了诗人几十年被贬斥的遭遇、怀旧心情与归来后的失落感，以及横眉冷对宦海浮沉的心态，但却在时空上尽情跳动，要靠知音者去细细体会。

又如沈佺期《独不见》：

"白狼河北音书断，丹凤城南秋夜长。"对于这两句诗，也必须加进许多词语才好解读。几乎大部分诗歌都有这种断续跳跃的情况。

特别有趣的是像"鸡声茅店月，人迹板桥霜"（温庭筠《商山早行》），给人以旅外游子"断肠人在天涯"的清冷孤凄的感觉，然而却光是词组的罗列，需要加进去许多词语，才能够把其中的含义解释清楚。

（五）语法独特

诗歌，特别是中国古典诗歌，由于受篇幅、平仄、韵律等多方面的限制，因而不拘传统语法，任凭诗人大胆打破常规；但是阅读起来却又觉得语言美好，意味深长。绝没有人会书呆子气地指责它是语法紊乱或成分残缺。然而这种用法在散文中不是不可能就是绝少见。例如："竹喧归浣女，莲动下渔舟"（王维《山居秋暝》），说的是听到竹声响起，知道是浣衣女子归来；见到莲花摆动，原来是渔舟下水；或是：浣女归来使竹叶喧响；渔舟下水使莲花摆动。怎么说都可以，但诗人所描写的生动景象却是鲜明如画的。

"绿垂风折笋，红绽雨肥梅"（杜甫《陪郑广文游何将军山林十首其五》），说的是有绿物下垂，原来是竹笋被风所折断；见红花开放，原来是春雨肥沃了梅花；或者说：风折绿笋垂，雨肥红梅绽。还可以有其他理解方式，但诗人所描绘的美好春意则是同样生动的。

类似的语句真是太多太多，比如："黄沙百战穿金甲"（王昌龄《从军行七首其四》）；"名岂文章著，官应老病休"（杜甫《旅夜书怀》）；"铁衣山月冷，金鼓朔风寒"（李华《奉使朔方赠郭都护》）；"田横五百人安在？难道归来尽列侯！"（龚自珍《咏史》）

有时在诗的一联或甚至整首中，只有孤立的词语或句子成分，但却表达了美好的画面和丰富的思想感情，例如："楼船夜雪瓜洲渡，铁马秋风大散关。"（陆游《书愤》）"枯藤、老树、昏鸦，小桥、流水、人家，古道、西风、瘦马，夕阳西下，断肠人在天涯。"（马致远《天净沙·秋思》）

前者举出宋军胜敌的两个战场景象，以表明诗人胸中的豪气；后者，诗人但列举所见满目秋色，以衬托诗末在外漂流孤客的满腹悲秋思绪，在散文中是见不到这种写法的。

（六）倩影朦胧

先声明一下，这里的朦胧指的是非工笔的类似印象派和象征派作画时使用的那种手法，而不是使人越读越糊涂的那种"朦胧诗"的朦胧。

语言现象一般都要求准确鲜明，然而有时作者特意安排出模糊景象，却又可收倩影朦胧，使人回味无穷的效果。例如张继有名的《枫桥夜泊》：

> 月落乌啼霜满天，江枫渔火对愁眠。姑苏城外寒山寺，夜半钟声到客船。

这首诗几乎人人说好，但是从第二句起，各人理解相差甚远。到底是江枫渔火映衬和伴随着满腹忧愁的我睡觉，还是我面对江枫渔火愁绪万端地睡着？特别搞不清的地方在于：是山寺的夜半钟声传到我这客船之上来，还是在夜半钟声里，我这客船来到了寒山寺？随你怎么解释，这鲜明的清凄秋夜风光却总是如在目前的。

又如：杜甫《旅夜书怀》："星垂平野阔，月涌大江流。"可以说：见到星星下垂到地平线上，因而知道此地平野宽阔；看见水中月光涌动，便感觉到大江在奔流；也可以说是：因为平野宽阔，以致星星宛如下垂到了地平线上；因为大江奔流，致使月光涌动。不管怎样理解都可以。又他的《春望》："感时花溅泪，恨别鸟惊心。"到底是因为感时，虽见花也无情欣赏而只是落泪；因恨别以致看见鸟飞也以为有警而惊心？还是因感时而见到带雨露的花朵时，也觉得它是在替自己垂泪；因恨别而见飞鸟时也觉得它是惊惶不安的。不管怎样理解，所呈现的都是战乱中惊恐不安的杜甫形象。

诗歌中朦胧之尤者，我想无过于李商隐的《锦瑟》一诗：

锦瑟无端五十弦，一弦一柱想华年。庄生晓梦迷蝴蝶，望帝春心托杜鹃。沧海月明珠有泪，蓝田日暖玉生烟。此情可待成追忆？只是当时已惘然。

这实际上是一首无题诗，只不过取篇首"锦瑟"二字作标题而已。它的主题是什么，众多注家争论不已，而以说是"自伤"或"悼亡"的居多。至于各句的具体含义，分歧就更大了。连大学问家梁启超先生也说，自己不但弄不清它的主题，也很难弄懂各句的含义，但就是觉得美好而喜欢反复诵读。真个是："千载以下，无论识与不识，解与不解，都知是好言语。"（《饮冰室文集·三七》）

这大概就是诗歌朦胧美的魅力之所在。有时工笔的美比较好描绘，朦胧的美则难以捕捉。在捕捉这种朦胧景象时，切忌为标新立异而堆砌一些杂乱无章的胡说八道，并且还自以为高深，那其实比东施效颦还难看。

碰到所读诗歌的朦胧之处时，作者可能本来不一定寓有某种含义，但读者又何尝不可以"见诗生情"而各取所需地加入自己的理解呢？这就是人们所说的"作者之用心未必然，而读者之用心何必不然！"所以人们才认为"诗无达诂"，而这正是诗歌所以耐人反复玩味的好处，也是专制独裁者可以大兴文字狱的借口。诗之为物，妙矣哉！

这里需要郑重说明的是，以上只是对于诗歌中所常用的种种手法加以归纳整理，以便阅读时加深对作品的理解和写作时变换自己所使用的手法；而绝不是说非要使用某些手段，或者说修辞手段使用得愈多愈好。正如同向你展示多种衣服，但却不应该同时穿上；教给你熟悉十八种兵器，但却不能够同时使用。不仅如此，有时什么修辞手段都不使用，只是用明白朴实的语言，平铺直叙，同样能够收到朴实清新的良好效果。南唐李煜的许多词，就是很好的范例。

第二章　我国诗歌的发展源流

　　我国文学作品中的三大瑰宝唐诗、宋词和元曲，绝非突然产生或者来自某几个天才诗人刻意的发明创造；而是集前人之写作经验，经过至少千余年的摸索总结，逐步发展起来的。所以它们才会那样细致精巧，悦耳赏心，历千百年而依然生命力非常旺盛。我们在讲授具体诗歌格律之前，继简论诗歌之后，对于我国诗歌的优良传统和发展源流，作一番简要的介绍是十分必要的。而在了解我国诗歌的发展源流之后，人们便不难看出我国格律诗的产生，是一个多么艰苦而又自然的过程，并从而培育出了剔透玲珑、美不胜收的丰盛硕果。

第一节　我国诗歌特有的优良传统

　　世界各民族虽然大都有其丰富的诗歌遗产和良好的诗歌传统，但是上文曾经多次提到，我国诗歌有其独特的优良传统以及因此而产生的特别丰富的诗歌遗产、极其纯熟的写作技巧和精致的诗歌格律。

　　我国独特的诗歌传统，首先表现为从有文字记录可考的时代开始，就有关于诗歌的记载散见于原始的典籍之中。到了周朝，人们把从周初到春秋时期（约公元前12—公元前6世纪）的诗歌编成了一部诗歌总集，当时被称作《诗》，到汉朝才被神化为《诗经》，并被列为儒家治国经典文献《五经》之一。《诗经》可以算是全世界最早的诗歌总集之一。尽管对于它的编辑过程以及是否被孔子所删定过，曾经引起许多争议；但是，从《诗经》所涉及的时间绵亘五百年，地域包括十五个国家或地区，作品内容广泛，语言风格多样，以及某些套语的存在等因素来判断，其编辑必然出自许多专职人员之手，并且还有统治者的官方支持，则是不容争论的。

辑《诗》、读诗和用诗，从它一产生的时候起，就被看成是一种非常重要而且时髦的文化现象，并在社会生活中占有特殊重要的地位，这表现在以下几个方面：

第一，它被看成是统治者了解下情的一种重要手段。据说"孟春之月……行人振木铎徇于路，以采诗；献之大师，比其音律，以闻于天子。故曰：王者不窥牖户而知天下。"（《汉书·食货志》）也就是说，统治者采集诗歌以考察政治的得失。有人认为这可能是汉朝文人的附会。即令如此，早在公元1世纪以前就有这种看法，也算是够先进的了。

第二，是把诗歌配上音乐（即上文之"比其音律"），作为祭祀祖先和娱乐宫廷的重要手段。祭祀在古代是国家的头等大事："国之大事，在祀与戎。"（《左传·成十三年》）而娱乐宫廷则也许是统治者更为关心的所在。

第三，是以诗歌为国家"化民"的重要手段。能够在上古阶段就把诗歌和音乐当做重要的教育手段，这是我国文化所特有的先进之处。据说早在虞舜时代，就举夔为"乐正"（国家音乐局长），要他用音乐去教化百姓。这在西方是只有到了近现代才发生的事情。诗歌与音乐本是一体的，而且"诗"具有文字内容，所以它的教育作用更是屡被强调：孔子曰："温柔敦厚，诗教也。"（《礼·经解》）"诗可以兴，可以观，可以群，可以怨。迩之事父，远之事君，多识于鸟兽草木之名。"（学诗可以使人振作，善于观察，学会交际和对上讽谏，是事父事君的必读之书，而且还可以丰富对大自然的了解。）（《论语·阳货》）"不学诗，无以言。"（《论语·季氏》）其他论诗的地方还有许多。

第四，是人们在议论事务时，常常引证《诗》中诗句，作为论断的权威根据。例如春秋时齐国使臣国佐引用《诗经·小雅·信南山》"我疆我理，南东其亩"，以抗拒战胜一方晋国所提出的要齐国"尽东其亩"的无理要求（垄亩尽东西向，以便晋军长驱直入）。

第五，是外交场合或上层人士交往时，喜欢引《诗》以表明自己的意向。这在当时是一种很委婉、典雅而又时髦的表达方式。例如秦穆公在送晋文公返国前设宴欢送，文公于席上诵"逸诗"《河水》表示要像河水归海似的永远心向秦国；穆公则诵《小雅·六月》篇作为回答，意思是希望晋文公能够像尹吉甫辅佐周宣王那样建功立业。又如楚国申包胥向秦国借兵复仇，秦哀公不愿出兵，申包胥"立依于庭墙而哭，日夜不绝声，勺饮不入口，七日"。哀公被感动，于是朗诵了《秦风·无衣》篇，表示同意出兵；因为诗中说："岂曰无衣，与子同袍；王于兴师，修我戈矛，与子同仇。"于是申包胥"九顿首"示谢，然后"秦师乃出"（《左传·定四年》）。

可举的例子还有很多。以上除了对《诗经》断章取义和从汉朝起把《诗经》僵化为治国教条这两点外，都是对于诗歌的发展起很大推动作用的因素。

到了两汉，朝廷除了尊崇《诗经》，设置相关的博士职位，展开研究之外，对于收集和创造当代歌曲，以供皇家享受，也花了很大的力量，设置有庞大的中央音乐机构"乐府"（国家音乐局），最盛时仅演奏人员就有 829 人之多。它所收集整理的诗歌称为《乐府诗》，简称《乐府》。两汉的乐府诗是我国诗歌的新高潮，并且是后代所乐于模仿的样板。但是，由于当时的统治者醉心于"辞赋"，所以诗歌在汉朝未能成为一代文学的主流。只是到了东汉时期，文人们才致力于诗歌的写作，并且蔚为风气。

从东汉起，诗歌已经成为我国文人创作的重要内容。到魏晋南北朝，则更是风靡一时。许多著名文人，主要是以诗歌名世。不难想象，当写诗成为文化人的主要活动时，它必然进一步引起朝野创作和鉴赏的新高潮。

特别值得提出的是，到了隋唐，诗歌成为使朝野倾倒的普遍爱好。上自皇帝、公卿，下至婢仆、歌妓、儿童，都喜欢写诗并且有名篇传于后代。唐朝前后共 20 个皇帝，《全唐诗》中便收集有 11 个皇帝的诗篇将近六卷，嫔妃等的诗篇多卷。这是世界文化史上所仅有的现象。在当时，诗歌是士大夫的进身之阶：考试或求职之前，先把自己的得意诗篇呈送给大人物，以显示自己的才华，希望获得赏识和提拔。诗歌后来成为规定的科举考试内容之一。每个应试者必须依照考官限定的韵脚写作应试诗，这规矩一直保持到废除科举之前的清末（20世纪初）。这种情况也是世界文化史上所独有的。试想想，当作诗成为"文官考试"的规定内容之一时，它能够不风靡全国吗？

唐诗以后的宋词、元曲，虽然没有与科举考试直接挂钩，但它们却是与格律诗和古诗同样时髦的东西，并且在全社会醉心诗歌的环境气氛之下，毫不费力地就成为一代文学的主宰。

根据以上线索，我国古典诗歌的发展源流，大致可以分为以下七个阶段，即先秦、两汉、魏晋南北朝、隋唐、宋、元和明清以降。由于本书主题的限制，这里主要是从诗歌的体裁、格式和规则等方面，即从诗律的角度加以陈述。

第二节　先秦时代的诗歌——《诗经》和《楚辞》

一　先秦阶段的一般情况

先秦通指秦朝统一中国之前的历史阶段。由于商代以前的文献资料较少，故通常都把目光集中在从周初到秦始皇统一中国这一阶段，而以春秋战国为重点。

周朝是我国历史上第一个有确凿历史文献和出土文物可考的朝代，是华夏文明由奠基到辉煌发展的时代。这时语言文字已经发展成熟，国家机构和典章制度已经颇具规模，从周天子的中央政府到各国诸侯，实行着大同小异的统治制度。

周朝是我国历史上历年最长的朝代。从灭商建国（据考证为公元前1046年）到名存实亡的周赧王于公元前256年被灭为止，勉强算来有791年的历史，所以号称"八百载，最长久"。但是这八百年包含着几个区别很大的历史阶段。西周初期是典型的封建时代，周天子作为天下共主，维持着比较松散的统治，后来就逐渐失去了威力。到平王东迁，便进入"春秋时期"，天子地位日低，靠"五霸"打着"尊王攘夷"的旗帜来勉强维持。

春秋时期，诸侯力征，兼并激烈。242年之间，"弑君三十六，灭国五十二，诸侯不保其社稷者不可胜数"。

到了三家分晋以后进入战国时期。这时更是连年战争不断："争地以战，杀人盈野；争城以战，杀人盈城。"动则杀人几千几万。据统计，仅二十次有名的大战，就杀死敌方170多万人，战胜者一方的死亡和受害的百姓还没有计算在内。光是长平一役，据记载秦将白起就活埋赵国降卒四十多万，仅仅放走了240名幼小的青年人。

在这种激烈兼并的条件下，诸侯为了自保和侵略别人，不得不倾全力富国强兵，生产和文化因而得以加速发展；而天下纷乱的局势，又迫使有识之士起而讨论治国平天下的大道，各个阶层的代表人物也纷纷出来宣传自己的观点，于是私人讲学和设帐培育门人弟子之风大盛。各个学派的百家争鸣，使我国的各种学术思想，宛如百花齐放，姹紫嫣红，极为壮观。所以春秋战国是我国学术思想最光芒四射的辉煌时代。这个时期的中国文化，足可与同时代的古希腊文化东西交相辉映，构成人类文化史上的一大奇观。

当时争鸣的各派各是其是，各非其非。但是多数学派都抱有一种共识，那就是"天下定于一"。这是在诸侯混战局势下所产生的自然呼声，它大大地促进了统一局面的形成。这就是秦始皇所以能够统一中国和以后"天下久分必合"的思想基础。

本阶段在文学上的主要成就有二。一是各学派为了争取听众和压服对方，以及记录下各国的发展经验，留下了极其精辟雄辩的说理散文和生动优美的历史散文，即有名的诸子散文和《春秋》三传、《国语》、《战国策》（系后人编辑）等史书。二是在诗歌方面，留下了不朽的诗歌总集《诗经》和以屈原作品为代表的《楚辞》。

二 《诗经》

与《诗经》问世的同时或在此之前，曾经有过一些古代歌谣散见于卜辞、铭文或典籍之中，如所谓的《击壤歌》、《南风歌》等。但是，一则真伪难辨，再则内容有限，影响不深，真正可以算是我国诗歌最早源头的当属《诗经》。

《诗经》不只是我国诗歌的第一个源头，而且是一个水量十分丰富，影响极为深远的源头。关于它在政治、社会、文化等多方面的影响和对后代诗歌地位所起的提高作用，已见上文第一节。这里仅就它对于后代诗歌写作方面的影响，分述如下：

(一)《诗经》是我国四言诗的楷模

《诗经》各篇的格式不一，句式有长有短，从一言到八言的句子都有，但却是以四言为主体。它的首篇《关雎》就是一首典型的四言诗。所以后人在撰写铭诔颂赞，模仿《诗经》时，大多是四言诗，仿佛只有这样才具有《诗经》的味道。

(二)《诗经》的章法和押韵方式是我国格律诗的雏形

《诗经》的章法大多是四句或八句一章，例如《关雎》首章：

> 关关雎鸠，在河之洲。窈窕淑女，君子好逑。

《汉广》首章：

> 南有乔木，不可休思。汉有游女，不可求思。
> 汉之广矣，不可泳思，江之永矣，不可方思。

仔细推敲一下，以上两章，除了是"四言"一项之外，与唐代的绝句和律诗是多么的神似。

在押韵方面，以上第一例，可以算是首句入韵式，第二例则是首句不入韵式。这是中国古诗（格律诗和非格律诗）所采取的最常见的方式。类似的例子，《诗经》中比比皆是。

（三）《诗经》的艺术手法和美好语言为后代诗人所乐于继承

《诗经》的主要手法是比兴体，它对我国诗歌的影响已见上章第四节。《诗经》的其他手法如想象、讽刺、回环，以及其现实主义的写作态度等等，也都为后代诗人所乐于学习。《诗经》中的许多生动词语典故，也一直活跃在后人诗歌作品和生活语言之中。

由此可见，乍看起来，《诗经》与后代诗歌，距离似乎很是遥远；但一经仔细琢磨，则无可辩驳地说明先秦是我国诗歌的萌芽阶段，《诗经》是我国诗歌的真正第一源头。这就是为什么我国的伟大诗人，无一不尊重、热爱和熟读《诗经》的缘故。不过由于年代久远，汉语在词汇和语音方面都发生了很大的变化，一般文化程度的人难以读懂《诗经》，这就削弱了它的影响力。所以有人说"《诗经》对后人的影响是间接的：它深深影响历代诗人，然后再通过这些诗人的作品影响一般人"。这可以算是很允当的评论。

三　南方民歌和《楚辞》

（一）南方民歌的特色

我国南方开化得比中原地方晚，其文化本来自成体系，但也逐渐受到中原文化的影响，这就形成楚民歌的如下特色：它的语法、词汇和所表达的事理与华夏中原基本一致，但却具有自己独特的风格：句式比较灵活，用词口语化和富于浪漫主义色彩。楚民歌虽然没有能够像《诗经》那样大量保存下来，但仅从现有的少数作品上，也可以大致窥见其风格。如：

凤兮凤兮，何德之衰！往者不可谏，来者犹可追。已而已而，今之从政者殆而！（《论语·微子》）

沧浪之水清兮，可以濯我缨；沧浪之水浊兮，可以濯我足。（《孟子·离娄》）

今夕何夕兮，搴舟中流；今日何日兮，得与王子同舟！蒙羞被好兮，不訾诟耻；心几烦而不绝兮，得知王子。山有木兮木有枝，心悦君兮君不知。（《越人歌》）

屈原利用楚国民歌的形式，写成千古名著《离骚》，倾诉楚国的危难和自己的不幸。《离骚》是我国历史上最早的个人著述之一。司马迁对它评价极高，认为兼有"国风"、"小雅"之长，"虽与日月争光可也"。屈原的其他作品如《九章》、《九歌》等，加上他的学生和后辈宋玉、唐勒、景差等人的作品，形成一种影响深远的新文体，后人名之曰"楚辞"、"楚骚"、"辞赋"；但是注意，不要将宋玉等的"骚体赋"与此后的"两汉大赋"相混淆。

（二）《楚辞》对我国诗歌的影响

首先要提出的是《楚辞》深厚的爱国主义热情和积极的浪漫主义写作态度，对我国诗歌具有极其深厚的影响。在此以前，《诗经》中某些篇章，虽然也有浪漫主义的萌芽，但远不如《离骚》中浪漫主义的成熟圆润。《离骚》除开始时对于自己的身世和政治遭遇是以写实为主外，通篇驰骋于五彩缤纷的想象之中：以美人比君王，兰蕙比君子，萧艾比小人，等等。当时流行的一切神话故事都为作者所利用，从而展现自己忠贞不渝和宁死不屈的胸怀。这一切都为此后历代诗人所学习，所模仿。

在体式上，《离骚》从诗经的以四言为主，变为句式多样化，而以六言、七言（包括虚词"兮"在内）为主体。

屈原是我国历史上第一个有名有姓、有行事可考，并且著作成就辉煌的伟大诗人。前此在《诗经》中只有个别作者曾偶然留下姓名。从屈原开始，诗歌逐渐成为文人个人创作的重要园地。

屈原及其追随者的作品，其浪漫主义和铺陈描写的手法，为汉代文人所学习，所发展，并演绎成风靡一时的两汉大赋。只可惜这些大赋由于走上了歧途，因而未能长期保持其既得的地位。其后虽经许多作者改良，"赋"始终未能成为我国文学领域中有强劲生命力的体裁。

第三节　两汉乐府与五言诗

一　两汉的一般情况

两汉王朝是我国历史上国力最强大而且成就最辉煌的朝代之一。刘邦开国之后，一连六七个皇帝都是有为之主，建立了有名的"文景之治"。就国内情况而言，除了初期由于地方贵族与中央抗衡，曾引发吴楚"七国之乱"而外，往后并没有太大的兵灾。中叶之后君主暗弱，大权先后落在外戚、宦官与权臣之手；豪强兼并，民不聊生。这才引发了西汉末绿林、赤眉起兵和东汉末的黄巾起义。当时对外曾多次与匈奴展开了大规模的战争，终于迫使匈奴向西迁徙，解除了汉民族北面的最大威胁。在这种条件下，两汉在政治、经济、文化等各方面都有很大的发展。西汉在抢救由于始皇焚书坑儒和楚汉相争所摧残了的中国传统典籍，特别是在恢复儒家学说方面，建立了不朽功勋。政府为此设立了太学和博士弟子员，供养了大批知识分子。两汉在经学、史学和散文方面，都取得了很高的成就。其中司马迁的《史记》，可以算是史家的千古绝唱。两汉的辞赋（大赋）是风靡一时的文学作品，但是由于某些尚待探讨的原因，两汉的辞赋在文学上并没有取得名副其实的成就，并且终于失掉了自己在文坛上的霸主地位。

二　两汉"乐府诗"对中国诗歌发展的贡献

前已指出，两汉王朝由于祭祀和宫廷享受的需要，很注意对诗歌，特别是民歌的收集和配诗音乐的整理工作。为此还在中央设立了规模庞大的专职机关"乐府"（国家音乐局）。由于乐府工作人员的努力，两汉便得以与周代保存《诗经》相类似，留下了有名的汉乐府诗，简称《乐府》。魏晋以后，乐府虽不再设立，但另有类似的机构掌管其事；而乐府诗则从此变成一种体裁保留下来。此后历代诗人大都喜欢从古乐府诗中找寻题材、灵感、表现形式乃至音乐曲调，并且也命名为乐府诗或新乐府。试比较汉乐府中的《战城南》和李白的乐府诗《战城南》，就可以窥见两者在主题和表现手法上的相互关系和继承性。

战城南，死郭北，野死不葬乌可食。为我谓乌："且为客嚎。野死谅不葬，腐肉安能去子逃！"

水深激激，蒲苇冥冥。枭骑战斗死，驽马徘徊鸣。

梁筑室，何以南，何以北！禾黍不获君何食？愿为忠臣安可得！

思子良臣，良臣诚可思：朝行出攻，暮不夜归。（汉乐府《战城南》）

去年战，桑乾源；今年战，葱河道。洗兵条支海上波，放马天山雪中草。万里长征战，三军尽衰老。匈奴以杀戮为耕作，古来唯见白骨黄沙田。秦家筑城备胡处，汉家还有烽火燃。烽火燃不熄，战争无已时。野战格斗死，战马嘶鸣向天悲。乌鸢啄人肠，衔飞上挂枯树枝。士卒涂草莽，将军空尔为！乃知兵者是凶器，圣人不得已而用之。（李白《战城南》）

两汉除乐府诗之外，还有不少民歌也一并被保留下来。特别值得注意的是，到东汉时期，文人在乐府诗与民歌的影响下，开始创作比较成熟的五言诗。但是，也许由于当时诗歌还没有被看做是文人的重要创作成果，因而这些文人诗的作者姓名，一般都没有被准确地记录下来。所谓苏（武）、李（陵）、枚乘等人的作品，可能大都是出于后人的推测，强加给他们的。

汉乐府诗之所以没有成为一代文学的顶峰和主流，那是因为受到了"辞赋"的干扰。前面已经提到，汉代上承楚辞的影响，形成了推崇和迷恋辞赋的风尚。于是辞赋就因统治者的提倡，成为汉代文学的主要代表，正如同唐诗、宋词、元曲之各自成为当代的文学主流一样。许多文人都以写作辞赋为能事，并且拿它作为进身之阶。司马相如就是靠

《子虚赋》得以接近天子并获得任用和高位的。然而可惜的是，汉赋没有继承楚辞的真正优秀传统，而是专门在敷陈场面和卖弄辞藻上下工夫。曾经有人在动笔之前，花许多年工夫去收集华丽乃至离奇的辞藻典故。至于辞赋原有的讽谏功能，虽然表面上不曾完全抛弃，但却往往由于夸张豪华和渲染奢靡，因而产生了"讽一劝百"的负面效果。在写作手法上，汉赋又多模仿因袭。凡此种种，遂使两汉大赋在风行一阵之后，便归于衰落，甚至被讥评为"僵尸文学"，没有留下多少广为传诵的佳作。汉赋后来演变成小赋、律赋、文赋等流派乃至骈文，其中曾有不少好的作品。

汉乐府虽然在诗歌发展史上，较《诗经》前进了一大步，但是既然在辞赋风靡一时形势的挤压下，没有可能像《诗经》那样，主宰文坛，当然也就没有引起社会的特别重视。

汉代诗歌在体式和技巧方面的主要贡献，是奠定了五言诗的基础，使五言诗正式取代四言诗的地位，为魏晋南北朝所取法，成为我国诗歌的主要体裁之一。其代表作如：

> 十五从军征，八十始得归。道逢乡里人，"家中有阿谁？""遥看是君家，松柏冢累累"。兔从狗窦入，雉从梁上飞；中庭生旅谷，井上生旅葵。舂谷持作饭，采葵持作羹。羹饭一时熟，不知贻阿谁。出门东向望，泪落沾我衣。（《十五从军征》）

> 迢迢牵牛星，皎皎河汉女。纤纤擢素手，札札弄机杼。终日不成章，泣涕零如雨。河汉清且浅，相去复几许。盈盈一水间，脉脉不得语！（《古诗十九首》之《迢迢牵牛星》）

这些诗很受读者欢迎。其他内容充实、技巧纯熟、被后代广为传诵的名篇还有很多，如《陌上桑》、《孔雀东南飞》等，因限于篇幅，只得从略。仅从以上列出的两首便可看出，我国的诗歌已经在《诗经》的基础上大大跃进了一步：五言比四言更富有表现力。而且流传下来的许多名篇，句式整齐，音调和谐，语言与当代人民的生活更加接近，比较细致而且深入地表现了人民生活和社会矛盾。

当时也偶有七言诗出现，但多是混杂在"杂言诗"之内。如：西汉初《安世房中歌》在以四言、三言为主体的诗篇中，于第六章穿插两个完整的七言句子："大海荡荡水所归，高贤愉愉民所怀。"又如：

> ……空桑琴瑟结信成，四兴递代八风生。殷殷钟石羽籥鸣。河龙供鲤醇牺牲。百末旨酒布兰生。泰尊柘浆析朝酲，微感心攸通修名，周流常羊思所并，穰穰复正直往宁。冯蠵切和疏写平。上天布施后土成，穰穰丰年四时荣。（《汉书·礼乐志·郊祀歌·天门》）

这些诗句采取的是一韵到底的方式。此外张衡的《四愁诗》则是四首完整的七言诗，今录其第一首：

> 我所思兮在太山，欲往从之梁父艰，侧身东望涕沾翰。美人赠我金错刀，何以报之英琼瑶。路远莫致倚逍遥，何为怀忧心烦劳！

从张衡的整个四首看来，语言流畅，寓意深远，自成章法而又没有很固定的格式。例如四首均以前三句为一韵，后四句换成另一韵；但第二首末四句却被换成两韵。

除少数例证之外，七言诗在当时民歌和文人所写诗篇中并不多见，也没有形成固定格式，只能说是正处于萌芽阶段。有名的《柏梁诗》（一韵到底的七言联句）从格式和技巧上看，与郊祀歌类似，但有人怀疑是后人伪造。

综上所述，可见两汉是我国诗歌的重要发展阶段，是五言诗成形和七言诗萌芽的阶段，因而也就是研究我国诗歌发展史所不可忽视的重要阶段。

第四节　魏晋南北朝的诗歌和"新体诗"

一　魏晋南北朝的一般情况

魏晋南北朝是我国历史上一个很特殊的大动荡的时代。如果从促使东汉王朝崩溃的黄巾起兵算起，经过三国鼎立，西晋后期的"五胡乱华"，东晋的江南偏安，南北朝对峙，直到隋文帝奄有南北，使中华重归一统为止，前后历时将近四百年。这中间既有"白骨露于野，千里无鸡鸣"的残酷战乱年代，也有相对安宁、生产与文化得到发展的和平时期和富庶角落。这是因为中国地盘广大，地方割据势力众多，即令在中原鼎沸的时候，也会有偏安的一隅。令人向往的世外桃源，据有的学者考证，也很有可能是陶渊明以战乱时山区"聚族自保"的生活为蓝本，写下的寓言故事。而在某些相对安定的区域，例如三国鼎立局面形成后的曹魏和东吴，远离中土的西蜀，东晋和南北朝时的江南，都曾经在经济上有过相当的发展，文化上有过辉煌的贡献。特别是南北对峙时期的江南，虽属偏安，但王朝基本上是由宫廷政变或权臣篡位而轻易更代的，没有经过太大的战乱。只是在梁武帝后期，由于侯景之乱，给南方造成了重大损失。

这一阶段，由于北方氏族和富裕人口的南迁，政治经济文化的重心随之南移，江南取代了过去中原的地位。这就使得我国的政治、经济、文化和社会生活，虽然不断遭受了长期战乱的干扰和破坏，却仍然在先秦两汉的基础上，得到了很大的发展。骈文和散文硕果累累，其中骈文发展最快，逐渐成为文章领域的霸主。辞赋摆脱了两汉大赋的呆板之气，向活泼清新的小赋方向发展。诗歌则光芒四射，成为唐代诗歌的开路人。本阶段并且有了笔记式的短篇小说的萌芽。

二　本阶段诗歌的发展情况及其突出成就

本阶段诗歌的发展又可区分为几个小的段落，即建安时期、两晋时期和南朝时期。其中南朝齐梁时期"永明体"的出现，是我国格律诗成长的阶段性标志。这一时期也是我国语音学发展的重要阶段。现在分别简介如下：

（一）以三曹七子为代表的建安诗歌

建安是东汉末帝汉献帝的年号（196—219 年），实即曹氏父子掌权的年代。通常所谓建安文学，也就是指三国时代的文学。只不过曹魏地盘最广，文治武功最盛，三曹、七子和杨修、蔡琰等又是当时文坛的主要代表。因此所谓建安文学，实际上就是以曹魏为核心的文学。东吴地盘小而且政局欠稳定，蜀汉地方偏僻，国力不够充实，所以吴、蜀两国文人较少，影响不大。

当时曹氏父子文才出众，雅好诗歌，并且大力网罗天下著名文人，互相唱和。因而他们所作诗歌、辞赋、散文盛极一时。

本阶段的文学，辞赋正向属对工整，音调和谐，内容较短的小赋、排赋和唐宋律赋转化，并且已失去在文坛的统治地位。散文一度受曹氏父子的影响，重实用而弃浮华。他们的尺牍和文告，写得活泼清新，流畅生动，并且长于抒情。但是从总的趋势看来，散文上承汉末文风，继续向华丽骈偶方向发展。待到南北朝和隋唐早期，骈文便在文章领域占主导地位。

在诗歌发展方面，最大的变化是，首先诗歌由以民歌为主体发展成为以文人的创作为主体，并且成为文学领域的重要角色。当时政治家和士大夫大都长于文学并且留下了卓越的诗篇。政治家兼文人曹丕把文学分为奏议、书论、铭诔、诗赋四科，而诗赋实际上是当时文学的主流。

对于有名的建安文学，其成就最为后人称道的是所谓“建安风骨”。当时世乱年荒，文人摆脱了汉赋讲求排场，崇尚华丽的歪风，而以忧国忧民，“拯世济物”，“建功立业”为己任，于是便“志深而笔长，故梗概而多气也”。建安文学不只主题健康，并且在表现形式上也朴实刚健，活泼清新；注意修饰而又不流于片面追求形式。这种风骨甚为后人所称道，对唐人的诗风影响很大。

在语言形式方面，首先是巩固了五言诗的地位，并且七言诗也有了进一步发展。至于四言诗，虽偶有佳作，如曹操的《短歌行》、《龟虽寿》等，都很有名，但类似的作品不多。四言诗多用于撰写铭诔和宗庙祭祀时的颂词。

这一阶段在艺术技巧上的主要贡献，是在遣词造句上有了很大的进步。不仅语言流畅，辞藻优美，而且很显然诗人已经注意到了语音的铿锵和声调的平仄，有意识地使用对偶句。这就使得古典诗歌向唐代格律诗跨进了一大步。不信试看当时名家的某些对偶句，如：曹植："阳阿奏奇舞，京洛出名讴。""名都多妖女，京洛出少年。""矫捷过猴猿，勇剽若豹螭。""东西经七陌，南北越九阡。""清晨发皇邑，日夕过首阳。""不见旧耆老，但睹新少年。"曹丕："俯视清水波，仰看明月光。"刘桢："亭亭山上松，瑟瑟谷中风。"这些句子显然不是巧合，而是作者经过精心琢磨，反复锤炼所撰写出来的，因而能收到语音铿锵和结构匀称的良好效果。

（二）两晋诗歌和陶渊明的成就

两晋国势衰弱，门阀制度阻碍了人才的出路，统治集团腐朽无能，倾轧激烈。

西晋建国不久即因统治集团内部斗争，爆发"八王之乱"，遂致内徙的少数民族趁机暴乱，酿成"五胡乱华"的长期混战局面。东晋偏安江南，甚少作为。士大夫崇尚清谈，喜好佛老，醉心酒药。当权者以空谈掩饰自己的无能，失意者用狂放填补自己的空虚，或则借此避祸。因此，两晋在文化上建树不多。主要是对老庄玄学的研究颇有进展，在书法上名家辈出，王羲之被称为"书圣"。

在诗歌方面，盛行一时的"玄言诗"因大谈玄理和宣传教条而索然寡味，甚少成就；其后"山水诗"兴起，虽偶有佳作，但因醉心于客观主义的景物描写而缺乏寄托，久已失去建安风骨。

两晋虽然也有一些比较有名的诗人，如所谓"三张、二陆、两潘、一左"等，但都没有在我国诗歌史上产生重大影响。陆机的《文赋》则是文学批评方面早期有名的著作。

给我国诗坛留下不朽业绩的是东晋或者晋宋之际的陶渊明。他虽是名臣陶侃后裔，但到他出生时，家道已经衰落，不在名门士族之列。虽少有大志，但报国无门。当时正值晋宋易代之际，稍一不慎，便有杀身之祸。加以他又生性淡泊，不能苟合取容，所以便在几度出任小官之后，终于不肯为五斗米折腰，辞官归去，亲自耕作，过着甚为艰苦的贫困生活，有时甚至须乞食为生。但他终于无怨无悔地坚持到去世。

陶渊明是我国历史上有数的伟大诗人之一。他留下了诗歌一百二十多首，大都是描写田园，赞美耕读，寄情诗酒的。他的诗风格清新，语言流畅，一洗玄言诗的枯涩，继承了建安文学的许多优点。被后世称为田园诗人、隐逸诗人。其实他也写了不少忧国忧民和金刚怒目的诗篇。

陶渊明的散文风格，和他的诗歌一脉相承。他在《桃花源记》和《桃花源诗》中所表现的早期"无政府主义"，对后人影响很大。

（三）南朝诗歌和"新体诗"或"永明体"

南方从东晋到陈朝，所面对的政治经济情况大致相同，在文化和文学方面也彼此相似。当时君臣大多过着苟且偏安、醉生梦死的生活。由于朝代短暂，作家往往生于此朝，卒于彼代；研究者不过按其活动的主要年代属于哪朝，来加以划分而已。

南朝在文学方面，追求华丽，讲求形式。辞赋进一步律化——追求句式整齐和平仄相对。文章方面，虽然也有一些好的说理散文和小品散文，但骈文占着绝对优势。骈文虽也有佳作，但句式刻板，影响其成就。

本阶段的诗歌，大体说来是注重形式；内容不是空洞，即嫌芜秽。其中谢灵运、谢朓的山水诗较有成就，特别是谢朓的诗，文笔清丽，景物细致，情景交融，甚为李白所称道。其他有成就的作家还有鲍照、江淹和后来因出使而留滞于北朝的庾信等。由梁太子萧纲所倡导的"宫体诗"（艳诗），专以描写女性体态为能事，成为文坛上靡靡之音的典型代表。总而言之，从诗文的形式和风骨上说，齐梁乃至整个南朝，与建安时代相去甚远。所以杜甫才说自己"恐与齐梁作后尘"（《戏为六绝句》之五）。韩愈的古文运动也因反对齐梁的绮靡，才被誉为"文起八代（两晋、宋、齐、梁、陈、隋、唐——苏轼语）之衰"的。

南北朝在乐府诗和民歌方面也有不少委婉言情和豪迈抒怀的作品，如南朝的子夜歌，北朝的《木兰诗（辞）》、《敕勒歌》等。在文学理论方面有《文赋》、《诗品》和《文心雕龙》等。其中刘勰的《文心雕龙》可以说是一部博大精深的奇书，其美学和文艺理论迄今仍为中外学术界所重视。

但是，从诗歌发展源流的角度来看，齐梁在体裁和技巧方面的讲求，则有不可磨灭的重大贡献。这里要大书特书的是"四声"的发现（不是发明）和永明体诗歌的成长。关于四声，我们将在下章详细研讨，这里只着重指出，在经过千百年的长期摸索之后，梁人周颙等发现了汉语中存在"平上去入"四（种）声（调），沈约则把它用之于诗歌，创"四声八病"说。这样就使得前此古人在语音美上面摸索了千余年的蒙昧追求，变成了有明确标准的自觉行动。陆机在此前只是泛泛地主张"音声迭代"（实即平仄交替），而今则明确规定要平仄相对，这才导致了我国格律诗（包括词、曲）的诞生。

经过永明诗人提倡之后，我国的诗歌在语音上变得句式整齐，平仄协调；有些诗几乎与唐代的律诗和绝句没有差别，只不过还没有经过"约定俗成"加以定型化而已。由于这一运动兴起于南齐永明年间，所以这种体裁号称"永明体"，又称"新体诗"（请注意不要与唐人的"近体诗"相混，"新"与"近"都是当时人从自己所处的年代着眼而言的）。试看：

> 委翠似知节，含芳如有情。全由履迹少，并欲上阶生。（庾肩吾《咏长信宫中草》）

> 本自乘轩者，为君阶下禽。摧藏多好貌，清唳有奇音。稻粱惠既重，华池遇亦深。怀恩未忍去，非无江海心。（吴均《主人池前鹤》）

第五节 唐代诗歌——"近体诗"和五、七言古诗

一 唐代的一般情况

唐王朝是我国历史上最辉煌的朝代之一。极盛时她的版图与罗马

帝国最强大时的版图不相上下。政治、经济、文化都发展到了当时世界的最高水平，所以至今海外华人还自称唐人。

唐朝开国君臣顺应天下痛恨分裂、害怕战祸的人心，恢复了隋文帝征服南朝后大一统的局面。唐太宗以炀帝骄奢亡国的教训为借鉴，虽武功卓越，但也十分注意休养生息和发展文化。早期继任的君主也都能够守成并且向前发展，建立了我国历史上有名的贞观—开元之治，前后历时将近一百三十年，其间只偶然有过短时期的统治者间争夺权力的战乱和对外国的征伐。

唐王朝国势强盛，统治者胸怀开阔，继承并发展了隋朝开始的科举制度，使天下士人，发奋向上；并且能够不拘一格地用人：对于来自敌对势力或外国的人才，照样信任和大胆使用。文化上政策开明，既尊崇治国的根本学派儒家，对于黄老百家各个学派以及佛、道、回、景、祆和摩尼等宗教，也都能够兼收并蓄；对于来自西域和其他外国的音乐、美术、舞蹈乃至物产，也都是放手接受。其盛况通过《贞观政要》可见一斑。

二　唐代文学

在良好的政治经济条件下，唐朝的文学非常发达。首先要大书特书的当然是唐代的诗歌。其他如骈文攀登高峰，古文运动使唐宋散文成为我国古代散文的典范，文言小说"传奇"在前朝"志怪"与"轶事"小说的基础上，走向成熟，由宣传宗教发展起来的说唱文学"变文"别具一格，为此后的讲唱文学开辟了道路。此外还由于民间歌唱的需要，中唐以后有了"词"的萌芽。到晚唐五代时，"词"便成长为一种独立的诗歌体裁。唐代文学真可以算是百花齐放，争奇斗艳，盛极一时。

三　"近体诗"（格律诗——律诗和绝句）的形成

唐代诗歌除在源远流长的，以五、七言为主体的古诗的道路上继续前进外，更重要的是在齐梁"新体诗"的基础上，创造了"近体诗"，即我国的第一批格律诗——"律诗"和"绝句"。唐以后的格律诗还有"词"和（元）"曲"。前已指出，这里"新"和"近"都是当时人所给予的名称，不能用今天的观点去从字面上判断谁先谁后，误以为近体诗在新体诗之前。

近体诗是格律诗，而在此之前早已产生，并且此后依然存在和发展的各种非格律诗则习惯上称作古诗或古体诗。当然，相对于五四以后的白话新诗来说，这两者又都是古诗。我们在进行论述时，应该弄清其在特定场合所属的范畴，不可相混。

唐人格律诗是经过从诗经以来千余年的摸索，特别是经过南朝尤其是齐梁诗人的艰苦钻研，再加上初、盛唐诗人的细心总结而"约定俗成"的。所谓约定俗成就是大家都觉得这种写法很好，都跟着向这个方向走，但却并没有明文的规定。所以杜甫门前才会有"诗律群公问"的景象发生。

研究唐诗的人，习惯上把唐诗分成初唐、盛唐、中唐和晚唐四个时期来看待，但那主要是从艺术风格和思想气派着眼的，并不一定与政治的兴衰情况完全相吻合。不过光从诗律的发展情况看，也可以借用这种分期方法。大致说来，经过陈、隋和初唐诗人的摸索，已经选中了律诗和绝句这两种格式作为格律诗的通行标准。不信试看齐梁以来有"律化"（指词语平仄、句子结构和属对及联与联间的关系，都接近律诗）倾向的诗篇，每篇往往六、八、十句的都有，而初唐则锁定了五言、七言，八句（律诗）和四句（绝句）的格式，并且相率在律诗的二、三联组成对仗。不过这期间并不完全"合律"的诗，也可以时时发现。因此可以说，初唐是我国格律诗形成的时期。

到了盛唐，特别是经过王维、李白、杜甫等大诗人的努力揣摩和成功的创作实践，近体诗便臻于完全成熟：韵律严谨，属对工整，音调铿锵。如果偶然发现有失粘、失对的现象，那可能是出自作者一时的疏忽（这种情况历代大手笔都有），或者是由于表情达意的需要，而故意使用了"拗"笔。我们将在下章对此详加讨论。

到了中晚唐，格律诗的技巧更加纯熟。特别是白居易、李商隐、杜牧等人的近体诗，语言优美，音韵铿锵；朗诵起来，真是一种少有的美的享受。

四　唐诗在中国古典诗歌史上的特殊地位

需要着重指出的是，包括古体诗和近体诗的唐代诗歌，在我国诗歌史上有其光辉而且不可超越的特殊地位。

唐代政通人和，百废俱兴；统治者上下又爱好文采。唐太宗本人也是文武全才、对于义史诗赋都有深厚根基的千古罕见的英主。他在中国爱好诗歌这种传统的推动下，不仅大力倡导，君臣唱和；还把"以诗文取士"纳入科举考试的规定之中，这就很自然地使得朝野上下，爱诗成风；使唐诗成为一代文学的代表，成为我国古典诗歌的顶峰，而且是"空前绝后"的顶峰。

人类各方面的盛举，可以成为盛况"空前"，但却不能轻易地说是"绝后"，因为"焉知来者之不如今也"。但是，对于唐诗则不然。因为时代进步了，人们的追求多样化了，不可能再产生像当时那样的社会条件：上自皇帝，下至黎庶，都醉心于一种特殊的文学现象；正如同世界上不可能再现古罗马那种血腥的角斗场面一样。何况"李杜诗篇万口传，而今已觉不新鲜"。在"难以为继"和"不再新鲜"的情况下，人们的兴趣和努力，自然会转向"词"、"曲"和戏剧等新的方面发展，绝不可能在古、近体诗这个领域，与已经鳌头独占的唐人争锋。后来的历史发展事实也证明的确如此。

第六节　宋代文学与宋词

一　宋代的一般情况

唐朝灭亡之后，我国历史上又沿着"合久必分"的轨道，遭遇了另一个漫长的分裂与混战的时代——五代十国。一直等到赵匡胤陈桥驿兵变，建立宋朝时，天下才复归统一。从残唐黄巢起事算起，前后大约混战了八九十年。

我国的历史为什么会如此治乱循环不已？此点留给政治学家、历史学家去分析研究。但揆诸史册，也不难窥见其端倪：大约早在夏商周时代，华夏民族就在文化和心理上有了是同一个群体的共识，以为华夏本应是天下一家；并且历史事实告诉人们，"天下定于一"，只有统一了（哪怕是夏、商、周初期那种松散的统一）才会有太平日子过。所以每逢乱世，老百姓总是期盼着"真命天子"的诞生，来再度实现这种统一。于是有远见的政治家就顺应人心，取得了天下。得天下之后，开国者往往是比较有见识的英雄，能够革除前朝弊政，并安排较好的"守成者"为继承人；因而少则三几代，多则五六代，国家比较兴旺发达。此后就君臣上下日渐腐化起来：骄奢淫逸，醉生梦死，导致黎民起义，天下大乱。这就是孟子所谓"君子之泽，五世而斩"。到乱够之后，又再度被能人统一起来。所以我国历史上的朝代，其寿命一般都是二三百年。总之是循环分合无已，只有等到人民真正当家做主时，才会有长治久安的那一天。

两宋是我国历史上号称一统天下的几个王朝中，年代最长而又国力最弱的一个。建国之初，鉴于自唐末以来，政权先后更迭有八姓之多，为避免这种现象重演，宋太祖便想尽办法，加强中央集权，并用"杯酒释兵权"的办法，把开国将领的兵权，全都收归己有，由天子直接指挥，不让地方拥有重兵，以防割据。这样中央集权是加强了（宋、明、清是我国封建集权政治最盛的几个朝代），但两宋国家的武装力量却因此大大地削弱了。

宋太祖在初步平定南方之后，曾有意北进。太宗并且明确提出要收复被后晋割予辽邦的燕云十六州。但是他意志并不坚决，不敢倾全力去拼搏，几经挫败之后便只想退让以求苟安。群臣中也是畏葸偷安的居多。因此，在两宋三百一十九年的历史中，充满了抗战派和投降派的尖锐斗争，后来又加上变法的新党和保守的旧党之争；斗来斗去，大大斲伤了国家的元气，加速了覆亡的惨祸。

公元1004年，辽军南侵，第三代皇帝宋真宗接纳宰相寇准的建议亲征；但他又生性怯弱，不敢拼搏，结果在有利形势下，反而订立了丧权辱国的"澶渊之盟":宋、辽以兄弟之国相称,宋称兄,辽称弟;宋以辽萧太后为叔母,每岁向辽输银十万两,绢二十万匹。1042 年仁宗时增加银、绢各十万。神宗时又割让河东地七百里。

南渡以后,由于宋高宗是在徽、钦二帝(父亲和哥哥)被俘的情况下当上皇帝的,如果抗敌北伐胜利,让岳飞"迎二圣归京阙,取故地上版图",他自己的位置就不好摆。所以他终于要把抗金英雄岳飞处死(这同时也是金人的要求)。天真的人们还以为主要是秦桧搞了这场冤案,殊不知"千古休谈南渡错,当初只怕中原复。笑区区一桧亦何能?逢其欲"(文徵明词)。当然这并不能减轻秦桧是祸国殃民大卖国贼的滔天罪行。

对于其他强敌:西北方的西夏,"连金灭辽"时的金国,以及"连蒙古以灭金"时的蒙古人,也都是使用每年奉送银、绢数十万的方式,并且还称臣、称侄乃至称孙(太皇太后谢氏命陆秀夫向元军求降时,让皇帝称侄孙),以求依赖他人的力量侥幸取得某种便宜或苟延残喘;而不是励精图治,整军经武。结果是民穷财尽,国破家亡,岂不悲哉!整个宋代,几乎基本上是在外患压迫下度过的。因而宋代文学,始终以抗敌救国为时代的最强音。

但是,由于北宋是在长久纷乱之后统一的,而且基本上控制了当时中国的主要版图,相对安定了一百六十多年。南渡之后,社会经济与人才跟着南移,加以南方自东晋以来,早已发展成为繁荣富庶之区;所以虽是偏安,也依然在经济、文化、科学等多方面有很大的发展。当时诗人林升在《题临安邸》一诗中所见的杭州是:

> 山外青山楼外楼,西湖歌舞几时休?
> 暖风吹得游人醉,直把杭州作汴州!

虽是醉生梦死,倒也富庶繁华。所以两宋虽不够强大,但仍不失为我国历史上的重要朝代和当时世界上最先进的国家。

二　宋代文学概况

宋朝国力虽然不强，但是由于其历史较长，并且在政治、经济、文化等各方面继承了从古代到唐朝所取得的丰硕成果，然后再继续向前发展，因而其成就仍然是很可观的。

宋朝改进了国家管理体制，巩固了中央集权，发展了城市经济，改善了科举和学校制度；学术与科技成果众多，文学、书法与绘画成就卓越。

宋代文学，当然以宋词的成就最为突出。这里仅先略谈宋代在文学各个领域的发展情况，然后另立条目，重点介绍宋词的辉煌成就。

宋代的古、近体诗歌，沿袭唐代风尚，继续为朝野所重视，并力图有所创新，也产生过不少为后世所熟悉的大诗人，如欧阳修、苏轼、陆游等。但宋代诗人学习唐代各种流派的居多，而自己别开生面者甚少。"曾经沧海难为水"，与唐诗相比，宋诗已经是"瞠乎其后"了。

宋代古文，也卓有成就。所谓"唐宋八大家"，宋朝就占了六家。不过宋代古文平易有余，而瑰丽雄伟则不及韩、柳。受宋代古文影响，辞赋也进一步向散文靠拢而转化为"文赋"，例如范仲淹的《岳阳楼记》，苏轼的《前赤壁赋》、《后赤壁赋》，都是脍炙人口，传诵广远的文赋。所谓文赋，实际上就是灵活用韵的散文诗。

宋人的小说，在唐代传奇的基础上向前发展。除与唐人传奇相类似的文言小说外，还产生了大胆使用流利口语的"白话文"作品。宋人小说由于掌握了"白话文"这一反映广阔现实的有力武器，因而其成果为广大市民所喜闻乐见。宋代的"平话"、"话本"，是我国近、现代小说的鼻祖，在文学和语言方面的贡献是值得大书特书的。

宋代在戏剧发展方面也很有贡献。当时萌芽状态中的讲唱文学（鼓子词、诸宫调），傀儡、杂剧，以及南戏等，与辽金讲唱文学"诸宫调"和"院本杂剧"等一道，共同为后来元代戏剧的高度发展创造了条件。

此外，宋代还产生了我国特有的文学评论新形式——诗话和词话。

文学评论——理论和批评本来可以有多种形式：可以是系统的专著，也可以是散见的点滴评论。我国古代也各种形式的评论都有，但是到了宋代，产生了一种别具风格的文论著作"诗话"，而由大文豪欧阳修的《六一诗话》开其端。往后类似的著作层出不穷。诗话作者最初的目的在于用一种轻松的形式，以"辨句法，备古今，记盛德，录异事，正讹误"等事项为目的；而以记述有关诗歌的艺术成就，写作规律和经验，以及作者或诗篇本事为主体。并且像写轶事小说一样，作者以此作为闲谈资料。一时仿效者众多，成为一种风尚，逐渐向有纲领的文学评论发展。与此同时或稍后，词话也随之兴起，成为研究"词"的重要参考资料。

当然，如前所述，宋代文学中成就最高、在我国古典文学中影响最深的还是词（宋词）。它不仅是宋代文学的主要代表，而且是我国另一种"格律诗"即"词"的顶峰。宋词在历代"词"中的地位，正如同唐诗在我国古典诗歌中的地位一样，也是空前绝后，无可替代的。下文将对"词"的发生发展基本情况，简要地加以陈述。

三 词的产生和宋词的辉煌成就

（一）词的起源

"词"最初又名"曲子词"，意即特定曲调的歌词，正如乐府诗是"乐府"中特定乐曲的歌词一样。

可以肯定，词的产生比乐府诗要晚，但究竟产生于什么年代，则一向争论甚多，颇难定论。而且按常理推测，对于社会上自然发生的某些现象，并不是都像会议、战争或建筑工程一样，可以对其发生的时间地点有明文记载，而有时是难以找出其准确日期的。

个人以为，我们在研究事物时，对于其历史或来源寻根究底，以加深对该事物的认识和理解，有时是很重要的；但也不可过度沉溺于追本溯源的癖好，以为追溯得愈远愈古便愈好，并且把一些没有直接联系的东西硬是牵扯进去。在关于"词"的起源问题上就是如此。当前对于词的起源，至少有六七种说法。有的人主张源于《诗经》，因为在《诗经》

中，不仅可以找到包含多种字数的长短句，而且可以找到与"词"相似的多种押韵方式以及"换头"、"叠句"等多种表现手法（详见第五章）。按照同样的逻辑，词的起源也就被许多人与各历史阶段古籍中的许多诗歌挂上钩，例如牵扯到《南风歌》、楚民歌、郊祀歌、汉乐府以及从南北朝到隋唐的民歌，等等。这实际上都是一些缺乏根据的牵强附会。

　　如果是从广义着眼，说是宋词继承了从《诗经》以来的中国诗歌传统，则是完全不必要的大实话。因为谁都知道，在论及诗歌的一般发展源流时，则早自《诗经》、楚民歌，中经汉魏乐府、南朝诗歌，下至唐诗、宋词、元曲乃至今天的新诗，本来都是一脉相承的文学现象，后继者当然深受先行者的影响，这本是无须进行论证的事情。而如果是找寻"词"的直接亲属血缘关系，而又光从语句的长短等现象着眼，则几乎大多数古诗都可以与"词"有某种相似之处。然而除此之外，却再也找不出说明其演变的直接而具体的脉络来。

　　比较引人注意的是，有些学者提出了某些古诗篇目，认为是词的滥觞或始祖，如汉武帝的《秋风辞》、梁武帝的《江南弄》、陶弘景的《寒夜怨》、陆琼的《饮酒乐》、徐陵的《长相思》、僧法云的《三州歌》、徐勉的《送客曲》、隋朝民间水调《河传》等。其中尤以《江南弄》等说法比较近乎情理，因为其中某些作品，都有自己的"曲名"好似词牌，并且往往是"诗有定句，句有定字"，甚至有与之相配的音乐，还有人仿作。例如梁武帝的《江南弄》七篇，彼此格式一样，曾由沈约仿作，取名《六忆诗》；隋炀帝又仿作，取名《夜饮朝眠曲》等。这一说颇有引力，所以清人徐釚提出后，深得梁启超的赞同。现特抄录《江南弄》两首，以资与宋词作比较：

　　　　众花杂色满上林，舒芳曜采垂轻阴，连手躞蹀舞春心。舞春心，临岁腴。中人望，独踟蹰。
　　　　美人绵眇在云堂，雕金镂竹眠玉床，婉爱寥亮绕红梁。绕红梁，流月台。驻狂风，郁徘徊。[梁武帝（萧衍）《江南弄》（七首录二）]

乍看起来，江南弄与早期的词颇为相像。但是，仔细一推敲，则恐怕只能算是古人对民歌体式所作改进的一种偶然尝试，并因其结构灵巧而被个别人仿效而已。但是，与早期真正的"词"相比较，其重大差别在于它因为早于中国诗歌的"律化"阶段，缺乏语言平仄安排上的铿锵和谐特点，而这正是"词"之所以为词，并且直接继承唐人近体诗的最基本的标志。此外，文献也并未能说明以上所举诗篇出现之后，真正形成了以它们为样板并且被广为仿效和加以发展的风气。因此，只能说这些诗篇开拓了一条通向新"词"的路子，对于后来"词"的产生具有启发作用而已，但却不能说它们就是"词"的真正直接起源，是它的生父。至于"词"的真正起源，窃以为应该从以下几个方面进行探索。

1. 词的律化特点及其与近体诗的血缘关系

细读公认的最早的"词"作，例如下列无名氏的《菩萨蛮》、《忆秦娥》等名篇，考察分析其句子结构、平仄安排和与古今体诗相似的用韵方式，便会发现"句子的律化"以及与近体诗多方相似的特点，是一切"词"作的最基本的标志；非律化的"拗句"只是偶然产生的现象。由此可以断言："词"只能起源于近体诗形成的初、盛唐之后，是近体诗的直接派生物。许多人之所以要把词称作"诗余"，其根源即在于此。在此以前的与此相近似的诗篇，只能够算是一种偶然巧合。

　　　　平林漠漠烟如织，寒山一带伤心碧。暝色入高楼，有人楼上愁。　　　玉阶空伫立，宿鸟归飞急。何处是归程？长亭更短亭！（无名氏《菩萨蛮》）

　　　　箫声咽，秦娥梦断秦楼月。秦楼月，年年柳色，灞陵伤别。乐游园上清秋节，咸阳古道音尘绝。音尘绝，西风残照，汉家陵阙。（无名氏《忆秦娥》）

西塞山前白鹭飞，桃花流水鳜鱼肥。青箬笠，绿蓑衣，斜风细雨不须归。（张志和《渔歌子》）

江南好，风景旧曾谙：日出江花红胜火，春来江水绿如蓝，能不忆江南！（白居易《忆江南》）

以上是最典型的早期的"词"。第一首的上阕显然是五、七言诗句的组合，下阕是"失粘"的五言绝句。第二首是律化的七言和三、四言句子（律化句切割为三、四言）的组合。第三首是绝句的"减字"和"摊破"。第四首也是七言、五言诗的拼合再加上三字句的开头，如斯而已。但那平仄入律的五、七言诗句，是近体诗形成之前的人很难通篇始终如一地写作出来的。无名氏的《菩萨蛮》和《忆秦娥》，是否李白所作，疑者甚多：因其形式与技巧远远超过李白之后的刘禹锡、白居易等，且不见李白及其同时代的人有其他类似的作品。但是，从以上所引词作可以看出，作为一种新体裁格律诗的"词"来说，它只能产生于盛唐以后，产生于近体诗形成之后，则是不容争辩的事实。当然，如果硬要说这是"江南弄"等体裁在近体诗产生后的进一步演化，也无不可。好在我们这里只是做学术研究，并没有继承关系上的"产权"之争；仅需肯定，严格意义上的词，只能够是在多种原因的推动下，产生于近体诗形成之后，或者说，词是由近体诗所衍生出的新体裁格律诗。这样说就可以算是已经把问题弄清楚了。

2. 促成词产生和发展的诸因素

尽管我们从词的语音节奏、平仄安排、用韵规则等方面，找出了词与近体诗的血缘关系，但还不足以说明词为什么会于唐代中后期产生和迅速发展，并很快就在两宋取得诗坛的霸主地位。要解答这一问题，应该从以下几方面着手。

（1）首先是诗歌配乐时发生的演变：唐人的古、近体诗，大多是整齐的五、七言。但是在配上音乐时，却不能不照顾旋律的需要而加进一些东西，人们把这加入的音节或词语，叫做"散声"、"泛声"或"和声"。对于配乐诗歌所添加的这些东西，前人的解释虽不尽同，但其实所指的都是增加某种声音的现象。这种现象的存在，是有事实作根据的。例如：唐玄宗李隆基作有五言诗《好时光》（也可称之为早期的词）：

> 宝髻宜宫样，脸嫩体红香。眉黛不须画，天教入鬓长。莫倚倾国貌，嫁取有情郎。彼此当年少，莫负好时光！

今人刘毓盘从《词史》中考证出该诗在演奏时，被加入散声，谱成：

> 宝髻偏宜宫样，莲脸嫩体红香。眉黛不须张敞画，天教入鬓长。　莫倚倾国貌，嫁取个有情郎。彼此当年少，莫负好时光！

又如有名的《阳关三叠》，它的原本是王维的一首失粘的七言绝句《渭城曲》：

> 渭城朝雨浥轻尘，客舍青青柳色新。
> 劝君更进一杯酒，西出阳关无故人！

后人为了加重离情别绪而反复咏叹，于是就演变成了有名的所谓《阳关三叠曲》。《阳关三叠》的说法由来已久，但是究竟如何叠法，早在苏轼时代就已难考证，想来不止一个版本。后人于琴谱中抄得无名氏的一种叠法如下（《全元曲》卷十二无名氏小令《阳关三叠》同此）：

> 渭城朝雨浥清尘，更洒遍客舍青青。弄柔凝千缕，更洒遍客舍青青；弄柔凝翠色，更洒遍客舍青青。弄柔凝柳色新。休烦恼！劝君更进一杯酒，人生会少，富贵功名有定份。休烦恼！劝君更进一杯酒；旧游如梦，只恐怕西出阳关，眼前无故人！休烦恼！劝君更

　　进一杯酒，只恐怕西出阳关，眼前无故人。

　　这很像宦游与经商盛行的时代，故人在分别时所发的感叹。但由此可以明显看出古诗是怎样演变为"词"的。

　　"和声"之类大约与下面第六章所述元曲的"衬词"相似，估计有些是歌唱时用的，有些是做"道白"用的。"后人怕失了那泛声，逐一声添个实字，遂成长短句。"（《朱子语类》）

　　（2）其次是市民音乐享受的需要：早期的诗歌，虽以五七言为主体，但大多是配乐以演唱的，演唱时还往往不得不加上泛声。从唐代起，西域音乐传入，与内地音乐结合，形成新声"燕（宴）乐"，在社会上颇为流行。到了宋代，由于商业的繁荣和城市的进一步发达，城市居民在社会生活中的影响加大，他们对音乐和歌曲的需要日增。再加上宋代北方辽、金等外族音乐曲调的传入，需要有新的歌词与之相配合，因而产生了许多新的歌词。于是由"教坊"中流行的旧调，社会上传唱的歌曲，西域和北方外族传入的新乐，再加上文人的模仿和创新等组合在一起，形成一种新的歌词和曲调，并且迅速蓬勃发展起来。其结果是曲调猛增，新词竞出，形式多样；并且在两宋时，由于朝野的推动，终于蔚为大观，发展成为取代唐诗的文坛霸主。

　　（3）再次是文人对五七言诗的反抗：任何文艺形式行之既久，人们基于要求创新的冲动，必然推陈出新。以五七言为主体的唐人诗歌，美则美矣；但是如果老是这样一种格式，配乐歌唱起来不便，写作起来也嫌呆板。再加上一般唐诗内容也过于严肃，在"娱宾遣兴"的活泼轻松场合不很适用，需要有比较轻松活泼的诗歌和曲调来满足这方面的要求。更何况曾经沧海难为水，唐代之后，诗人也很难自出心裁，超越李杜，所以便在体裁上另寻出路，要求变旧体，换新声。正如王国维所说："盖文体通行既久，染指遂多；豪杰之士，亦难其中自出新意，故遁而作他体，以自解脱。"这便是词所以由"诗余"终于发展成为主角的重要原因。

　　以上三种因素凑在一起，便使"词"很自然地茁壮成长起来，成为人们所乐于接受的新生事物。

（二）词的发展简况和宋词的辉煌成就

1. 词的发展阶段

根据上文所述，我们已经可以看出，严格意义上的"词"起源于近体诗形成之后，大约以中唐的刘禹锡、白居易、张志和等人为前导。最初主要是用以描写男女相思眷恋、刻画妇女闺情体态和表达生活中的闲适情趣。因而被认为是不登大雅之堂的雕虫小技，所以号称"诗余"，也叫"艳科"。

经过晚唐温庭筠等人的努力，和五代十国时前、后蜀及南唐等词人的开拓，词正式成为一种新兴的诗歌体裁，逐渐与五七言诗相竞争，产生了以写词为主要作品的"词人"；在写作内容上也由当初专写男欢女爱、别绪离情、仕女冶游、渔樵闲适等尊前酒后的消遣娱宾之作，发展到描写家仇国恨等较为广阔的内容，有的作品语言朴实清新，接近口语。这就大大地提高了词的地位和扩大其影响。

与中唐词人同时或其前后的词作，还有"敦煌曲子词"：19 世纪末叶，敦煌石窟庙祝偶然间在甘肃敦煌石室中，发现了古人于战乱时秘密保存的古籍。其中在文学作品方面，主要是"变文"和"曲子词"的写本。这本是一批极其珍贵的历史文物，可惜当时统治者暗弱，大部分资料被帝国主义者掠走。

敦煌曲子词的作者多不可考。从其用词和偶然使用"衬字"上判断，应该主要是民间作品，或者某些被民间改造过的文人作品。前述某些中唐文人写词时，语言往往平易近人，很可能是深受民间"曲子词"的影响而形成的文风。

到了两宋，由于前述多方面因素的推动和宋代文化的进一步发展，朝野除继续热衷于古、近体诗和古文运动而外，在继承和发展"词"的方面，也很重视。早期的文人和显宦，如晏殊、宋祁、范仲淹、欧阳修等，都有著名的词作流传于世。其后名家辈出。张先、晏几道、柳永、苏轼、秦观、贺铸、李清照、张元幹、周邦彦、张孝祥、陆游、辛弃疾、陈亮、刘过、姜夔、吴文英等，都从不同的角度，对于词的发展，做出了重大贡献。特别是其中的柳永、苏轼、周邦彦、辛弃疾等人的作品，在构建宋词这一幢大厦上，起了栋梁一般的作用。

北宋时代，词在体式上长调加多，风格多样。到南宋时，经过许多名家的努力，技巧上更加成熟，作词之风，盛极一时。因此，宋词便能够继唐诗之后，成为一代文学的主流，中国文坛上的瑰宝和奇葩。

2. 宋词的辉煌成就

作为一种文学体裁、一种格律诗，无论是中晚唐的词，五代、南唐的词，都各有其重大的贡献。不过在论及内容之博大，技巧之精湛，作品之丰富，影响之深远时，当以宋词为渠魁。那是因为有宋一代，武功虽弱，但文治方面，则在前代尤其是唐朝成果的基础上，有了进一步的发展。特别是北宋初期，号称"百年无事"的盛世，文化方面成绩斐然。南宋虽系偏安，也还是相当繁荣；在当时世界，仍不失为先进国家。因此宋词才得以在这样的条件下，在唐五代词的基础上，取得辉煌成绩，成为一代文坛的霸主。

词到两宋，彻底摆脱了"诗余"时代的局限，成为体式繁富，风格多样，内容广阔的新声。它以多种形式的语言艺术和表现手法，反映了个人生活和时代潮流的各个方面。其内容非常丰富多彩，举凡感叹身世，痛惜时艰，咏怀古迹，描绘山川景物、田舍风光乃至阐明人生哲理等的词作，样样都有。这就使得词的内容与手法，跟原有的五七言诗没有区别，只不过体裁结构和语言风格上有所不同而已。特别是陆游、辛弃疾等人的爱国篇章，成为在外敌入侵的情况下，力求挽救危亡所发出的时代最强音，其影响极为深远。

宋词在发展过程中，其所经过的道路与唐诗略有不同。唐诗主要是以气势和内容分类（分派），而有所谓盛唐雄风、晚唐绮靡之类；或从主题上分派而有山水、田园、边塞诗人之别。而宋词则喜欢专从风格上着眼，分为婉约、豪放等派，并且彼此门户之见很深。其实诸派各有所长，而且是完全可以彼此兼容并包的。不过通过这些派别的互相批评，人们加深了对于"词"的理解和提高了写作能力。关于词的流派问题，我们将在第五章第二节作进一步的探讨。

宋词流传下来的作品甚多,有多种校辑版本流传,其中唐圭璋的《全宋词》约收集了作家千余人,作品两万余首。加上唐五代词,我国流传下来的"词"作,当是诗歌领域仅次于唐诗的一大宝库。

第七节　元代文学和元曲

一　元代的一般情况

正当南宋忙于联金灭辽,接着又与金人苦战之时,蒙古人崛起于斡难河与肯特山一带。其中孛儿只斤族的铁木真具有雄才大略,很快就统一蒙古和中亚一带的诸多部落,被推为"成吉思汗",意即"众人拥戴之强有力的皇帝"。他先后灭金、攻西辽和发动大规模西征,占领欧亚大部领土,建立了人类历史上空前大帝国。但是由于蒙古人起自文化落后的游牧民族,仅仅依仗剽悍善骑射和全民皆兵的优势,征服了广大地区,然而却没有统治泱泱大国的文化水平和政治经验。于是成吉思汗在生前便把广大领土分封给四个子孙:长孙(长子术赤早死)分得钦察汗国(俄罗斯一带),次子察合台分得察合台汗国(天山、西域一带),三子窝阔台分得窝阔台汗国(巴尔喀什湖以东地),幼子拖雷分得蒙古本部和林一带土地。1258年蒙古人第三次西征时,拖雷之子旭烈兀任统帅,占领今伊朗、伊拉克一带;所占土地遂成为旭烈兀的封地,建立伊儿汗国,并且存了130年之久。这样,成吉思汗的四个儿子(或其后裔)就各有了一个汗国。

窝阔台称大汗后,三传至元世祖忽必烈,于至元八年(1271年)定国号曰元;至元十六年(1279年)灭宋;1368年亡于明。蒙古人从1205年进攻西夏开始,先后费时163年,逐渐占领中国由北而南的领土;但入主中原则不到100年,是我国历史上最短的中央王朝。

关于这一段历史在我国发展史上的地位问题,颇有争论。争论主要集中在成吉思汗的大帝国是否算是古代中华帝国辉煌业绩之一,以及元朝统治时期是否算是中华历史上一个新的朝代,还是华夏传统的中断这两个焦点上。

个人以为应该把成吉思汗帝国时代和帝国分裂后、窝阔台由南进到入主中原的元朝区别开来。前者跟历史上众多的"其兴也勃焉，其亡也忽焉"的大帝国一样，没有能够留下很深刻的影响，与传统的华夏文化，没有密切联系。那不是中国史的一部分。正如同亚历山大帝国和奥斯曼帝国所曾经占领过的广大地区，不会把这两个占领者的辉煌业绩纳入自己的历史传统一样。俄国、中亚等地都不会把成吉思汗的统治纳入自己的历史传统。

入主中国后的元朝与此不同，它虽是由成吉思汗大帝国中分裂出来的四大汗国之一发展而来，但它不仅后来成为四大汗国中文治武功突出，成就最多的汗国，成为蒙古人的主要势力和阵地；并且还在多方面接受了中国的文化传统，在中国的政治、经济和文化等各个领域都曾产生深刻的影响。绝不能因为它是"外族入主中原"而抱排斥的态度。否则清朝的历史地位也要重评了。

不仅如此，须知中华民族原本是一个多民族逐渐融合的大集体。它的力量就在于能够容纳外族、学习外族并终于融合外族。文化上如此，生理血统上也是如此。在今天的中国，绝对找不出纯之又纯的汉族或华族来，它早已在蚩尤入寇、猃狁侵周、匈奴犯汉、五胡乱华、五代混战、辽金进逼等历史时期加入外来基因，并且使民族血统获得了更新。特别值得强调的是，我国自古以来就有接受外来领袖的气度，关键在于这外来领袖能否尊重传统文化并实行有利于人民的政策。不信且听孟子是怎么说的："孟子曰：民之归仁也，犹水之就下，兽之走旷也。"他又说："舜生于诸冯……东夷之人也；文王生于岐周……西夷之人也。"（《孟子·离娄》）夷狄之人，可以成为万世景仰的圣君，从孔夫子到孙中山，谁都不曾反对过。韩愈在其《原道》中也说："孔子之作《春秋》也，诸侯用夷礼者则夷之，夷之进入中国者则中国之。"也就是说关键在于奉行的是什么样的文化传统。

契丹（辽）、女真（金、清）和蒙古，对于中国文化，最初虽然曾有过抵触情绪，也曾大力创造过本民族文字；但他们很快就能发现中原文化的优点并努力学习，通用汉语汉字，尊孔读经、读史，学会吟诗作赋；对书法、绘画也相当重视。他们先后都采用了考试制度和科举制，以收罗人才和笼络人心。建立清朝的女真之一支的满族，并且已经完全融合于以汉族为主体的中华民族之中。

元朝诸帝，大力吸收华夏文化，采用中国管理制度，任用汉族能人，在经济文化方面多有贡献。本书所要研究的元曲，就是元代对祖国文化的重要贡献之一。当然，元代统治者的气度太小，特别是实行严厉的种族歧视政策。这不仅阻碍了各方面的发展，而且也加速了元朝自身的灭亡。但这绝不足以成为否定整个元朝的理由。

二　元代文学概况

元朝乃至前此的辽、金、西夏，都是由处于原始公社或奴隶社会的入侵的北方民族所建立的统治。他们的文化水平虽然远远落后于汉民族，但都能够很快发现汉文化的优点，战胜本民族保守势力的反对，大胆向中原学习，采用华夏的官制和统治制度，适应汉族的生产关系，使农业、手工业、商业乃至科技医学等都有很大的发展。他们原有的渔牧业也因此得到了改进。虽然偶尔也曾有过倒退措施，例如元人占领中国后，曾经一度把良田辟为牧场，把手工业者拘留在各种制造局内，以实行奴隶式的集体劳动等，但这些都很快就得到了纠正。

辽金以来，北方的社会生活水平，无论是从经济物质生活，还是文化艺术方面着眼，都不比南朝低下；远非一般人所想象的那样，以为是各方面都落后的"番邦"。不过在传统学术与文艺方面，则多模仿南方，甚少特出成就。只个别文人如金朝的元好问，元朝的赵孟頫、萨都剌、王冕等比较知名。

元朝真正有历史地位、领一代风骚的文学作品和作家，则是与唐诗、宋词并肩媲美的元曲及其作家王实甫、关汉卿等人。而元曲之所以能够取得如此辉煌的成就，则是由于下述当时的政治形势和社会情况，为元曲的生存和发展提供了适当的条件。

三　元曲的兴起及其基本内容

（一）元曲（散曲和剧曲）产生的时代背景

通常所谓元曲，兼指由宋词发展演变而成的"元曲"（散曲），以及用元曲写成的戏剧——剧曲或杂剧；而以剧曲的成就和影响最大。因此，剧曲是元曲的主体。

世界各文明古国，大都很早就有戏剧作为其文学艺术的重要组成部分。而在我国则迟至元代，戏剧才正式兴起。这中间经历了一个特殊艰难的演化过程。我们将在第六章予以较详细的探讨。

元曲之所以会在元代产生和迅速发展，是有其多方面的原因的。

首先，从文体的演变着眼，则元（散）曲的产生，可以说是对宋词的一种反动（反抗），正如当年"词"是对五七言诗的反抗一样。因为宋词在称霸文坛之后，在格律讲求方面愈来愈严，而且往往文绉绉的，不能满足新来外族和新兴城市居民的要求。于是他们就利用随着北方民族大迁徙而传入的各种地方小曲流行的机会，用新声发展了原有的词曲，演变成为元（散）曲。所以元曲中很多的曲牌与词牌相同或相近似，其文字结构也是基本相同或相似的。元曲并因此被有的人称为"词余"，也正如同"词"在早期之被称为"诗余"一样。

散曲的产生，为剧曲的成长提供了最好的语言文学基础。

其次但却最主要的原因是，社会生活条件的改变和文娱生活上的新需要。

我国社会在两宋时期，在北方发生了根本变化，传统文化的实力减弱。到了元朝，虽然也和辽、金一样，大力吸收了中原的华夏文化，但北方外族的实力占主导地位；社会风气发生了重大变化，一切以新兴统治者的兴趣为转移。当时新的统治者及其徒众喜好歌舞曲调，而对于中国传统诗文则不甚感兴趣。这就为元曲中剧曲的产生提供了最适合的土壤。据说元朝曾以曲调取士，并给予有关歌舞的执事与伶人三品以上高官。"上有好者，下必有甚焉者。"以工商业者为主的城市居民，更是以欣赏新兴的曲调为时髦风尚。

另一方面，广大的汉族知识分子，除极少数依附上层、歌功颂德者外，大多数不屑做官而又苦无出路，只好在"三瓦两舍"歌舞场中去找生活。于是他们就适应广大市民寻求娱乐的要求，从事戏曲的写作甚至亲自参加演出。这些文人由于自己的处境接近人民群众，因而就具备了产生伟大作品的条件。他们在宋人杂剧、院本、金元诸宫调等原有文学形式的基础上，把戏剧的故事情节与流行曲调结合起来，或者说用当时的流行歌曲来谱写戏剧，于是就产生了多姿多彩的元人杂剧。此点也将在第六章作进一步的讲述。

（二）元曲的发展简况

前已指出，通常所谓元曲，有两层含义。一层从诗歌角度，指的是由格律诗宋词进一步发展和通俗化所形成的新的体裁——散曲。

另一层从戏剧角度，指的是由当时流行的曲调（散曲）与城市传统戏曲相结合并且发展了的剧曲，或者说用元人新兴曲调来表现戏剧内容的歌剧（诗剧）即元人杂剧，这是通常所说元曲的主体。

按常规，似乎应该是先有"散曲"，然后再把它应用于戏曲之中的，即先有散曲然后才有剧曲。但实际情况并非如此。二者可以说是平行存在，并且各自都有自己遥远的历史。中国的戏剧酝酿已久，并且作为元人剧曲直接前导的宋代"诸宫调"，已经是使用当时流行的曲调来演绎故事了。而"散曲"的历史则至少可以直接追溯到宋词唐诗，而且早在宋朝时期的"诸宫调"，已经具备"散曲"的雏形，并且没有像中国戏剧那样，遭遇过长期受到压抑的问题。

因此，一旦元代戏剧家决定用流行的曲调表演戏剧内容时，便很自然地会使用现存的"散曲"并加以发展。所谓发展，从剧曲的"曲牌"远远多于"散曲"的曲牌便可以得到证实。因为要表现复杂的剧情，绝非流行的某些小调可以胜任的。而反过来，也并非剧曲中的任何宫调，都曾被文人用来写成"散曲"的。由此可见，散曲与剧曲是文体相似而具体的曲牌则并不彼此完全通用的。

散曲可以用单个或组合起来的多个曲子的形式出现，关于散曲的具体写作规律，留待第六章去详解。

　　至于剧曲，则经过了几个发展阶段。它是在古代百戏以及宋、辽、金诸宫调和杂剧、院本的基础上成长起来的，是我国第一批发展成熟了的戏剧，也是戏剧作品中难度最大的一种。因为它们都是用极严格的格律诗写成的。莎士比亚的现存 37 部戏剧中，只有一部分是诗剧，而且并非都是格律诗。其他国家的作家所写诗剧也为数不多。没有一个国家的诗剧，是像元人那样，本本都是用严格的格律诗写成的。这是多么艰巨的工作啊！受其影响，在现代话剧（文明戏）诞生之前，我国众多的地方剧种，也都是以歌剧（并且多是诗剧）形式出现的。

　　元人杂剧起初清规戒律较多。后来元杂剧吸收南宋"南戏"的优点，形式变得比较灵活。

　　杂剧从诞生到发展的过程中，因为有广大知识分子参与，为朝野所重视，加以当时儒家传统削弱，文禁较宽，于是一时著名作家辈出，优秀作品如云。其中很多戏剧如《西厢记》、《窦娥冤》、《赵氏孤儿》等，至今仍脍炙人口，并被改编为其他剧种或电影、电视剧等，有的剧本如《赵氏孤儿》即曾于 18 世纪译成法、英、意、德等多种文字，并且为欧洲文人如伏尔泰、歌德等所改编上演。

　　与此同时，从南宋流传下来的"南戏"则在南方流行。所谓南戏，实即南宋的杂剧。它吸收了元人杂剧的优点，但形式较杂剧灵活：篇幅可长可短，一部戏（一个故事）可以长达几十出之多，可用多种宫调，可南北合套，曲调不限韵，演唱形式多样，题材接近生活，有进步意义的作品较多。南戏起初不为当局所重视，后来它的影响扩大，几可取杂剧而代之。

　　南戏在明代演变为传奇。杂剧与南戏，是此后我国包括京剧在内的各种戏曲的直接源头。

　　通常所谓元曲或元人在戏曲方面的成就，广义言之，应该包括南戏在内。

　　由于元人戏剧（剧曲）与格律诗密切相关，故不得不于此有所论列。

第八节　明清以后的诗歌

一　明清时代的简单情况

这里指的是从明朝到当前这一段时期，国家所面临的简要情况。

从政治上讲，这是中国历史上最特殊、最存亡攸关的时代。

要是光从中国着眼，这一阶段的历史并无特别之处，它仍然遵循着五千年的发展规律：开国时统治者比较有为，随后就日渐腐化，引起内忧外患，并被新的朝代所代替。这本是中国历史上的一出老戏。所不同的只是明朝在末年，朝政腐朽黑暗几乎达到极点：宦官弄权和实行残暴的特务统治，丧尽人心；以致清人以外族身份入侵，仅靠十多万骑兵和投降过来的汉军，就把偌大的一个中国征服了。这是因为当时人民怀着"时日曷丧？予及汝偕亡"的怨恨心情，根本就不再愿意替统治者卖命。至于清朝末年，除与明末同样腐败外，再加上这回所面临的不只是造反的民众，而更主要的是，这回来了空前凶恶并且十分强大的、掌握现代武器的帝国主义。可悲的是当权者愚昧之极，竟有人搞不清荷兰等西方小国是真有这样的国家，还是西方帝国主义者捏造出来以求多分一杯羹的，也不知道英国在地球的什么地方。昏聩如此，难怪屡屡被打得鼻青脸肿，赔款割地；然而这时还要精神胜利，自称上国，以列强为蛮夷。弄得有志之士，愤怒、羞愧、自卑和绝望之恶气填膺，奋起拼搏。所以武汉起义军一声枪响，没经过什么战斗，封建王朝就从此崩溃，断难复辟了。

民国以后的军阀混战和日寇入侵，只不过是前朝余毒在继续肆虐，和历史沉渣在继续泛起，从而使得外寇得以乘虚入侵而已。

当然也不能把一切责任都推给明清两代。说句公道话，这两个王朝是中国封建时代中很重要的朝代，他们也曾经有过自己的建树：两朝都不遗余力地加强中央集权。这是一把"双刃剑"，它既有助于国家的统一，又压制了进步因素的生长。两朝在发展经济、奖励学术方面也做了许多工作。经济上在各自鼎盛时期，出现了大规模作坊，可以称得上原始工厂；作为银行前身的钱庄甚为发达，纸币和票据流行，商业生意兴隆。简直可以说是已经有了资本主义的萌芽，可就是不能百尺竿头更进一步，向资本主义迈进。

学术上在哲学、语言文学、训诂考据等方面都有很大贡献。特别是清朝在整理国故，编撰大型图书方面，成绩卓著。虽然由于狭隘的民族主义，对某些著作有所篡改，但其保存与诠释古籍的功劳是不可磨灭的。然而，关键问题就在于，当中国依旧用古今一贯的步伐缓慢地往前走时，西方已经后来者居上，经过文艺复兴和产业革命，走上了资本主义飞跃发展的道路。这正如同徒步或者乘坐老牛破车的赛手，跟驾驶汽车或者飞机的对手赛跑一样。当时的情况是："欧洲的一天，等于中国一个时代。"这样怎能够不越跑落后越远！

值得探讨的是，自从欧风东渐以来，善于学习的中国人早已从利马窦等传教士那里接触到了西方的科学，改进了历法，使用过他们的自鸣钟。明朝的袁崇焕还用他的"红衣大炮"打死了努尔哈赤，但中国人却为什么久久不能迎头赶上呢？

这里存在着许多悖论：如说"中国封建势力太强，所以资本主义发展不起来"，"中国资本主义的力量太微弱，所以封建势力总是打不垮"，等等。总之，在人类历史上几千年一直居上游的中国，为什么会在明清两代忽然远远地落后了呢？这是一个中外学者都没有解决的问题。我当然不敢妄下结论。不过抛出一块引玉之砖应该是可以的。个人以为：地大物博的天然条件，四塞之国的地理位置，孔孟申韩老庄的一套完整的统治方法，以农立国、重农贱商的治国原则和满足于自给自足的生活观念，几千年总是不绝如缕的历史经验所派生的"中国不会亡"的自信与自大心理等特殊因素结合在一起，就使得中国人与靠海上交通为生，吸收了多种文化的希腊、罗马人及其后裔大不相同；久而久之，便酿成了一股"古国衰竭综合征"，这应该是其根本原因。

可叹这个患"古国衰竭综合征"的古老中国，在被打得头破血流时，她还要故步自封、死要面子，说什么"中学为体，西学为用"。任何洋务运动，都只能是向西方学习一点皮毛；经常酣睡于一种自信自满、保守封闭的状态之中。痼疾要用猛药来治，一直要等到经过日寇入侵和"文化大革命"这种空前惨祸的洗礼，中国人民才真正开始觉醒，走上使国家向现代化转型的道路。至于这雄狮是否真的已经完全觉醒，它会不会再打盹，或者它将在转型的道路上行走得快还是慢并且少走弯路，那就要看朝野上下的智慧和努力如何而定了。

二 明清时代的文学和诗歌

也许真的"一代有一代的文学"，明清阶段的文学霸主位置，无意中被小说所占领。我国的小说，尽管一向不被统治者所重视，甚至还受到压抑，但是明清小说却在宋元白话中篇小说（平话、话本）的基础上，发展为鸿篇巨制，产生了像《三国志演义》、《水浒传》、《西游记》、《红楼梦》等那种可以称为世界名著的奇书。其他值得阅读的作品如《金瓶梅》、《聊斋志异》、《儒林外史》等还有不少。其中晚清的"谴责小说"，很好地反映了当时的社会面貌。

戏剧则由南戏发展成为明清"传奇"，并进而演化为"京剧"和多种地方戏。

至于诗歌，元曲以后，并无新的体裁产生，而是呈现一幅多种体裁并存的局面。虽然在风格流派方面有过许多波澜，但大体上是在唐诗、宋词的"大家"中去找后台或依据。尽管也不时涌现出一些好的作家和作品，但是已经再也掀不起唐诗宋词那种高潮来了。其原因我们已在序言和发展源流中作了分析。

不过由于科举场中一直以（格律）诗、（八股）文取士，因而文章（主要是散文）和格律诗始终在文坛占据特别重要的地位。

＊　　　＊　　　＊　　　＊

欧风东渐特别是辛亥革命和五四运动以后，白话文取得绝对胜利，文言作品被迫退居次要地位，唯独诗、词、曲还不断地回光返照。

新诗（白话诗）理当成为当代诗坛的主角。但是，由于本书在序言中所说的原因，她依然长期处于彷徨摸索之中，并没有能够满足诗歌爱好者的期望，因而一个时期以来，在某些层面的人士中兴起了一股写作旧体诗词的新潮。诗社相继组成，诗作纷纷出版，并形成旧体诗词俨然要复辟的局面。当然旧体诗词得以不被完全淘汰，还与它自身所具有的特殊魅力有关。

希望在不久的将来，出现这样一种局面：旧体诗词的优秀成果，为当代人们所广泛欣赏，为新诗作家所充分吸收，写出划时代的美好新诗来！

第三章
律诗和绝句写作的基本规律

第一节　简单的说明

　　通过上一章有关诗歌发展源流的陈述，我们已经知道，广义说来，一切与新诗相对的文言诗歌，都可以称作古诗。但是区分得更细致一些，则这种文言诗歌习惯上又被区分为"近体诗"（即格律诗中的"律诗"和"绝句"）和"古诗"（古体诗）两大类。近体诗又称"今体诗"。所谓近和今，都是唐人将其与前此诗歌相对比而言的，切勿与南朝的"新体诗"相混淆。"古诗"又可区分为四言诗、五言诗、七言诗、杂言诗等多种。这里所谓的古诗，在写作上并没有严格的规定，所以也可以看做是与格律诗相对的古体自由诗。不过古诗绝不是某些人所妄称的"文言顺口溜"。古诗要写得好，写得有韵味，其中有许多讲究；写古诗至少与写格律诗是同样不容易，或者更困难的。此点将在讲完格律诗之后再加以论述。

　　本书所陈述的格律诗写作的基本知识，可以分成两类。一类指的是必须遵守的基本规则，违反了就算是犯了错误、不合规律。另一类指的是应该或者最好是如此的种种说法或习惯，违反了就算是美中不足。大致的安排是：本章论述必须遵守的基本规律及其相关知识，下一章论述应该或者最好是遵守的注意事项，特称做格律诗的"讲究和禁忌"。而当这两种要求出现在同一条目之下时，笔者将对何者属于哪一类，及时予以说明。

近体诗写作的基本规律，并没有成文的书面资料可循。连被称为诗圣的杜甫，前已指出，他一生虽曾多次提到诗律，并且明说自己"晚节渐于诗律细"，但可惜也并没有具体说明这诗律是什么，而只是留下了许多堪称典范的诗篇。我们今天所说的近体诗的规律，都是从唐人众多的诗篇中总结归纳出来的。所以有时会发生争论，并且很难做出结论。因之有许多意见，只能算是"谨供参考"；但又不是各人可以各行其是的，因为千百年来有许多基本规律是早已"约定俗成"，为大家所公认，所熟悉，离开它们就会贻笑大方。

近体诗的基本规律，其中有些是极为简单，用不着多加解释，也无须花工夫去记的。例如字数必须是五言或七言，句数必须是四句或八句等；但是为什么会如此？或者这种规定是怎样摸索出来的？却很难说出个究竟，也很少有人探讨过。又如押韵的问题，简单说来只需韵母相同或近似就行了；但是，什么是近似，就绝非三言两语能够说清楚的。至于用韵方面还有些什么其他讲究，也是一个颇为复杂和容易引起争论的问题。而最令许多人困惑的是"平仄相对"规则中的入声问题。因为在普通话中，从元代起，入声就已经消失。有些古诗今天读来很不顺口，也不知道今天在写作中应该如何对待古代入声字的问题。于是就有些无知之人"以今例古"，认为汉语中从来就没有什么入声字，是浙江人沈约硬塞进去的。并且进而认为中国具有悠久历史、科学系统，而且硕果累累的音韵学是"世界上最大的一堆假学问"（见前引余浩然著《格律诗词写作》第四章及后记）。这真是骇人听闻的谬论。为此，笔者不得不在本章对于入声字的问题多做探讨，以补救许多诗词格律著作对此语焉不详的缺点。

对于已经具备相当多的有关近体诗基本知识的人，如果仅仅是平仄格式等基本规则搞不清，则只需细看本章第六节三千多字，甚至只需掌握其中第一款两千余字，或第二款一千余字，乃至只记住其90字或甚至41字的简单规则就行了。但是，如果你想做到不只是"知其然"，而且要"知其所以然"，恐怕还是得多有一点耐心，把本章或本书细细看下去为好。这样做对于提高对诗歌的鉴赏水平和写作能力，也许会很有帮助的。

第二节　近体诗的字数和句数

近体诗每句必须是五言或七言（即五个或七个字），所以分别叫做五言或七言律诗和绝句。每首必须是四句（绝句）或八句（律诗），所以俗话称会写近体诗的人是"懂得个四言（此处'言'指'句'）八句"的。至于何以会如此，则是很值得探讨的，有些问题甚至还很少有人探讨过，而且可能还难以做出结论。现在先探讨每句字数的问题。

一　关于诗歌每句的字数

中国的诗歌，每句的字数是多种多样的，几乎从一个字（独词句）到十个字以上的都有，而以四、五、六、七字的句子较多。但是，长期以来，人们已经习惯于使用五言和七言，仿佛这是天然合理的事情。至于为什么会如此，很少有人想到要加以讨论。早期的文艺评论家也曾有人尝试过讨论这一问题，例如刘勰《文心雕龙·明诗》中说："若夫四言正体，则雅润为本；五言流调，则清丽居宗。"钟嵘《诗品·序》中说："夫四言文约意广，取效风骚，便可多得；每苦文繁而意少；故世罕习焉。五言居文词之要，是众作之有滋味者也，故云合于流俗。岂不以指事造形，穷情写物，最为详切者耶！"但都说得不明不白、欠准确和没有说服力。说"四言"是正体，以其源于《诗经》，雅润为本，倒还可以。说是"取效风骚"，则显然用词欠准确，四言与"骚"毫无关系可言，且早于骚。至于"文繁意少"，则是乱扣帽子。而且何以不用六言乃至八、九言？也都没有作交代。其他如胡震亨《唐音癸签》、胡应麟《诗薮》等谈及此事时均不得要领。刘熙载《艺概·诗概》中说："五言尚安恬，七言尚挥霍。五言与七言因乎情境。……平淡天真，于五言宜；豪荡感激，于七言宜。"意思虽然明确，然结论全出于武断，缺乏论证，因而没有说服力。

要解决这一问题，恐怕应该从汉语的字、词特点和语言习惯中去探求。由于这一问题，前人探讨得不多，我在这里只能是拓荒似的猛闯，希望能够引起人们的兴趣，并得出有说服力的科学论断。

（一）一般汉语句子中的字数

为了探索汉语诗歌为什么会以五、七言句子占主导，应该首先从汉语，特别是古汉语的口语（语录）和书面语的造句习惯中去进行考察。这就必然会涉及汉语"字"和"词"的特点。

语言早于文字，文字记录语言。二者必然相互影响。

作为使用表形兼表意文字的汉字和汉语，特别是古代汉语，每个字都具备特定的形、音、义，也就是说每一个字就是一个有固定形态、声音和意义的词。在早期，只有极少数的词，像联绵字、连音词、特殊结构、专名和外来词语等才是双音词，例如：饕餮、徘徊，津津、欣欣（然），蜈蚣、妯娌，猃狁、突厥等。三个音节以上的词，如鸠槃荼、鸠摩罗什等极其稀少。大量双音词的出现，是汉、唐以后的事情。至于四个音节以上的词，如"最后通牒"、"联合收割机"等的出现，则是到了近现代以后才有的现象。而且这些多音词，一般都是由可以单独运用的字（词）组成的，甚至可以把它们看成是词组。

一般地说，口语和诗歌中的句子，都是比较简洁短小的，文章之类书面语的句子才比较复杂和延长。由于汉语主要由单音和双音词构成，并逐渐发展成以双音词为主体的语言，因而就能够用较少的字（音节）表达比一般其他语言要多的内容。不信试看同一篇文章，在汉、外语对照时，汉语所用的词（字），要比一般外语少得多。搞过"同声传译"的人都有这种体会：汉语稿子慢慢念，念外语稿子的人还嫌快，深感跟不上。

正因为如此，所以在汉语中，从一字（独词）、二字到八字的句子，无论是在散文的口语（根据语录及散文中的对话记录）、书面语或在诗歌中都可找到。例如在《诗经》和古诗中，就可以随便找到如下从一字到八字的句子。在散文中类似的例子更是可以信手拈来。九、十字的句子，只偶见于宋词。至于十字以上的句子，则仅见于使用特殊修辞手段的散文（书面语）之中。试看：

一字句：缁衣之宜兮！**敝**，予又改为兮。（《诗·郑风·缁衣》）旧注本章作两句看，误。散文中"然、否、来、往"等均常作独词句用。

二字句：**断竹，续竹；飞土，逐肉。**（《吴越春秋·弹歌》）这实为一首二言四句的短诗。散文中二字句如："子曰，诗云，可矣，哀哉"均为常见句。

三字句：**麟之趾，振振公子；吁嗟麟兮！**（《诗·周南·麟趾》）**江有汜，之子归，不我以；不我以，**其后也悔。（《诗·召南·江有汜》）三字以上句子，散文中极多，下从略。

四字句：**关关雎鸠，在河之洲。**（《诗·周南·关雎》）

五字句：**谁谓雀无角，何以穿我屋？**（《诗·召南·行露》）

六字句：我入自外，**室人交遍谪我。**（《诗·邶风·北门》）

七字句：期我乎桑中，要我乎上宫，**送我乎淇之上矣。**（《诗·鄘风·桑中》）

八字句：不狩不猎，**胡瞻尔庭有悬狟兮？**（《诗·魏风·伐檀》）

九字句：问君能有几多愁？**恰似一江春水向东流。**（李煜《虞美人》）

十字句：**昨日春如十三女儿学绣，**一枝枝不教花瘦。（辛弃疾《粉蝶儿》）

以上的句式，在汉唐以下的诗歌中虽然也都可以找到，但以五、六、七言的句子最为常见。大致说来，一字（独词）句极少见，仅见于个别词牌，如："**天**，休使圆蟾照客眠。"（蔡伸《苍梧谣》）。另外有些与此相类似的带顿逗性的一字句，主要是作为"领词"，以用于"一领四、五、六、七、八"的词曲中，如："**梦、随风万里**"（一领四），"**更、移舟向甚处？**"（一领五），"**想、环佩月夜归来，**""**算、而今重到须惊**"（一领六），"**向、幼安宣子顶头行**"（一领七），"**把、吴钩看了，栏杆拍遍**"（一领八）等。但是一般只作语音上的顿逗，并不断开。二字句较少见，仅见于词、曲而绝少见于"诗"中，如："翌日忍饥犹不耐，**堪羞**。""**休休**，这回去也，千万遍阳关，也则难留。"三字至六字，词曲中常见；八字以上，多逗作 4 + 4，5 + 3，3 + 5；4 + 5，3 + 7等。十字以上的长句，只存在于使用特殊表现方式的散文（书面语）中，如贾谊写道："秦孝公……有席卷天下、包举宇内、囊括四海之意、并吞八荒之心。"虽然用了 21 个字，但"有"字以下四个短语，说的是一个意思，只不过故意重复，以强调秦国野心之特大而已。

至于古汉语口语和散文中，虽然各种字数的句子也都有；但是究竟以多少字的句子最为常见和习用呢？现根据从《论语》（学而）、《孟子》（梁惠王上）、《老子》（1—10 章）、《墨子》（兼爱上）、《左传》（郑伯克段于鄢）、《战国策》（邹忌讽齐王纳谏）、李斯《谏逐客书》、司马迁《屈原列传》、曹丕《典论·论文》、陶渊明《桃花源记》、韩愈《师说》等唐代以前的若干篇代表作进行初步统计，在总共约 1170 个句子中，从一字句到十字以上的句子及其所占百分比和使用率大小的名次列表如下：

字数	1 字句	2 字句	3 字句	4 字句	5 字句	6 字句	7 字句	8 字句	9 字句	10 字以上句	总句数
句数	51	113	226	536	303	246	151	86	30	26	1770
百分比（％）	2.80	6.30	12.70	30.39	17	13.80	8.50	4.80	1.60	1.50	100.00
名次	8	6	4	1	2	3	5	7	9	10	

从以上表格可以看出，汉语以四、五、六、七字句为主。这是因为汉语单音词多，语言简洁而表现力强，三五个字就可以表达许多意思。所以汉语习惯上都是四至七言的短句。西方语言则不然，虽然他们也有单音词和独词句，但多数词都具有两个以上的音节，最长者甚至一词包含九个以上音节，如 extraterritoriality（领事裁判权）等，比汉语一个诗句还长。所以乍看起来中国的诗句一般比西方的短；但是如果从词数着眼，则彼此还是差不多的。例如拜伦的《我俩别离时》（When we two parted），其"第一节"论音节是 5、6、5、6、7、4、7、4，但论词数

则是 4、4、3、4，6、3、4、3。其每行所包含的词数一般都比音节少。总的说来，拜伦、雪莱的诗篇，一般也都是五、六、七个词一句，与中国的诗句的字数基本相当（参阅本章第五节）。

（二）汉语诗歌中每句的字数

汉语诗句中的字数，应该分作两大类去考察。一类是最初的格律诗，即近体诗（律诗和绝句），只能够是每句五言或七言。另一类是古体诗，前已说明它本是"古体自由诗"，其每句的字数并无硬性规定，但却有一个习惯问题，一般也是以五、七言为正宗。至于近体诗以后的格律诗"词"和"曲"，则是长短不齐而又每篇自有规则的；但是仔细分析起来，则其中句子大多数都是五、七言句子的割裂、延长和组合。

至于何以会形成这种格局，则是一个很值得探讨的问题。这里让我们仔细考察一下中国诗句所走过的道路。

中国诗歌的句子，如上所示，虽然也有从一言到九言的多种组合；然而汉魏以来的诗歌，却一向以五、七字句为主流，四言句则因为受《诗经》的强烈影响，长期存在于铭、诔、箴、赞等体裁中。其他字数的句子之所以不常用，其理由也很好理解：一、二、三言太短，难以表达较复杂的情意；八字以上句子太长，念起来费劲，不大符合中国人的口语习惯。还不曾见过通篇以八字为句的诗篇。所以，最合适的莫过于使用五、六、七言的句子（可参阅上款关于汉语句子字数的分析）。

在古代也确曾偶然出现过六言诗，如曹丕《寡妇》：

> 霜露纷兮交下，木叶落兮凄凄。候雁叫兮云中，归雁翩兮徘徊。妾心感兮惆怅，白日忽兮西颓。守长夜兮思君，魂一夕兮九乖。怅延伫兮仰视，星月随兮天迴。徒引领兮入房，窃自怜兮孤栖。愿从君兮终没，愁何可兮久怀。

此诗除掉虚词"兮"字，实为一首五言诗。

唐人如王维等还曾写过"六言绝句"。如王维《田园乐》共七首，今举"其六"：

　　　　桃红复含宿雨，柳绿更带朝烟。花落家童未扫，莺啼山客犹眠。

　　这种六言诗还可以找出不少，但人们更多的是把他们当做早期的"词"看待，很少有人仿作。

　　值得探讨的是，六言诗何以不曾被汉魏以来的多数诗人所采纳，而会是约定俗成地采用五、七言呢？其中的道理，似乎还不见有人很好地说明过。

　　窃以为一则是因为汉语在古代以单音词为主，后来双音词逐渐增多。而汉语诗歌的节律，从摸索阶段的"关关雎鸠"、"窈窕淑女"，到近体诗成熟阶段的"风急天高"、"春蚕到死"，又一向是以两个音节为一个小的节奏单位的。格律诗的末字和倒数第三字可以自成一个节奏单位（其详见本章第六节）。在碰到奇数字的句子时，也就只得以其中的某一个音节独自组成一个节奏单位，如"猿啸、哀"，"丝、方尽"等。但是却不见有用三个以上音节组成为一个节奏单位的。碰到三个音节的词组时，人们也会在朗读中把节奏念成 1＋2 或 2＋1，如：

　　　　昔闻、洞庭、水，今上、岳阳、楼。（岳阳楼是一个词。）
　　　　凤凰、台上、凤凰、游。
　　　　永夜、角声、悲、自语，中天、月色、好、谁看。（本意是说长夜中角声悲切如同自言自语，天空中月色虽好有谁欣赏。）

　　以上可见：双音词可以自成一个节奏单位。而单音词当其在句末或倒数第三的位置时，则既可以独自组成一个小的节奏单位，也可以与另一个单音词组成一个节奏单位。问题是当碰到单音词与双音词相结合时，这就将组成"奇数字"的句子，并且非将这三字读成两个节奏单位不可；也就是表现为：平平仄、仄仄平、平仄仄、仄平平等。即使是碰到三个音节的词组时，人们也会在朗读时把节奏变为 1＋2 或 2＋1，如前面的例子。

于此可见，由于汉语主要是双音词和单音词，二者相结合组成诗句时，奇数字的句子要比偶数字的机会较多，也方便得多，常见得多。我想这就是为什么不采用六言的道理，这也就是五、七言诗之所以优于六言诗的原因之所在吧。前面所引刘勰、钟嵘、刘熙载等人关于四、五、七言诗优点的论断，如四言的雅润，五言的清丽，及其穷情写物详切，和七言的"尚挥霍"等特点，都不是它们所独有。这些论者也都没有将其与四言、六言作比较，说明五、七言的优势在哪里，更没有从音乐美、从节奏单位着眼，所以缺乏说服力。

至于有的人喜欢用五言，有的人喜欢用七言，这大约决定于个人的习惯，也决定于所要表达的内容。一般来讲，五言适于表达简洁明快的人情事物，七言则适宜表达比较复杂的情节与思绪。

末了，还有一个原因，那就是律诗与绝句是由同一途径所摸索出的长短两种体裁，有如体态相似、高矮不同的姊妹花；不可能采取一方用五言，另一方用六言；或一方用六言，另一方用七言的形式；而必须是同用五、六，六、七或五、七言。而由于五、七言的上述优势，加上最适合中国人的讲话习惯，所以经过长期摸索，便终于选定五、七言为定格。至于（宋）词中每句字数演变为二、三、四、五、六、七……的都有，则完全是由五、七言"律化"诗句的"分割"和"延长"演变而来，与我们这里的论断并不矛盾。此点留待第五章第五节再行分析。

以上只是个人经过长期思索所得出的初步意见，还希望就正于大方之家。

二 关于诗歌每首的句数

如前所述，律、绝以外的古体诗，本为自由体，所以对于每首的句数，并没有规定，可以自由安排。但是诗歌是韵语，至少须两句才能成韵，故绝对没有一句即为一首的诗歌。

两句太短，只见于少数民谣、铭文或题词。如：

风萧萧兮易水寒，壮士一去兮不复还！（《史记·刺客列传》）

祝融司方发其英，沐日浴月万宝生。（禹玉牒辞）
乐莫乐兮新相知，悲莫悲兮生别离！（琴歌）

三句的偶然也有，如汉高有名的《大风歌》：

大风起兮云飞扬，威加海内兮归故乡，安得猛士兮守四方！

《孔丛子·获麟歌》：

唐虞世兮麟凤游，今非其时兮来何求？麟兮麟兮我心忧！

阮籍的《大人先生歌》：

天地解兮六合开，星辰陨兮日月颓，我腾而上将何怀！

但是这些似乎仍嫌短促，所以常见的是四句以上的诗篇。由于中国人从《诗经》以来长期养成的"隔句一韵"的习惯，所以古诗中以四句以上的偶数句诗篇最为众多。

　　律诗和绝句是唐人摸索出来的抒发生活中突出的思想感情的短诗。它之所以采取了四句和八句的格式。这是因为四句有 20 个或 28 个字（词），拿它来记录或刻画思想感情上的某些精彩片断，显得短小精悍而且整齐，而且已经很够用。环顾国外诗坛，除了日本的俳句为十七字：5 + 7 + 5，和（宋）词《苍梧谣》为十六字外，再也找不到比五言绝句更短的诗篇，这是因为汉语极其凝练而又富于表达能力的缘故。除了"无律无韵"的极端自由派而外，中外诗篇也都是很工整的。在较长的诗篇中，一般多是由以四行为一节（stanza）的短小而齐整的段落组成。可见绝句以四句为一首是非常顺理成章的。

　　这里姑且丢开律诗与绝句形成的时间先后不谈，如果五七言绝句每首只用两句，则最多只有 10 至 14 个词，未免稍嫌短小。奇数句不使用韵。所以如果要拉长一点，当然只可能是四、六、八、十句。对于作为自由体的古诗来说，句数当然可以自由选择。但是作为句有定数的格律诗，则四句而外，六句不符合中国人讲究"起承转合"的行文习惯；十句又嫌稍长，所以就选定了以八句为定格。至于律、绝中四句与八句究竟应该如何安排，下面第四章第五节中再行详述。

律诗和绝句本是用来表现生活中最突出的思想感情的工具，不适宜用于长篇的叙事或抒情。当需要使用长篇时，诗人多求助于古体。如李白的《蜀道难》、杜甫的《自京赴奉先咏怀五百字》、白居易的《长恨歌》等。所以历代的大诗人，都是古今体并用而且兼长的。而如果作者定要使用律绝表现很复杂的内容，则可以采取用许多首律诗或绝句并列的"组诗"方式，或者使用"长律"。关于什么是"长律"，下文另述。

第三节　关于诗歌的平仄

关于诗歌中的平仄问题，说简单真是简单极了，连小学一二年级的学生，学过拼音方案之后，就能够弄懂什么叫汉语中的"平仄相对"，那便是：在现代汉语中，以一、二声对三、四声。说难，指的是如果要真正弄清楚"什么是平仄？为什么要平仄相对？格律诗中的平仄应该怎样组合？"那就绝不是一桩简单的事情。其中有些问题，直到今天，还没有人能够简明而且精确地把它说清楚。

由于具有"声调"是汉语最基本的特点，而把声调区分为"平仄"两大类，则是格律诗的最核心的问题之一；所以我们应该不惜多花一点时间，循序渐进地作一番探讨。

话似乎应该从古今语音的演变和声调的发现与识别谈起。

一　写诗应该以今音为准

人类各民族的语言都是不断发展变化的。无论是在其音素、语调、语法、词汇等各方面都有一个发展完善的过程。既不能以今例古，更不能厚古非今。

　　但是，在研讨中国的旧体诗词或格律诗的时候，却常常发生古今语音之争。有的人甚至以过时了的"诗韵"来检验今人的古体诗作，认为这里也"失对"（走调），那里也"走韵"（错押）。这其实是一种不合时宜的"食古不化"的毛病。要知道，古诗是古人所写和讽诵给当时人听的；今天的诗是今人所写并念给今人听的。

　　因此，在论述平仄和音韵之前，这里需要特别强调的是，我们今天写诗，既然是为包括自己在内的今人而写作，并诵读给今人听的，理所当然在语音上应该以今天的标准语言即普通话为准，以便今人念起来合辙顺口，听起来流畅悦耳，能够充分欣赏，这本是不容争议的事情。对于古典诗歌，我们当然要认真学习：不仅要学习其精致的格律规则、优美的艺术技巧和丰富的社会内容等多方面的辉煌成就；同时我们也应该懂得一些古代音韵知识，以便能够更好地了解古诗，了解其声调韵律，也同时深入了解我们语言的发展情况，从而做到古为今用。但是应该切忌把学习古代诗文变成"泥古"或"食古不化"的蠢事：把从古以来已经变迁了的东西，强加在今人头上；盲目"师古"并且以使用今音为浅薄、为不懂格律诗，等等。在音韵方面尤其如此，因为在用韵上面最容易显现出古今语音上的差异和矛盾。例如有人主张按照前代韵书来用韵和使用平仄，以至"来、回"可以互押（古时同属"十灰"，如："少小离家老大回……笑问客从何处来"），而"韩"（古读 han，属上平"十四寒"）、"含"（古读 ham，属下平"十三覃"），甚至东、冬，真、分也不能互押，不算是叶韵。这岂不完全是一种以古律今，叫人开倒车的荒唐之至的谬论！

　　这种古今音韵上的矛盾之所以产生，完全是因为古今语音的变迁和古人韵书的缺陷所造成的后果。

　　关于语音变迁必将导致的后果，如"来、回"古同韵而今异，"韩、含"古异韵而今同，本极明显，无需多论。

　　至于韵书的缺陷，则完全是由下述两种原因所造成的：首先因为它的编撰，深受政府干预；其次是古代出版缓慢，跟不上语音的发展。其具体沿革情况是：

　　诗歌的繁荣导致韵书的产生：用韵（押韵）本是诗歌中极其重要的条件。我国由于诗歌和韵文发达，因之远在曹魏时代就产生了最早的韵书《声类》。唐代雅重诗歌，应试者作诗必须以流行的或官方认可的韵书为依据，因而先后曾经出版过多种韵书。但是由于古代书籍的编辑与出版速度缓慢，跟不上时代的发展，以致他们的韵书，多落后于语言发展的现实。公元751年孙愐所刊定的《唐韵》，就是以隋陆法言的《切韵》为依据的。可惜这些韵书或早已失传，或只有残卷。到宋人陈彭年等于1008年奉诏编定《大宋重修广韵》时，则又是以唐韵为根据，并加以"增广"而成的，简称《广韵》。这就是流传下来最早、最权威的韵书，共分206韵。其韵部之所以远远多于今天的韵母，是因为把每一韵母的平上去入声的字分作四部，加上有些韵目后世已经简化合并；所以后世的韵书，顺应发展趋势，其韵部愈来愈少，到元代，便只剩下"十三辙"了。但是清人编制大型韵书《佩文韵府》时，却仍以宋、明韵书为榜样，编为106韵，上下平声占30韵，并为民国乃至此后的崇古者所沿用。《佩文韵府》等书把平声分作上下，是因为平声字多，而与"阴平"、"阳平"或"一、二声"无关，不可混淆。

　　这些韵书的编成，对于当时人的写作，给予了很大的方便。但缺点是往往"兼有古今方国之音"，而不能准确反映当代的语音情况。韵书的这种缺点，并非自《广韵》始。早在唐代，封演就曾抱怨《切韵》"先仙、删山之类分为别韵，属文之士，苦其苛细。国初许敬宗等详议，以其韵窄，奏合而用之"。这种情况此后同样曾多次发生过。所以直到元朝周德清编著《中原音韵》时还抱怨"世之泥古非今，不达时变者众。呼吸之间，动引广韵"。这就说明古人早已认识到韵书和押韵规则，本应该随着语音的发展而不断改进的。可见"应该以当代语音为准"，古人早已如此做了，我们何必迟疑！所以，平仄和音韵应该一律以当代语音为准，这本是天经地义的正道。学诗之人，切不可"不达时变，泥古非今"。然而，由于守旧者仍多，故不惜反复剀切言之。

二　声调是汉语最基本的特色之一

任何语言的韵母都可以具有不同的声调；但唯独汉语是用声调区分词义。这是它的基本特色之一。跟汉语有亲密关系的其他语种也有类似的现象。声调是汉语表达思想的基本手段。声调错了意思也就完全两样，正如同在某些外语当中，重音读错了，别人不是听不懂，就是产生误解一样。曾经有某人普通话说得不准，高兴地告诉大家，他今天夺得了"锦标"；但是他把第一个字读成第一声，第二个字读成第三声，结果人家以为他夺得了一块"金表"。同是一个拼法的"tang"，其一、二、三、四声分别是"汤、糖、躺、烫"。在没有汉语语感的外国人听来，这完全是一个声音（一个音位），不知中国人何以能够分辨出不同的内容来。难怪有的国际友人说，汉语简直是一种音乐似的语言，太难学了。然而，对于说汉语的人来说，这并不难；而且说汉语的人如果不能辨别声调，那就简直无法与人沟通。每一个中国人在语言实践中都能够区别声调，只是他不一定知道什么是平、仄或一、二、三、四声而已。

汉语的声调是从古有之，各种方言中都有，并且有很规则的对应关系。可惜由于汉语不是拼音文字，在东汉以前又没有记音的工具；所以很难断定在东汉"反切"方法和唐代"守温36字母"出现之前的夏商周秦汉等朝代有几种声调，古音韵学家并且为此争论不已。按照南朝人的归纳，声调一般是"平、上、去、入"四种。当今的语音调查表明，四声各种方言都有，只是各地的声调其"调值"（具体声音）有所不同，即北京人的阴平声"衣"，关中人听起来以为是他们的去声"意"；但是其"调类"（即平上去入之分类）却大致是相对应的，即广东人读平声的字，山西人一般也读平声。方言中调类的多少也是很不一样的。北方普通话中，入声早已消失，并有规律地并入（"派"入）今天的一、二、三、四声之中。有的方言中，上、去、入也分阴阳，广东话入声有"上阴入、中阴入、阳入"三种，如果再加上"轻音"，则方言中调类最丰富者可以有十种之多。

正是由于各种方言调值虽然不同，但是调类对应，加上文字写法相同，语法词汇基本一样这几种特点；所以汉语才能够数千年以来，虽然方言众多，但却彼此可以沟通，古今文献全国通行无阻，而没有像印欧语那样演变成许多分支。

不仅方言中声调有别，古今汉语在声调上也是不断变化的。南朝人所说的平上去入，到元代周德清编著《中原音韵》（约在公元 1324 年左右）时，官话中平声已经分化为阴平、阳平，入声已经消失；原有入声字已经分别有规律地"派入"（演变）为阴、阳、上、去四声，而以演变为阳平的较多；所以才有他的"平分阴阳，入派三声"（实际上是四声）之说。至于何以会有此种演变，则是一个值得研究的问题，但这也是语言发展中一种常见的现象。下文将对此作进一步论述。

今天的普通话，是继承中原音韵的传统的，所以只有阴、阳、上、去四声。据最近报刊文章说，普通话的个别方言中，至今仍有某些入声字存在，只是已经影响甚小，不为一般说普通话的人所知晓，不在现代诗词格律考虑之列。

三　声调的发现、演变及其界定

（一）学习一点音韵学知识

要搞清有关声调、平仄和下节所讲音韵的问题，有时不得不涉及中国古代所谓"小学"（语言文字学）中的音韵学。音韵学在过去一直被认为是最艰难的学问，是绝学，是天书。那是因为汉语不是拼音文字，前人又没有创造出一套表音的符号系统，而是用汉字来说明语音、音素等方面的问题；而每个汉字又包括多种音素在内，不容易搞清楚说话人所要使用的是其中哪些音素。例如从唐末开始，人们把当时的声母分成30—36 个字母，即用"见溪群疑"等 36 个汉字表辅音。这远比今天现代汉语的 21 个声母多。这是由于古今语音发生了变迁，如现代汉语中浊辅音 b、d、g、v（国际音标）的消失，以及相似声母的合并等原因。这种用汉字表音的做法，其问题在于一般人很难弄清楚这些汉字（字母）各自所代表的辅音及其演变关系。又古人把韵母分成 206 韵（宋《广韵》），也就是用 206 个汉字代表不同声调的韵部，后来《集韵》等韵书又因为把"通用"和近似的韵部加以合并，减少为 108、107、106 韵，但也都远比今天的韵母复杂，这主要是因为汉语的语音日趋简化，不少本有细微差别的韵部被合并了。但这方面的问题也与声母相同，即一般人很难看出这些韵部所代表的是什么韵母，以及寒、咸，真、侵等为什么要分属于不同的韵部。只有在今天当用拼音符号或国际音标写出时，才能够明白其中的道理：原来把寒、真等分开，是因为它们收尾的鼻音韵母，在古代分别是 n 和 m 的缘故。

又如古人使用"反"或"切"的方法注音，这虽然是中国古代注音工作的重大进步，但是一般人也对此摸不着头脑。例如：田，徒年切（或反）；黄，胡光切；宣，胥渊切（或反）等。其中只有"渊"是零声母，"胥渊"可以连读成"宣"。但是绝大多数的反切注音，一般人很难从其上下字拼出它们所要表示的字音来，有如上述："田，徒年反"；"徒年"二字，即使念破嘴唇，也读不出"田"音来。而如果用现代方式，告诉查考的人，用前一字（反切上字）的声母 t，后一字（反切下字）的韵母 ian，这时很容易就能拼出"tian 田"音来了。

此外在过去，音韵学界缺乏统一而精确的名词术语，有些研究方法不够科学，学术界彼此缺乏交流，国家对这门学问不够重视（不在科举考试内容之列）；凡此等等，都是中国音韵学之所以繁难和不普及的重要原因，影响了其研究成果作用的发挥。但是，民国以来，经过著名语言学家如赵元任、罗常培等人的努力，使用西方现代语言学的方法进行研究、整理，音韵学已经不再是高不可攀的东西了。当然还有许多问题，例如古代汉语在某某时代究竟分多少韵部？其音值如何？有多少声调？凡此等等，都还有待进一步研究。

但是，从总体来说，小学发达，是汉语研究的一大特色。至少从东汉末年，人们着手注解经书和解剖汉字的形音义时开始，许多学者就前赴后继，进行了系统的研究工作，清人在这方面的成就尤其显著。到了近现代，赵元任、罗常培等一批杰出的语言学家，又将前人研究成果，用现代语言学的方法加以整理，真是硕果累累，世界罕见。可惜有些人对此并不了解，而又采取逃避困难和虚无主义的态度，认为"当代音韵学最为混乱，错误最多，是世界上最大的一堆自欺欺人的假学问"（出处见本章第一节）。作者和审稿人的愚而好自用真是到了使人咋舌的程度，岂不可叹！

（二）四声的发现

前已指出，汉语最重要的特色之一，是它着重声调。声调不仅极端重要，并且也是每个说汉语的人所必须而且能够掌握的，即必须听得出、说得来；否则就无法用汉语进行沟通。

从先秦到南朝的诗义中，我们可以明显看出，前人已经感觉到声调的存在，并且有的人不自觉或半自觉地运用不同的声调组合，使文章显得抑扬顿挫、悦耳动听，也就是使用不同声调的组合（平仄相对）和结构上的排比对偶的方式，以加强宣传效果。这种语言现象从《诗经》、《左传》开始，到魏晋南北朝时变得日渐明显，从而为南朝对四声的发现和"新体诗"即"永明体"的诞生创造了条件。我们可以从周代到汉魏的诗文中，找到越来越多的运用平仄与对仗的例证。例如：

《诗经》："如临深渊，如履薄冰。""昔我往矣，杨柳依依。今我来思，雨雪霏霏。"

《论语》："乘肥马，衣轻裘。""鸟之将死，其鸣也哀；人之将死，其言也善。"

《孟子》："仓廪实，府库充。""麒麟之于走兽，凤凰之于飞鸟，泰山之于丘垤，河海之于行潦。"

《左传》："大隧之中，其乐也融融；大隧之外，其乐也泄泄。""德以柔中国，刑以威四夷。""易子而食，析骸以爨。"

《庄子》："春秋不变，水旱不知。""举世誉之而不加劝，举世非之而不加沮。"

《战国策》："善作者不必善成，善始者不必善终。""贤圣之君，功立而不废，故著于春秋；蚤知之士，名成而不毁，故称于后世。"

李斯《谏逐客书》："江南金锡不为用，西蜀丹青不为采。""不问可否，不论曲直；非秦者出，为客者逐。"

贾谊《新书·过秦论》："蒙故业，因遗策；南兼汉中，西举巴蜀；

东割膏腴之地，北收要害之郡。"

《史记·司马相如列传》引《喻巴蜀檄》："惊惧子弟，忧患长老。""夫不顺者已诛，而为善者未赏。""触白刃，冒流矢；义不反顾，计不旋踵；人怀怒心，如报私仇。"

《昭明文选·李少卿答苏武书》："猛将如云，谋臣如雨"，"出天汉之外，入强胡之域；以五千之众，对十万之军；策疲乏之兵，当新羁之马"。

《后汉书·班梁列传》引班昭上书："文王葬骨之恩，子方哀老之惠。""恐开奸宄之源，生逆乱之心。""使国永无劳远之虑，西域无仓猝之忧。"

曹丕《典论·论文》："常人贵远贱近，向声背实。""遂营目前之务，而遗千载之功。"《杂诗》："俯视清水波，仰看明月光。"

曹植《与杨德祖书》："建永世之业，留金石之功。"《白马篇》："控弦破左的，右发摧月支；仰手接飞猱，俯身散马蹄。"《送应氏》："不见旧耆老，但睹新少年。"

汉乐府《鸡鸣》："鸡鸣高树巅，狗吠深巷中。"《陌上桑》："青丝为笼系，桂枝为笼钩；头上倭堕髻，耳中明月珠。"

《古诗十九首》其一："胡马依北风，越鸟巢南枝。"其十："迢迢牵牛星，皎皎河汉女。"

两汉以降，讲究平仄与对仗的文字，尤其是诗歌，大量涌现，并且愈往后例子愈多，简直举不胜举。可见平仄的发现，语句的"律化"（讲究平仄与对仗），乃是一种极为自然的趋势。对此我们已经在第二章诗歌发展源流中曾有所涉及。

不过我们虽然能够从古文献中大致感觉到汉语中的四声由来已久，但还不能够准确判断汉代以前声调有多少的具体情况。这是因为世界各民族的语言都是不断发展变化的。"时有古今，地有南北，字有更革，音有转移，亦势所必至。"（陈第《毛诗古音考》）。汉语是古今一脉相承的语言，既然反切发明之后，从东汉以来的汉语，能够肯定其有声调存在，则在此之前也必然会有声调存在，应该是不争的事实。

可是在齐梁以前，却从来没有人能够说出声调是什么，也没有人能够分辨出汉语到底有哪些声调，其语音特征是什么。正如同时至今日，广大说汉语的人，虽然能够辨别和使用声调，却并不懂得声调的有关知识一样。

秦汉以前古汉语的声调情况，只能够从早期的押韵方式上，窥出其端倪：

由于"汉字体系本属意标而非音标"，早期是"可口传而不可笔传"，因之在反切和唐守温"字母"出现之前，只能够使用不科学的方法注音，如"譬况"、"读若"等，并有所谓长言、短言，急言、缓言："急气言乃得之"，"急气闭口言也"，"缓气言之"，"长言之"，"短言之"，"笼口、闭口、横口、蹴口"等种种说法。这些说法虽难以具体掌握，但却使我们从中可以窥见古代汉语是具有声调的语言。顾炎武在《音论》中肯定地说："平上去入之名，汉时未有。长言，则今之平上去也；短言，则今之入声也。"这应该是很有分量的。问题只在于当时究竟有几种声调。这方面争论颇多。有人主张"古无四声"，或"四声可以并用"。有人认为"周秦之文，有平上而无去"，或"古无上去"、"古声无去入"。个别人（孔广森）则谓"入声创自江左，非中原旧读"。但是，这些争论大多限于指秦汉阶段及前此的汉语，而以权威性韵文《诗经》、《楚辞》等为依据；对于东汉以后，特别是《切韵》产生以后的读音与声调则基本上是有定论的（参阅罗常培《汉语音韵学导论》第四讲）。

到了南朝，由于文人在语音方面的长期推敲，加上当时"转读"佛经之风盛行，受《声明论》分声为三的启发（见陈寅恪《四声三问》），梁朝周颙、沈约、王融、谢朓等人终于发现（不是发明）汉语有平上去入四声。他们认为自己的成就是："在昔词人累千载而不悟，而独得胸襟，穷其妙旨。自谓入神之作。"《梁书·沈约传》并对四声在诗歌中的运用，提出了许多要求，如沈约的所谓"四声八病"说。于是四声之说，轰动一时。真所谓"平上去入，出行闾里"；"四声之风既成，文人编制韵书，遂依其体系分类"。"王颙、谢朓、沈约文章始用四声，以为新变。至是转拘声韵，复逾于往时。"

四声的发现，是汉语语音学史上极为重要的事件。但是，四声虽然明确提出来了，并且关于使用四声的新风竟一时吹遍朝野，对文坛影响至深；然而对于究竟什么是"四声"，却始终缺乏通俗易懂的解释，以致引起当时一些人的疑问、反感和轻视。例如梁武帝就曾很不以为然地质问大臣周舍道："何谓四声？"周对曰："天子圣哲是也。"周回答得很是机敏，因为这四字在当时正是"平上去入"，可皇上恐怕依然还是不曾懂得，也并不支持。

（三）四声的性质和定义

四声或者平仄真是汉语中头号玄妙的问题。它活生生地呈现在每个说汉语的人面前。人们每天都必须使用它，必须能发音、能听懂、能分辨。但是自从它被发现和提出来以后，迄今为止还从来没有人能够简明而准确地把它的特质令人满意地解说清楚，让没有掌握四声发音的人，能够像识别乐谱那样，按照有关"说明"发出所要求的音调来。也就是说人们还是只知其然而不深知其所以然。这也就是关于声调或四声的知识之所以不容易推广的主要原因。

文献资料证明，很早以来文人就知道利用声音的变化来加强表现效果，但却说不清楚这是一种什么变化。陆机、刘勰等只提出"声音迭代"，要"别宫商、试清浊"；懂得"宫羽变化，低昂互见"；"若前有浮声，则后须切响"，等等。由此可以想见，他们已经知道语音轻重与音韵和谐，跟表达能力有密切关系，但却没办法说得十分清楚。

四声说提出之后，那些接受此说的人们，曾想尽各种办法对什么是"平上去入"提出界说或加以解释，但大都是"望文生训，取譬玄虚；从兹探求，转滋迷惘"。举几个典型的例子如下：

唐释处忠："平声哀而安，上声厉而举，去声清而远，入声直而促。"

明释真空："平声平道莫低昂，上声高呼猛烈强，去声分明哀远道，入声短促急收藏。"此说并且被刊印在入声早已消失后所编《康熙字典》的正文前面《等韵》之中。

清顾炎武：“平声轻迟，上去入之声重疾。”

清江永：“平声音长，仄声音短；平声音空，仄声音实；平声如击钟鼓，仄声如击土木石。”

清张成孙：“平声长言，上声短言，去声重言，入声急言。”

清段玉裁：“平稍扬之则为上，入少重之则为去。”

清王鸣盛：“同一声也，以舌头言之为平，以舌腹言之为上，急气言之即为去，闭口言之即为入。”

日释了尊《悉昙轮略图》：“平声重初后俱低，平声轻初昂后低；上声重初低后昂，上声轻初后俱昂；去声重初低后偃，去声轻初昂后偃；入声重初后俱低，入声轻初后俱昂。……四声各轻重八声。”

德国人孔好古（A. Conrady）：“汉傣语之声调，乃由音组迭减或消失而变成，非原始所有。”

以上虽然偶然沾边，如强调平声之平，入声之急与促；但是总起来说，你休想从其中把握住什么是平上去入，有的人如王鸣盛简直离题万里，把发音部位与声调问题混在一起了。

到了近代，经过学者刘复、赵元任等人的研究，才算把握住了问题的实质。刘复认为，决定声音的因素，不外高低、强弱、长短、音质四者。四声与强弱绝不相干，与长短、音质间有关系，但不重要。其重要因素只有高低一项。而且此种高低，表现为在复合音中、两音彼此之滑动（见刘复《四声实验录》）。

赵元任则认为一个字的声调的构成，可以用此字的音高与时间的函数关系作为完全适度的准确定义，并且可以用曲线来表示（见王力《中国语言字调的实验研究法》）。他们并且使用“浪纹计”记录四声的语音高低变化，测出今天的四声分别为“高平、中高、半低—低—半高、高低”，这也就是当前字典、学校教材和其他注音材料所使用的表示一、二、三、四声的“－、ˊ、ˇ、ˋ”四种符号。看来这种解释已经为当前语言学界和汉语社会所广泛接受，但是还不能说已经尽善尽美，因为人们还不能按照他们的说明和符号，自己独立进行操作，而必须仍然是按照传统的老办法，一个韵母一个韵母地去学习、去捉摸。

记得 20 世纪二三十年代，本人念私塾时，老师一面讲授诗词，一面要求学生学会"调平仄"，即跟着老师一组一组地念，以便掌握平上去入，如：

奸（　）、简、见、结，
央（阳）、养、样、药，
公（　）、巩、贡、谷，
侵（　）、谨、进、缉……

只是老师说不清什么是韵母，以及为什么有些字找不出相对应的入声字来。但他的这种方法又是从他辛亥革命前考过功名的老师那里学来的。

直到今天，我们的小学老师仍然是使用这种方法教育孩子的，只是方法更科学，区分了声母和韵母，并且用拼音方案作拐棍，因而更加清楚明白，好掌握；但却并不告诉学生什么是"高平、中高"之类。

有一本书，居然声称"古人不会转四声"，真不知根据何在。

当代语言学家对于汉语声调的研究，虽然成绩卓著，但都是从入声早已消失的现代汉语即普通话着眼，因而没有或很少涉及入声的问题，以致学习古典诗词的人在这方面产生许多困惑；而不解决入声问题，就无法理解旧体诗词、骈文乃至对联等极为重要的古典文化现象。

个别缺乏历史和音韵学知识的人，在这个难题面前，便以今例古，信口开河，说什么古代北方话本无入声，入声是浙江人沈约搞出来的，入声是不成声调的一团糟等等。

此种似是而非的说法，极易被缺乏音韵学知识的当代青年人所接受，从而发生严重误导。因为他们生活在入声早已消失的今天，说的是普通话，正为入声问题所困惑，而这种妄说则正好给他们开辟了逃避困难之门。这就必将深深影响他们对古典诗词及有关文学作品的理解和学习；因为否定了入声，格律诗词就不再成其为格律诗词，而南北朝以来一切与"平仄相对"有关的文学作品也就失去了光彩。

这种说法也歪曲了汉语的历史和影响普通话与方言的对比研究，因为入声在各种方言中普遍存在，而方言与普通话又是有着密切对应关系的。因此，笔者不得不在这里花费一些篇幅，扼要予以纠正，这也同时就是对青年人说明什么是入声的问题。

（四）驳"古无入声"的妄说

前所指出的一本由岳麓书社 2001 年出版，并且还再版和多次印刷的、名叫《格律诗词写作》的书，甚是罕见。作者自称有"万丈才华"，解决了迄今还是一团糟的诗词研究方面所面临的种种问题。自称书中有"入声不是声"等三十多种"独到的观点"、有"新的总结与提高"，今后有关格律诗的问题，应该"以本书为准，凡是本书未涉及的东西，都可以当成'子不语'"，是"假学问"。据他自己说，"本书深受读者喜爱"，它将"像甘甜的《聊斋》一样，成为家家或村村必备的我们民族的传家宝"（引号中都是摘自该书原文）。

其实不用看该书内容，光看这劣质广告式的自白，就大致可以看出书中的内容是什么货色了。

这本书不仅文风低下，内容芜杂，更严重的是信口开河，发表了许多未之前闻的谬论，如说"格律诗也可以加饰"，即"适当地添加一些具有特殊色彩的字句"，以"增加艺术感染力"云云。作者于此没有援引古人名著，而是以自己的一首"佳作"《孤独》为例：

> 看遍凡人兴绪烦，听多俗话爱心寒。唉！曲词高贵和人寡，情意深长会者难。

试想想，如果我们听他的话，照此办理，把李白的《早发白帝城》"加饰"成：

> 朝辞白帝彩云间，千里江陵一日还。快矣哉！两岸猿声啼不住，轻舟已过万重山。

或将王昌龄的《闺怨》"加饰"成：

> 闺中少妇不知愁，春日凝妆上翠楼。忽见陌头杨柳色，真个景物撩人也，悔教夫婿觅封侯！

这岂不毁了佳作，气死诗人！

　　更荒唐的是作者因为自己发不出也不懂得入声，又缺乏历史和语音学、音韵学的起码常识，于是就不懂装懂，发表了一大堆十分惊人的高见，说是"人类的表意发音（按作者大约是指语音）具有（阴阳上去）四种声调，并且只有四种声调"，"北方话无入声"，"南方本来也没有入声，像其他哺乳动物猪马牛羊一样，都没有什么入声"，"诗无入声"，"入声不是声"，"是一种低质量的表意发音，更是一种不庄重的发音"，"在礼仪之邦是不可能存在的"，"是一锅大杂烩"，是浙江人沈约把当地很多短促的音"列为一类，当做一个声调，并称为入声。这就是入声的由来"。所以"我把它称为'沈分法'、'沈四声'"。"其他人赶时尚"，"自南北朝以来，全国人民跟着沈约走歧路"。

　　这真是罕见的无知而又狂妄之极的一派大胆胡言，其中每一条都是没有根据、不值一驳的，而作者竟自诩这是他的重要发明之一。这里不得不逐条扼要批驳之，以正视听而免误导并说明什么是入声：

　　"四声说"由来已久，不自沈约始：平上去入之说，并非沈约首创。早在晋朝，张谅即撰有《四声韵林》28 卷（见《隋书·经籍志》）。与沈约同时代人，已著有多种有关四声的书籍流行于世，如周颙的《四声切韵》、王斌的《四声论》、刘善经的《四声指归》、夏侯咏的《四声韵略》等。陆厥也曾在致沈约书中指出"历代众贤未必都暗此处也"（他们未必都不懂四声）。沈约不过通过其《四声谱》，大肆宣传，主张把四声交错用于诗文之中而出名，成为代表人物。可见所谓"沈分法"自是不值一驳的妄说。

　　倡导四声者多不是浙江人：当时与沈约一起，大力提倡把四声规则用于诗文的人，除沈约是浙江人外，其余大多来自外省，如：谢朓，阳夏（河南太康）人；王融，山东临沂人；周颙，汝南（河南上蔡）人；萧琛，兰陵（山东）人；任昉，乐安（山东）人；范云，南乡舞阴（今河南泌阳）人，等等。南朝虽然在江南偏安，士大夫多来自北方，沈约凭什么本事可以把浙江土话硬塞到官话里面去，并且为朝野所接受，乃至影响到北朝？因为当时北朝在文化上也是紧追南朝的。

沈约不说浙江话：南朝虽然是从西晋首都洛阳南迁的，但是在"南朝疆域内，士族悉操北音，虽南士亦鲜例外，庶族则操吴语"。"南方冠冕君子所操之北音，自宜以洛阳及其近旁者为标准"，系"东汉以来居住洛阳及其近旁之士大夫集团所操之雅音也"。而"吴语最为南方士流所轻视"（以上见陈寅恪《从史实论切韵》）。因此"易服而与之谈，南方士庶，数言可辨"（《颜氏家训·音辞》）。也就是说，不管穿什么衣服，一开口说几句话就可以分辨出说话人是士大夫还是老百姓，因为士大夫说官话，老百姓说土语。沈约家里世代贵族，而沈约本人又是历事三朝，并且是梁朝的开国元勋，难道他不怕有失身份而会说浙江土话吗？他并且胆敢把为官场所轻视的浙江话的"入声"硬塞进官话、塞进诗文里面去吗？而且这种做法竟会被上流社会所接受、所仿效，"跟着赶时髦"，"跟着走歧路"达将近两千年之久吗？这难道还不是极无知的妄说！

语言因素不可以突变：即令沈约说的是浙江话，也不可能在短时间内掀起改变语音的风潮。世界上各民族的语言都是不断变化的，但语言的变化只能够是一种长时期的渐变，只能够大致估计其年代，而找不出具体岁月来，并且也不是可以一下子硬性创造并推广的。日本强占台湾50年，用刺刀也不曾做到让台湾人民说日语。以现代的频繁交往和政府的大力提倡，也难以让香港和上海居民很快学会说普通话。而该书作者竟认为小小的一个沈约，可以一举而把浙江人的"入声"硬塞到当时的官话中去，并且成为时髦，这岂不是异想天开的神话！

澄清一些语言学上的模糊概念：一涉及入声本身的问题，该书作者就更是概念模糊，自相矛盾。语言是人类所特有的一种传达信息的声音。自然界的声音有多种，有风雨雷鸣声，有机器轰鸣的机械声音，有鸟兽虫鱼的鸣叫声（也许将来科学能够探明这是它们传达信息的某种语言）和人类的语音。这是不同范畴、不容混淆的东西。该书作者竟说南北方本来都没有什么入声，像其他哺乳动物猪马牛羊一样，都没有什么入声。这简直是概念的荒唐混淆和对人类的大不敬！既然说南北本来都没有入声，那沈约又怎么能够从浙江话中找到入声的？

前已指出，所谓平上去入只是一种声调。是语调之一种。这是每一种人类语言都有的。但声调只是在汉语及其亲密语系中被用来表达意思，因而特别重要，并且被区分得很细。其他语系对声调多不重视，也不知道如何区分。我国杰出的语言学家罗常培等在中国的 24 种方言调查表中，列出"阴平、阳平，阴上、阳上，阴去、阳去，阴入、上阴入，中阴入、阳入"，外加轻声，竟达十一种之多，当然不是每一种方言都有这些种，但四种基本声调则几乎是各种方言所共有的。余浩然先生大约看不懂也念不出，于是就以"假学问"一棍子解决了问题，并且竟认为"人类的表意发音有（阴阳上去）四种音调"，并且"只有四种音调"，不知根据何在？

余先生语无伦次，前后矛盾。既然一再声称"入声不是声"，"南北本来都无入声"；又说浙江有入声，"入声是一种低质量的发音"、"是一种不庄重的发音"，"在礼仪之邦是不可能存在的"。这不仅是前言不搭后语的自相矛盾，更是对广大说方言的同胞莫大的污辱，并把他们打入"蛮夷之邦"了！语音而有高低质量和庄重与否之分，这大概应该算是余先生自夸的三十几种独创之外最大的独创了。

北方话当然也有入声：方言只是由母语所演变出的分支，它们之间有密切的对应关系，并且汉语的各种方言都有平上去入四个声调。如果其中的某一种方言取得了"代表性的地位"，如汉语中今天的普通话，那只是由于政治经济地理等客观因素起作用的结果，但却并无品质上的高下之分，绝没有什么庄重与否和适不适用于"礼仪之邦"的怪问题。

是汉语都有四声。北方话当然也有入声。客家话就是道地北方礼仪之邦为逃兵灾而南迁的人民所说的语言，他们就有入声。山西某些地方也有入声。晚近报载某语言工作者曾在河北方言中发现有残留的入声，只不过影响甚小，不为外界所注意而已。

至于今天的普通话中入声何以会消失，下文将另行探讨。

入声绝不是一锅粥：入声绝不如余浩然先生所言，"不是声"，是乱糟糟的"一锅粥"。只有毫无音韵学常识，不了解入声的人，才会说这种胡话。我们将在下款中看出入声是很有规则可循的一批汉字。

此外，古无入声说，也并非如作者所自诩，认为是他首先发现的。其实早在清代，孔广森等人就认为"入声创自江左，非中原旧读"（见孔著《诗声类》）。只不过他所指的是秦汉以前的古汉语，并且曾遭到有力的批驳。至于《切韵》以后的汉语，还不曾见到有否定入声之说的人。

（五）什么是入声及其消失原因考

1. 什么是入声

这个问题要从多方面探讨：

首先要了解音节的构造。语音的基本单位是音节。音节有元音收尾的开音节，和辅音收尾的闭音节两种。至于音节的开头，有无辅音都可以；问题很明显，可以存而不论。

世界各种语言大都如此。开音节者如英语的 I, go, see 等，闭音节者如 eat, book, pen, house 等。值得特别留意的是，西方语言中开、闭音节都很常见，并且一般都可以用任何一个辅音作收尾；而汉语则从它开始有记音工具（反切）的时候起，就只有以 m, n, ng, p, t, k 六种辅音收尾的闭音节字。而且后来 n 和 m 又合并了，例如今天我们把古代 m 收尾的字"侵 qim"念做 qin，"谈 tam"念做 tan 之类。

因此现代汉语，在普通话中，除鼻音 n、ng 外，都是开音节字（词），因而不习惯于用其他辅音收尾。即使在古代，也因为中国人习惯于说开音节的字，所以对于以 p, t, k 收尾的闭音节字，一般都念得比较急促。这便是为什么古今各位有名的语音学家对入声的描写，都是以"短促"为其特征的（详见上第三款）。古人把这些以 p、t、k 收尾、发音短促的闭音节字，按照其元音的近似程度，分为 34 个韵部，其后《佩文诗韵》又简化为 17 部，并将其与发音部位相近的 m、n、 ng 收尾的字相配合：p 配 m，因为都是唇音；t 配 n，因为都与齿音有关；k 配 ng，因为都与前软腭和舌根有关。这样，所有的入声字就都很有序地跟带鼻音的被称为"阳声韵"的字整齐地配合起来，而开音节的字则没有与之相应的入声字。等韵学家①以 36 字母为纲，与 206 韵配合，按照平上去入列成很规则的韵图，如《韵镜》、《四声等子》、《切韵指掌图》等。只要有某字的反切上下字，就能够在图中找出它在平上去入方面的位置来。这种方法被前人称为绝妙，叹为观止。对于如此有序的一批汉字，岂容以"一锅粥"相污蔑！

当然由于语音的发展变化和韵部的分合，有时收尾为 m、n、ng 的字，很难完全与收尾为 p、t、k 的字配合得恰尽无余，于是又有人采取"异平同入"或让某些"入配阴声"的办法来解决。但是这对吟诗押韵并不发生影响，因为诗词中只有上去互叶，入声一向独用，并不与平上去相叶。与不与阴阳声相配，无关紧要。待到元曲阴阳上去均可通押时，入声已经消失，不存在其与什么韵部配合的问题了。

后来也许是由于汉语除鼻音韵尾外，受喜欢使用开音节字的习惯影响，在有入声的方言中，人们并不把闭音节字中收尾的辅音 p、t、k 明显地读出，而只是做出准备读出的样子；也就是说有"成阻"、"持阻"，而不让人听出有"除阻"来。例如广东话中的"鸭→ap"，"压→at"，"轭→ak"。这种"引而不发"的收尾辅音，叫做"唯闭音"。其他方言中的入声字，其发音方式也都与此相类似。

2. 普通话中入声消失原因考

但是，在今天的普通话中，连这种"唯闭音"也归于消失了。其原因应该从多方面去探讨。前人在这方面做过不少研究，例如白涤洲先生的《北音入声演变考》就颇具卓见。但是一般多从演变年代及变化规律着眼，而很少涉及其原因。本人认为：

原因之一是世界各种语言都是不断演变的。汉语普通话语音演变的

① 等韵，音韵学术语，指研究汉字字音结构的一种方法，将汉字按其韵母的结构，分成不同的"呼"和"等"。

明显特征和证据之一，是"浊音"的消失。例如 b、d、v、g（国际音标）在古 36 字母及今天的许多方言中明显存在，而在普通话中却找不到踪影。这种语音演变有时是找不出原因，甚至弄不清其准确年代的。入声字的消失也就是这种常见的现象之一，本不足怪。

原因之二是中国古代的官话有两种。一种是前述流行于南方政治中心的"洛阳雅音"。当北方为战乱所苦时，南方于是就成为中国古文化"不绝如缕"的中心，保留古音较多，有入声字存在。其证据就是从晋朝起，四声之说就已流行，并且为大量唐诗、宋词和骈文所印证。如果唐宋人不会发入声而只会死记，那绝不可能写出如此众多的美妙诗词来，写出来了也念不上口。换言之，否定入声，就等于否定了全部美好的格律诗词。只是后来，当南方的洛阳雅音被北方官话所代替时，入声也就随之消失，而"派入（平上去）三声"（实际上是阴阳上去四声）了。

中国古代的另一种官话，是在北方几个重要政治中心如长安、燕京等地流行的语言。五胡乱华之后，原来的达官贵人南逃了，但是老百姓不能全都跟着迁徙。他们必须接受新的主子。但他们原本是北方人，都是说北方官话的。所以北方的情况与南方大不相同："闾里小人，北方为愈。……隔垣而听其语，北方朝野，终日难分。"（见《颜氏家训·音辞》）也就是说，北方士大夫与老百姓都说相同的话，即使听了一整天，也不能够从谈话中听出说话者的身份。

当时的北方官话也有入声字。这官话并为南北朝以后的唐宋所继承，成为中国官话的主流，所以在唐宋诗词中，平上去入的区分，非常明确，可是后来在辽、金、元时代，新来的北方民族成为主体。他们由于自己原有文化水平低下，乐意而且必须接受汉人文化，才能够建立和巩固自己的统治。与此同时，他们当然也就很自然地说起当地的语言，使用起当地的文字来。所以这时说北方官话的人，是以新来的北方民族为主体。胡人原有的语言习惯必然对北方官话产生重大影响。于是南方人尚且难于发音的入声字，便逐渐被新来的贵族所抛弃，而"并入三声"了。

必须指出，这种"并入"绝不是任意安排，而是自然演变并且有规律可循的。大致说来是：全浊变阳平，次浊变去声；清声母初期变上声，其后便因送气与不送气的关系而改读阳平与去声，但也有一些不规则的字存在（参阅张世禄、罗常培、王力等人有关著作）。

全部经过就是如此，这是一种很正常的自然现象，既不必困惑，更不宜以今例古，妄下结论，说是从来就没有什么入声，甚至把科学系统而且成绩斐然的中国音韵学诬蔑为"自欺欺人"的"世界上最大的一堆假学问"。

四　为什么要平仄相对

诗歌最基本的特征就在于它的音乐美：念起来顺口，听起来悦耳。而音乐美则仅仅存在于声音的高低、强弱、轻重、长短、快慢等因素的适当变化之中。不管多么美妙的声音，如果一直毫无变化地响下去，是绝对不成其为音乐，并且会使人厌倦的。一切美好的音乐旋律，其成功的关键就在于声音的种种适当而灵巧的变化。

诗歌也跟音乐一样，必须在语音的搭配上有适当而悦耳的变化。这一点，世界上各种语言都是如此。西方的诗歌一般是靠声音的高低、轻重或长短来组成这种悦耳的变化的。所以他们有所谓"抑扬律"、"扬抑律"等等。

在中国，决定语音和语义的不是一般语言的所谓抑扬、轻重或长短，而是汉语所特有的四声。前已指出，古人早在齐梁以前就摸索出使用平仄的交替变化来展示语音美的窍门。但是当时学者只是朦胧地提出诗文应该有语音变化的追求，却没有人能够具体说明应该有什么样的变化？如何实现？例如晋陆机在其《文赋》中提出要"音声迭代"。范晔能够"性别宫商（实即平仄），识清浊"。到了齐梁时代，文人们发觉了汉语有平上去入四种声调并广为宣传，于是使平仄交替就变成了文人自觉的行动。沈约在其所撰《宋书·谢灵运传》中，以史臣的名义，提出：

　　　　夫五色相宜，八音协畅；由乎玄黄律吕，各适物宜；欲使宫羽
　　　相变，低昂互节。若前有浮声，则后须切响；一简之内，音韵尽
　　　殊；两句之中，轻重悉异。妙达此旨，始可言文。

　　这是对于行文，特别是对写当时流行的"赋"和"骈体文"所提出的
要求。沈约就平仄在诗歌中的运用，提出"四声八病"说，做出了严
格的规定。虽然这规定太严格、太武断、太死板，连他自己也未能严格
遵守；但是诗歌必须讲求平仄，则已经成为当时诗人的共识。

　　在对平仄的讲求中，所以会形成"一平对三仄"，也是有原因的。
因为平声字多而且声音响亮，刚好与字少而且声音比较短促的仄声
（上去入声，仄就是不平的意思）形成对比，所以大家就不约而同地走
上了平仄相对的道路。待到"中原音韵"时代，"平分阴阳，入派三
声"：即平声已经分化为阴平、阳平，而入声则已消灭，并分别归并于
平、上、去三声之中。这时所谓平对仄，就形成了"阴阳对上去"或
"一、二声对三、四声"的局面。这是元明清以来文人所公认，而且在
今天连小孩都能够掌握的规则。

　　也曾经有人主张过用平上去三声对入声的做法，谓之"舒促"，即
以舒对促：用舒缓的平上去三声对急促的入声字。但是由于不便掌握，
入声字太少，而且入声后来归于消失，于是更无法实施，所以无人
响应。

　　值得注意的是，所谓平仄交替，绝不是可以任意安排，而是要适合
汉语说话习惯的。汉语在诗歌中总是以两个词为一个小的节奏单位，如
果是奇数收尾，那最后一个单词一般也算作一个节奏单位（在特殊情
况下，还可以有其他组合方式，其详见本章第六节）。只有在词曲等当
中，有的句子有时以第一个字为一个节奏单位，如："波渺渺，柳依
依。""家住西秦，赌薄艺随身。"

　　格律诗的节奏单位如果是由两个词（字）组成，其平仄应该相同，
两个邻近的节奏单位，其平仄应该相反（相对）。至于古体诗，虽无平
仄限制，也多注意这种安排。

这种组合成小节奏单位的习惯，是近体诗（律诗和绝句）格式之所由来，也是一切古体诗所暗中讲求的格式。

第四节　对仗

一　对仗是汉语所特有的语音美和结构美

各种语言在其修辞手段中，都有利用对比或排比以加强效果的格式。但是，唯独汉语由于单音词多，构词法灵活，有平仄声调；所以能够组成字数相等、结构相似、平仄相反（相对）的整齐对偶句，而这是世界上一切其他语言所无法做到的。

对偶句能够给人以语言声调、结构形式和表情达意等多方面的美感，也有助于词语的活用。例如：

> 云对雨，雪对风，雨夜对晴空。来鸿对去雁，宿鸟对鸣虫。三尺剑，六钧弓；岭北对江东。人间清暑殿，天上广寒宫。夹岸晓烟杨柳绿，满园春色杏花红。两鬓风霜，途次早行诸旅客；一蓑烟雨，溪边晚钓一渔翁。

又如：

> 春水船如天上坐，老年花似雾中看。

上句写景生动，下句述事真切。

对偶句的形成远在近体诗产生之前。汉魏以来，在有名的"骈文"（又称骈体、四六排或骈四俪六体）中，对此就非常讲究，并促进了后来唐代格律诗的诞生。对此我们在上文中已有所论列。在诗歌中，习惯上把对偶句叫做"对仗"。"仗"是依靠之意，指联内两句互相对比而又彼此依靠，缺一不可。

人们还在长期的生活实践中，把对偶发展成为一种称为对联的新式体裁。中国人习惯于在每逢喜庆或节假日，在大门、厅堂等处贴上一副对联以资庆贺和渲染气氛。据说其源头可以追溯到五代蜀主孟昶的时候。在种种对联中有许多所谓的"绝对"和有趣的故事。可惜一般人的古文化修养甚差，不懂得有关对联的规则，常把一些不伦不类的语句作为对联大肆张贴，令人感到乏味。

二　对仗的种类

对仗是诗歌中常见的句式，是五七言律诗第二、三联的必要条件和最精彩的组成部分。自从发现汉语的四声和对偶句之后，人们在研究对仗方面花了许多工夫，得出了很多讲究。例如不仅要求两句的语法结构相似，而且词类要相当，特别是名词、动词、形容词的属对要工整，而又不可在意思上做无谓的重复，否则谓之"合掌"（合掌另有含义见第四章第四节第三条）。人们把对仗分成各种类型。主要有：

（一）工对、邻对、宽对

不少韵书把主要词汇分成十来个大类，大类之中又再分为若干小类。例如名词中，天文、地理是两大类；其中又各自分为几小类，如天文包含"天文和时令（年岁、季节）"；地理包括"地理、宫室"；等等。有人认为最好是同类相对，因而有所谓工对、邻对和宽对之分。即：

＊同类事物相对者为工对，如"岭北对江东"，"人间清暑殿"对"天上广寒宫"，"宜男草"对"益母花"等，都对得十分工整。工对可以给人整齐匀称的美感，但是未必能够适合表情达意的需要。过于强调工对，必然会束缚作者的手脚。唐诗中许多脍炙人口的对仗，大都不是所谓的工对。

＊邻近两类相对为邻对，如"银河对药圃"（天文对场所），"文章西汉三司马，经济南阳一卧龙"（文章与经济都是文事，但构词法不全同；西汉与南阳为时间对地点；司马对卧龙则既工整又凑巧：姓氏对绰号，且司马与卧龙词性和结构均对称）。邻对能够赋予作者以较大用词空间和灵活性。

*仅词性和结构相似者为宽对，如"乡泪客中尽，孤帆天际看"（孟浩然），"烽火连三月，家书抵万金"（杜甫）。古人诗词中的对仗大多服从于写作的需要，使用宽对者较多。

此外尚有所谓借对、错综对、流水对、扇面对、句中自对等多种，但都不十分重要。今作为普通常识，扼要介绍一些。

（二）借对

即同音词互相替代，如"事直皇天在，归迟白发生"（刘长卿），论者以为此处有借"皇"为"黄"，以与下联"白"相对的意思。个人以为这是无事找事。皇天对白发本已很妥帖，作者未见得有借皇代黄之意。

（三）错综对

指的是在对仗中，由于迁就平仄相对的需要，作者把上下句语义或结构上相对的部分互相错开。论者多举李群玉《杜丞相筵上美人》中"裙拖六幅湘江水，鬓耸巫山一段云"一联做典型例子。按李诗为一首"富对仗"的律诗，全文是：

> 裙拖六幅湘江水，鬓耸巫山一段云。貌态只应天上有，歌声岂合世间闻。胸前瑞雪灯斜照，眼底桃花酒半醺。不是相如能赋客，肯教容易见文君。

此处所引虽为首联，但作者使用对仗之意甚为明显。诗人本意是用"六幅湘江水"对"一段巫山云"。但是因为平仄关系，下句把数量词"一段"和定语"巫山"错开（换位）了，形成两句彼此错综（交叉）相对的局面，然而却又显得十分自然，不露痕迹，宛如标准对仗，所以读者对此采取原谅与默许的态度而多乐道之。

可见所谓错综对，主要是指对仗中出现的一种特殊补救现象。但却有人自作聪明，把非对仗之处的类似诗句，硬与错综对扯在一起，如把"两岸青山相对出，孤帆一片日边来"也说成是错综对。殊不知此处本是极自然的形式多样化的词语组合和表达方式，作者于此有意强调孤帆，而不是一定要用"一片孤帆"以与"两岸青山"相对偶；而且"相对出"与"日边来"也并不成对。再说此诗为李白绝句《望天门山》中的第三四句，格律上也无组成对仗要求，自不必多此一举地强认为是什么错综对。至于有人还把"但使龙城飞将在，不教胡马度阴山"；"留得五湖明月在，不愁无处下金钩"；"桃花落，闲池阁"等也扯进来，就更加不伦不类了。须知"词"在对仗方面本无固定要求，此处陆游意在说"桃花落尽，致使池阁清闲"；并不一定要说成"桃花落，池阁闲"。倒是白居易的"行宫见月伤心色，夜雨闻铃肠断声"，是一副典型的错综对："伤心"本应对"断肠"，而今因为平仄要求而错综换位为"肠断"了。

总之应该明确，所谓错综对，是指在"对仗"中迫不得已时所采取的一种补救办法。

（四）流水对

即出句与对句由于时间或其他关系组成一体，不能更换颠倒者，如"一从归白社，不复到青门"，"犹怜小儿女，未解忆长安"。

（五）扇面对（隔句对）

即两联在语义上各自联内并不相对，而是上联与下联相对。如：

> 缥缈巫山女，归来七八年；殷勤湘水曲，留在十三弦。

（六）句中自对

即出句句中自对，于是对句在语义上不再与之相对。如"细草绿汀洲，王孙耐薄游"，细草对绿汀（洲），"山吐晴岚水放光，辛夷花白柳梢黄"，山吐（晴）岚对水放光，（辛）夷花白对柳梢黄。

以上是比较常见的一些分类法。此外还有一些其他分法，如"重叠对"（第一、二句相对，四、五句相对；然后一、二、三句又与四、五、六句相对），"救尾对"（连续三句互对），等等。但是这些花样既不是作近体诗的必遵规则，也对提高语言运用能力没有什么帮助，有点近乎无事生非或庸人自扰。所以这里只是作为普通常识加以介绍，以免初学者被少见的名词所吓倒，自不必对此多花工夫。

总之，对仗（对偶）在汉语诗文中虽有其表情、达意与谐音等多方面的优点，但不可过于讲求乃至走进"以词害意"的死胡同。

第五节　近体诗的用韵

一　关于诗韵的一般常识

韵文当然必须有韵。诗歌是韵文中的主角，尤其应该音韵协调。所以除少数极端自由派的作品之外，古今中外的诗歌没有不用韵的。

用韵也叫押韵、压韵或协（叶）韵，即下句末字韵母强迫或必须跟着前韵走的意思，也就是说在某两个诗句中，其句末的发音必须其音节或韵母相同或至少相似，使人听起来悦耳、合辙。句末或特定部位必须韵母相同，无需多加解释；至于怎样才算相似，才可以押韵（俗称"合辙"）；则在不同的语种中，有不同的习惯和规定，并且其规定可以有宽有严。一般地说，凡属拼音文字，只要前后两个须押韵的词，其最后音节韵母的拼写或读音方式相同，就算是押韵。例如英诗（下有横道的字母是韵脚）：

> When we two parted
>
> In silence and tears,
>
> Half broken-hearted
>
> To sever for years,
>
> Pale grew thy cheek and cold
>
> Colder thy kiss;
>
> Truly that hour foretold
>
> Sorrow to this.

以上系拜伦诗篇《我俩别离时》一诗开始的一节，可试译如下，但并未采用原诗之"交韵"，即1、3，2、4互协（互押），也就是 abab、cdcd 的形式。好在译文用韵方式并不一定要与原文一致。

我俩别离时，无言空垂泪。此别将经年，心肝几欲碎。汝面冷且灰，汝吻更冰凉；诚哉此先兆，示我今悲伤！

又如下列各组英语单词，其拼法虽稍有差异，但韵母（音节的韵腹及韵尾）读音相同，所以可以互押：breast, rest；depart, heart；again, stain。

二 汉语的押韵规则

（一）韵书的产生和韵部的合并

汉语由于是"表意文字"，是每个字都有其"形、音、意"的方块字，从书写形式上看不出或很难看出其语音来，因而其押韵问题，要远比拼音文字复杂得多。人们对于自己所认识的字，只能念出来后凭耳朵去判断是否跟所要求的韵"合辙"，而不能从书面形式上得到启示。

在隋唐以前，人们用韵主要是凭发音习惯。社会上对于押韵问题缺乏研究，因而也就没有什么约定俗成的规定。隋唐以后，由于诗歌在文化生活中的地位与影响日益提高，其后吟诗作赋并且成为科举考试的重要内容。而考试中的诗、赋答卷，必须用韵；其用韵的好坏，直接关系到士人的前途。于是音韵问题，引起朝野重视。从隋朝陆法言撰编《切韵》开始，直到清康熙时下诏编撰《佩文韵府》，千余年中，前后由官方组织撰修或私人编撰的诗韵甚多，著名的有将近十种，如：

《唐韵》（今只有残卷）：751 年唐孙愐撰。

《大宋重修广韵》：1008 年北宋陈彭年等奉诏撰修，简称《广韵》，"兼有古今方国之音"，凡 206 韵；但如果将同一韵母的四声合为一个韵部，则只有 61 个韵部。该书并在各个韵部下注明是"独用"还是与某韵部同（通）用。

《礼部韵略》：北宋景祐四年（1037）为了适应语音的发展变化，诏令丁度等合并窄韵而成，其后曾经历代增修，又名《增韵》，即《增修互注礼部韵略》。

《集韵》：1039 年又诏令宋祁等修订《广韵》而成。将通用者合并后，成为 108 个韵部。

《平水新刊礼部韵略》：1227 年（金）王文郁编，凡 106 个韵部。

《韵会》：1229 年张天锡编，将可以通用的合并成 106 韵。

《壬子新刊礼部韵略》：南宋淳祐十二年（1252），江北平水人刘渊编成，分为 107 韵。

《诗韵》以及通称的《平水韵》：金代官方韵书，以王文郁、张天锡等人的著作为参考，有 106、107 韵两种。其内容与刘渊所编大致相同。

《中原音韵》：到了元代，戏曲发达，而元曲的习惯是四声通押，所以又有"曲韵"的产生。《中原音韵》是曲韵的代表作。此书泰定元年（1324）由周德清编撰而成。周按照当时的实际语音合并整理，并建立新的韵部"车遮"等，共计 19 部。乘以四声才 76 部，远少于《韵会》的 106 部，这是因为他已将可以通用的韵部实行合并。

十三辙：其后戏曲界人士又将 106 韵合并为十三个韵部，即"十三辙"。十三辙在不同剧种中有不同的"代字"，例如京剧的十三辙一般写作：中东，江阳，衣期，姑苏，怀来，灰堆，人辰，言前，梭波，发花，乜斜，遥条，由求。

此外另有《词林要韵》，编者不详，署名"绿斐轩"。《中州要韵》，未署作者，内容与《中原音韵》、《中州乐府音韵类编》等基本相同，与当今出版的《诗韵新编》甚为接近。

《诗韵新编》：1965 年中华书局出版，1989 年修订再版。

（二）汉语押韵的条件

上款已经说明，只要诗句中作为韵脚的词（字），其韵母彼此相同或相似，并且声调相同就可以算是押韵。韵母相同当然押韵（合辙），这是无须解释的。至于相似，前已指出，在不同的语言中，往往有不同的要求或习惯。有时在一种语言中可以押韵，在另一种语言中则不可以。例如，拉丁语系文字中 fi 和 li 天经地义地可以押韵，但在汉语中不可以，因为汉语中 f 不与 i 相拼（请注意，本书在标音时，一般使用现行汉语拼音方案，有时用国际音标并加注明），即没有 fi 音节而只有 fei（飞）音节。从宽一点，那就只好 bi、li、fei 相押了。又 zi、ci、si、zhi、chi、shi、ri、ji、qi、xi，其后的元音，严格说来本不完全相同；但是为了省事，拼音方案都写作 i。我国古人对此区分甚严，有时与 i 相近的元音 ï，zi、ji 竟不能互押，但从宽时也只好允许其相押。

在汉语中，什么样的韵母可以互相押韵（叶韵，简称互押或互叶），可以大致归纳为以下两条：

1. 单韵母：共有七个，即 i（包括国际音标 i、ï），u, y, a, e, o, er，严格区分起来实际上有九个之多。不过由于三个 i 可以当做一个看待，在拼音方案中的写法也一样，er 母只有十几个字，所以常用的韵母只有六个，即我们习惯上说的 a, e, i, o, u, y。

单韵母的押韵条件很简单，只要韵母相同（i 母有争议），平仄一样（阴平阳平视为同调），近体诗中就可以互押。不过仄韵在古诗中"上、去"通押，入声（未消失以前）独用。在元曲中阴阳上去四声通押。下同。

2. 复韵母：情况比较复杂。复韵母的构造成分计有韵头、韵腹、韵尾。

韵头：有三个，即：i（写作 y），u, ü。音节可以没有韵头。

韵腹：即位于中间的主要成分，前述 a, e, i, o, u，五个都可以。

韵尾：有四个，即 i, u, n, ng。

有些字可以既有韵头，也带韵尾，如怀（huai），挑（tiao）等。

具体说来：

韵头：不影响押韵，即带韵头的复合韵母可以与不带的相押，如：包（bao）、标（biao），巅（dian）、端（duan）、渊（yuan）、丹（dan），等等。

韵尾：在押韵时起主要作用，或者说复韵母押韵时必须是韵腹和韵尾完全相同，如：哀（ai）、掰（bai），操（cao）、超（chao）、敲（qiao）等。

（三）汉语押韵方面的难题

1. 拼音方面的特殊习惯

从上面的说法看来，押韵问题似乎很简单，但实际运用起来要比这复杂得多。

这首先是因为汉语的声母、韵母虽然很是齐备；但是对于今天说普通话的中国人来说，在其实际语音中并不是任何声母（辅音）都可以与任何韵母（元音）相结合的。上文已举 fi 的例子，类似的问题还很多。例如 w、f 只与 eng 相拼，而不能与 ong 相结合；以致我们竟不能不让翁（weng）、风（feng）与东（dong）、中（zhong）相押，这在方言与古汉语中都是很奇怪的事情。《佩文韵府》东、风、中，同属"一东"；翁属上声"一董"，"一董"与"二肿"两者所收的字，大都属于今天的 ong 母。

又如兵（bing）、崩（beng）、奔（ben），斌（bin）、村（cun），秋（qiu）、搜（sou），悲（bei）、崔（cui）等，明明是不同的韵母，偏偏可以互押，并编排在当代的韵书如《诗韵新编》里。书（shu）、朱（zhu）与须（xu）、居（ju）、区（qu）等字发音本很相近，却不能押韵，而分别属于"十模"与"十一鱼"。特别是支（zhi）、痴（chi）、诗（shi），资（zi）、雌（ci）、思（si）、日（ri，无平声），竟不能与声母后面同样带 i 韵母的字如鸡（ji）、妻（qi）、西（xi）相押，而分别属于"五支"和"七齐"。这在语音学家看来，自有其合理的解释，有其语音上的细微差别；但对于一般人，特别是外国人来说，则未免显得有些离奇和武断。此外，模、鱼和"十二侯"，支、齐和"八微"也是发音很相近的，在许多方言里甚至是相通的。有些方言在这些地方也有时混用，许多南方人甚至很难将因（in）、英（ing）区别开来。

这些问题怎么解决呢？有一个简单办法，那就是手头准备一本《诗韵新编》或其他可靠的类似书籍和字典，到有问题时查查就行了。而从诗歌解放以及发展新诗和其他当代说唱韵文的角度说，则我个人以为应该尽量从宽；也就是说，可以押近似的邻韵，或者采用古代的办法，准其"通押"。至于本来就允许从宽的近体诗首句可以使用邻韵，应该是不会遭到反对的。

总而言之，从诗歌发展的历史趋势来看，用韵从宽是一种不可阻挡的潮流。这可以从宋代的 106 韵逐渐合并缩减为元代的"十三辙"和今天《新编诗韵》的 18 部得到证明。当然，除万不得已时，可借助于"通押"外，还是以谨遵《新编诗韵》为好。

奇怪的是，时至今日，竟还有人主张"四声分押"，即格律诗最好是把阴平、阳平分开，才算高级，才算是什么"用韵上层楼"。这显然是一种违反潮流的办法。因为旧体诗词本来就束缚甚多，不宜另立新规；而且用韵日渐从宽，本是诗界潮流和历史事实。我们久已习惯于"阴阳互押"就如同从唐朝以来，就习惯于"上去互押"一样。例如我们念"月落乌啼霜满天，江枫渔火对愁眠。姑苏城外寒山寺，夜半钟声到客船"。本来就觉得已经十分顺口，你却偏偏认为差劲或者是"在楼下"，似乎只有改作"霜满田"之类，才算在押韵方面"更上一层楼"。那么从唐人以来的大多数格律诗，岂不都成了处于楼下的"次品"！简直是自作聪明的标新立异！（见前引余浩然书第四章第二十一节。）

2. 古今语音变迁的困扰

押韵方面另外一个给人带来困扰的问题，就是古今语音的变迁。有很多古来属于同一韵部的字，而今经过分化后，变得不押韵了，以致诵读起来非常别扭。例如贺知章的《回乡偶书》：

少小离家老大回，乡音无改鬓毛衰。
儿童相见不相识，笑问客从何处来？

今天念起来很不押韵，但在作者时代，"回、来"同属"灰部"，"衰"字可以 cui、shuai 两读，分属"支、脂"两部，可以与"灰部"通用。但是今天我们却不宜仿用。

更多的情况是，古代缺乏科学的简明表音系统，古汉语的许多语音实况难以确定。其后由于语音的演变和简化，很多古人认为不能互押的字，而今其韵部已经合并，可以通押了。道理很显然，古人最初编撰韵书时，共有 206 韵，四声合并后也还有 60 多部。到元朝合并为 13 部（十三辙），今人则归并为 18 部，这与古代相差是何等的遥远。这种变迁大大方便了当代人写作旧体诗词。然而可悲的是偶尔会有一两个食古不化的腐儒出来指指点点，说这也不合"诗韵"，那也不能通用。那就只好由这批遗老去自行其是吧。

（四）韵脚在句中的位置

诗句中，押韵的特定部位（音节）叫做韵脚，即押韵的字（音节）落脚的地方；一般都是句子的最后一个音节，汉语中也就是最后一个字。但是也偶有例外，如：

押在倒数第二个音节上："舒而脱脱兮，无感我帨兮，无使尨也吠。"（《诗·召南·野有死麕》）

押在倒数第三个字上："俟我于庭乎而，充耳以青乎而，尚之以琼莹乎而。"（《诗·齐风·著》）

以上两类实为一类，即将韵脚放在句尾虚词之前，这实质上也就等于放在句末。

但是，也偶尔有把韵脚放在句首的，叫做"头韵"或"句首韵"（alliteration），如：

Where the mind is without fear and the head is held high,

Where knowledge is free,

Where the world has not been broken up into fragments by narrow domestic walls,

Where words come out from the depth of truth.

以上系印度诗人泰戈尔诗篇的节录，试译作：

在那里，人们昂首前进，头脑中没有恐惧，

在那里，可以免费读书，

在那里，世界没有被国家分割成碎片，

在那里，语言从真理的高度发出。

这种情况在汉语中少见。

此外，在我国词曲或外国诗歌中，偶尔还会有一些特殊的押韵方式，下文讲（宋）词时将会涉及；但一般都以押最后一个字（音节）为主。

（五）韵脚在诗篇中的位置

此指两个韵脚在诗篇中的距离。

中国人在"诗"中用韵时，由于同韵的字数有限，所以习惯上一般都是隔句一韵，即韵脚落在偶句之上。但首句可以入韵，也可以不入韵。古体诗用平韵仄韵都可以，但近体诗则习惯上限用平韵。凡不押韵句的末字，在古诗中一般应与韵脚平仄相反，格律诗中则必须是仄声，可以称之为"白脚"或"非韵脚"，就是说白脚在近体诗中必须是仄声。

但某些古诗也有采取句句押韵方式的：可以是一韵到底，也可以中途换韵。

句句押韵并且一韵到底的诗篇如曹丕的《燕歌行》：

秋风萧瑟天气凉，草木摇落露为霜，群燕辞归鹄南翔。念君客游思断肠：慊慊思归恋故乡，何为淹留寄他方？贱妾茕茕守空房。忧来思君不敢忘，不觉泪下沾衣裳。援琴鸣弦发清商，短歌微吟不能长。明月皎皎照我床，星汉西流夜未央，牵牛织女遥相望，尔独何辜限河梁！

中途换韵的如张衡的《四愁诗》。第二章已举其中首段。今再举其第二章作为实例：

　　我所思兮在桂林，欲往从之湘水深，侧身南望涕霑襟。美人赠我琴琅玕，何以报之双玉盘。路远莫致倚惆怅，何为怀忧心烦伤。

　　但是，由于同一韵部的字数太少，这种句句押韵的诗，在古诗中甚为少见。

第六节　近体诗（律诗和绝句）写作的基本规律

一　近体诗基本规律的主要内容

　　本章前五节，乃至整个前三章的全部内容，都是为说明近体诗（律诗和绝句）的基本规律做准备的，或者说前此所阐述的一切，都凝聚在本节第一条的这两款之中。读者如果自信已经具备有关的基本知识，而仅仅是对于律诗与绝句的平仄基本格式搞不太清，那就只需阅读这两款或者甚至只读第二款就够了。尽管我个人认为通读全书可能会是有很大好处的。

　　这里说的是中国格律诗的最基本的规律。其内容本极精巧然而又极为自然，并且浅显易懂和便于掌握；正因为如此，所以在唐宋能够写诗的人才会非常众多，并且从众多的作者当中，涌现出成批的杰出诗人来。可惜这基本规律被弄得复杂化、机械化了，以致使后人望而生畏。其实近体诗的基本规律是很简单明了而且容易掌握的。现分句法（句内平仄安排）和联法（组句成联规则）加以解说。

（一）近体诗句内的平仄安排

　　近体诗每句内的平仄，从语音的角度说，并不是可以随便安排，而是按一定的规则组合起来的。这规则就是：

　　在一句之中，以两字（音节）为一小节奏单位，而以第二字为不可改变声调的语音重点；末字自成一个节奏单位。每小节奏单位内两字平仄必须相同，即应作平平或仄仄；而相邻两单位的平仄则必须相对（相反），即平仄相对。非语音重点的字，平仄有时可以灵活掌握。所以五言句的基本格式只有两种，即"仄仄平平仄"和"平平仄仄平"。

七言则只需在五言之前，加上与句首平仄相反的两字就行了，也就是"平平仄仄平平仄，仄仄平平仄仄平"。

以上是两种基本格式。为简便计，可以把五言仄起称为 A 式，把平起称为 B 式（因为一般认为五言仄起是正格）。七言依此类推，即与五言相反，平起为 A 式，仄起为 B 式。

基本格式之外，可以因押韵与否而衍生出两种变式：由于近体诗限用平韵，因而押韵时"仄仄平平仄"改为"仄仄仄平平"，和不押韵时"平平仄仄平"改为"平平平仄仄"，写作 a 式和 b 式。这时语音节奏单位也有所改变，即作："仄仄、仄、平平"和"平平、平、仄仄"。其演变规则见下文。

由此可见，五言"仄起"和七言"平起"、五言"平起"和七言"仄起"，实属于同一个格式。如果搞清了五言律绝的平仄格式，则七言律绝的格式就不说自明。

由于非语音重点的字，其平仄有时可以变通，因而习惯上有所谓"一三五不论，二四六分明"的简易"口诀"（窍门），即对于第一、三、五（仅指七言的第五字）三个字的平仄可以不严格要求，而对于第二、四、六字的平仄则不可含糊或改变。此说似始见于明朝释真空的《贯珠记》（参阅第四章第一节第一条第一款）。这种说法对初学的人很有帮助，但也有其重大缺陷，因为在下文所说的"特殊情况"下，五言句的第三字，七言句的第五字（即律绝的倒数第三字），是一定要严格讲求，非"论"不可的。不过在一般情况下，这种说法还是很有参考价值，即使是唐朝的大诗人也都是如此掌握的。至于什么是特殊情况，下面另有说明。

（二）近体诗联内和联间的平仄关系——"对"和"粘"

近体诗以两句为一联。联内两句必须平仄"相对"；两联之间必须"相粘"，即上联的末句与下联的首句相似：同为平起或仄起，只末三字小有变化。律诗的第二、三联（即中间两联）必须组成对仗（参阅本章第四节）。

上面所谓"特殊情况"下衍生的"变式"，指的是：由于近体诗只能用平韵（用仄韵的即使粘对合律，一般也被看做是"古诗"），并且韵脚只用在偶句；首句可以入韵，也可以不入韵。于是不入韵的首句和其他奇句（第三、五、七句）的末字必须是仄声。此点应该牢记。

当偶句或入韵的首句如果在定式中是仄脚（脚是仄声），即"仄仄平平仄"时，末字必须改作平声。这时就将形成"仄仄平平平"和"平平仄仄平平平"的局面，其结果是诗句的末了两个节奏单位的声调相同。善于审音度律的人听起来感到非常别扭，认为这是大大的"落调"，即"走调"或"平仄失调"，必须想办法加以调整和补救。但是末字既因为要押韵而不能动，倒数第二字因为是节奏重点，也不能动，那就只好把倒数第三字加以改动（平改仄），而形成"**仄仄仄平平**"和"**平平仄仄仄平平**"。这时诵读起来在语音停顿上也就略有变动，即以倒数第三字为一个节奏单位，而读作：仄、平平。

这种改动（调整）了的 A 式，如上款所述，称作 A 的变式，写作 a 式。

同样的道理，当 B 式"平平仄仄平"位于首句，而作者又不想入韵；或当其处于奇数句的位置时，末字必须是仄；于是末三字就形成"仄仄仄"（两个语音节奏单位同调），应按上述方式调整为"**平平平仄仄**"和"**仄仄平平平仄仄**"。所以在这种情况下，五言的第三字，七言的第五字是**语音上的致命之点，**是**绝对不可以不论**的。

调整之后的 B 式，称作 B 的变式，写作 b。

经过以上两种方式调整后的末三字，其组成情况计有："仄、平平"，"平、仄仄"，加上原有的"平平、仄"，"仄仄、平"共是四种，而且只有这四种组合方式。近体诗的全部平仄和粘连格式，就是由这四种基本句式组合而成的。

这时仄起五言绝句的标准公式应该是：

1. 首句不入韵式：仄仄平平仄，平平仄仄平；平平平仄仄，仄仄仄平平。

   即：AB + ba。

2. 首句入韵式：仄仄仄平平，平平仄仄平；平平平仄仄，仄仄仄平平。

　　即：aB + ba。

按照同样的道理和步骤，可以推出平起五言绝句的标准公式是：

　　3. 首句不入韵式：平平平仄仄，仄仄仄平平；仄仄平平仄，平平仄仄平。

　　即：ba + AB。

　　4. 首句入韵式：

　　平平仄仄平，仄仄仄平平；仄仄平平仄，平平仄仄平。

　　即：Ba + AB。

按照同样的道理和步骤，可以推演出律诗的公式：

　　5. 仄起首句不入韵五言律诗的标准公式是：

　　仄仄平平仄，平平仄仄平，<u>平平平仄仄，仄仄仄平平</u>。
　　<u>仄仄平平仄，平平仄仄平</u>；平平平仄仄，仄仄仄平平。

　　即：AB + <u>ba + AB</u> + ba。

下有横线者表示须对仗。

　　6. 仄起首句入韵式：

　　仄仄仄平平，平平仄仄平，<u>平平平仄仄，仄仄仄平平</u>；
　　<u>仄仄平平仄，平平仄仄平</u>；平平平仄仄，仄仄仄平平。

　　即：aB + <u>ba + AB</u> + ba。

　　7. 平起首句不入韵式：

　　平平平仄仄，仄仄仄平平；<u>仄仄平平仄，平平仄仄平</u>；
　　<u>平平平仄仄，仄仄仄平平</u>；仄仄平平仄，平平仄仄平。

　　即：ba + <u>AB + ba</u> + AB。

　　8. 平起首句入韵式：

　　平平仄仄平，仄仄仄平平；<u>仄仄平平仄，平平仄仄平</u>；
　　<u>平平平仄仄，仄仄仄平平</u>；仄仄平平仄，平平仄仄平。

　　即：Ba + <u>AB + ba</u> + AB。

　　以上 8 个五言公式，在每句前面加上与句首平仄相反的两字，就成了七言律、绝的 8 个公式了。各家讲格律诗的著作，一般都是教学生熟记这 16 个公式，实际上是只有八个公式。

这些公式虽不复杂，但是彼此相似，颇难记住。本书开宗明义就说要反对死记，所以这里绝没有要读者记住这些公式之意，只不过是在此演示一下这些公式是如何得来的而已。否则我自己又重犯当前那些"诗词格律讲话"之类小册子的旧病，叫人死记了。本书讲究推理，讲究掌握基本规律；所以你完全不必像上面所作的那样，花时间去推演和狠记那 16 个（实际上是 8 个）公式。那样做肯定会浪费精力的。

作格律诗实际上只需弄懂下面所述格律诗的基本规律，就可以在选定首句或任何一句的形式之后，边吟唱边推演出下一句以及整首诗每一个句子的平仄框架来。笔者曾做过试验：头脑清楚的初中二、三年级以上的学生，经过一刻钟至一小时之内的讲授（这要看听者的接受能力而定），当听者弄懂这一基本规律，特别是关于倒数第三字的调整规则后，就能够当场推演出以上 8 个（或 16 个）公式来。正如同写出 10 "天干"和 12 "地支"后，学生可以顺利地推演出六甲来一样。当然这并不是说他就会作格律诗了。作诗还有待于许多其他方面的训练。

二　近体诗格律的简单表述

弄明白上款所作的有关近体诗规则的解说以后，我们便可以将其简化为以下一条 90 字的规律和两个简明的公式，即近体诗：

> 每句五（七）言，每首四句（或八句）。句内两字为一同调小节，末字自成一节。相邻两节平仄相对。两句为一联，联内相对，两联相粘。律诗二、三联须对仗。偶句用平韵，首句可入韵。句末三字因用韵与否而同调时，调整倒数第三字的平仄。

也可以兼记一个简单的公式，即假定五言仄起句为 A，平起句为 B，则**绝句**公式为：ABBA，**律诗**为：AB<u>BA</u>AB<u>BA</u>，下有横线者为对仗；而当末三字同调时，调整倒数第三字的平仄，即将其分别改为 a 或 b（即调整后的 A 和 B）。

对于懂得一些近体诗 ABC 的人来说，还可以把上述 90 字规律进一步简化为以下 41 字：

> 近体诗联内相对，两联相粘，律诗二三联对仗，首句用韵自便，句末三字同调时，调整倒数第三字的平仄。

记卜这一简单的规则以后，你就能够准确无误地推演出有关律诗与绝句的全部平仄格式，而绝对不需要死记硬背。并且当你偶然想起一个警句，并决定把它放在某一位置如开头、结尾或对仗上时，就可以按照上述规则，像填词一样，把全诗补足。例如当你看到载人火箭升空，要写感想，并用"载人火箭入长空"作首句，那你就只能采用"平起首句入韵"的格式，并推得为：aB + ba + AB + ba。

听到此，也许有人要光火了："你在胡说八道。诗人写作时应该是文思泉涌，一气呵成。没听说用这种拼凑方法的。"无奈实际情况的确如我所说，古今名诗人往往都是这样做的。我们在第二章曾谈到唐朝诗人李贺，每天背着锦囊到处游逛，偶得佳句，便写下放在囊中，回家后再补缀成篇。前此曾举出鲁迅也说过，自己曾因"达夫赏饭，闲人打油，偷得半联，凑成一律以请云"。可见这是古今文人作诗的常用办法之一。当然，也许这并不是很好的办法。能够"文思泉涌"当然好，但那泉水并不是能够经常喷涌的，也许这就是即使是名人的名篇，有时也有拼凑之处，难以字字珠玑的缘故吧。

"我就不相信享誉中外，名高千古的唐诗，其格律会是如此简单。"要知道，简明的东西并不一定就是简单粗糙，精巧的东西并不一定硬要复杂烦琐。再说一遍，唐人格律诗正因为它是既精巧细致而又合理自然，便于掌握，所以才能够大诗人辈出，才能够"即席偶占"，"当场联句"，"挥毫题壁，不假思索"，"一言均赋，四韵俱成"。何况我在上面所阐述的规则，是可以用唐人名篇来验证，保证可以"放之每首而皆准"的。

第四章　近体诗的讲究、禁忌和影响

本章所说的是前人在谈论近体诗的时候所常常提到的一些问题，主要是指在写作近体诗时的一些禁忌和讲究。所谓讲究，指的是应该如何如何，或最好如何如何；而所谓禁忌，则指的是不可如何如何，或最好避免如何如何。二者是同一个问题的两面，既然能够指出不可如何，当然就包含了应该如何的意思。

这里所说的问题，其中有一些非常重要，应该遵守；但是如果作者并未遵守也不能算是错误，只不过是美中不足而已。另一些是告诉读者，前人"有此一说"，可以姑妄听之，但不必刻意照办。这两类加起来可以名之为"近体诗的补充规则"，其中并且包含前人在写诗词时的某些小窍门，例如不得已时利用有些字可以平仄两读的特点，像论（阳、去两读）、思（阴、去两读）等，以解决平仄互对的问题。了解这些规则，对于提高写作和鉴赏能力应该是很有帮助的，所以尽量多收集了一些。

此外还有一些意见，则可以说是"好事者为之"的妄说。因为唐诗风靡当代和后世，仅《全唐诗》就有四万八千九百余首，《宋诗抄》等加起来当在十万首以上，其内容与格式真可说是无所不包。有些好事之人在研读之余，自不难从许多首诗篇中刻意找出某些相同的现象来。他们遂以为自己有了新的发现，并名之曰规律，"多见其不自量也"。例如有人认为一首律诗出句（即第一、三、五、七句）的仄声落脚处即白脚，应该兼备上、去、入三声，并举出某些诗篇为证；但又不能说出要这样做的原因和好处，只不过是标新立异，把偶然现象当做规则而已。对于这类意见，本书仅选择一二甚嚣尘上者举例言之，以让读者增长见识，免得一旦碰到这些异说时被吓唬住。

总之，近体诗因为流行已经将近一千五百余年，有关其规律与作法的杂记、评介等书籍多得不胜枚举；在一本通俗读物中不可能太多地收罗与分析这方面的问题，而且也没有这种必要。一旦当你碰到有关说法时，既不必为之吓倒，奉为圭臬；也不必一律斥为妄说。择其善者而从之，可也。

第一节　用字方面二三事

一　鉴别平仄要敏锐，储备词汇要丰富

汉字和词的关系，上章已有所论述，一般对此也都很清楚，无须再作说明。

诗句是由"字"（词）构成的。用字就像是用砖头砌房子。房子的好坏当然与砖头的数量、形状、质量和堆砌方式有密切关系。

词汇是否使用得准确、鲜明、生动，是属于炼字、炼句的语言修养和艺术水平的问题，一般不直接牵涉到诗歌的格律规则，所以暂且略而不论。这里只是从近体诗格律的角度出发，说明我们写诗时要特别注意的是词的声音（平仄）和构造（结构）问题。

格律诗的诗句不比散文，不可以由任何声调的字随便组成。它在声音方面，必须"平仄合律"，即遵守每个字在句中的平仄要求，当平时不可用仄，当仄时不可用平。在结构方面则牵涉到词性及词组的结构问题。因为在组成对仗时，不仅要求平仄合律，并且要属对工整，词性和词组的搭配不发生紊乱。人们在作近体诗时，最常见的错误就是"平仄失调"和属对时结构不对称、不工整。结构方面的问题详见本章第四节"对仗"部分。

为了使造句时平仄声的安排适当，这就需要培养下面的几种能力：

（一）养成敏锐的平仄鉴别能力

作诗者应该做到任何词一上手、一出口，就知道它的阴阳上去、是

平是仄，而无须花时间去查考、去推敲。这样才不至在一句之内平仄失调，在联内两句之间"失对"，两联之间"失粘"。例如误把"长江"对"黄河"，"姊妹"对"兄弟"。遗憾的是，失粘失对的情况，虽大诗人有时也难免（明知而故犯的所谓拗句例外，下文将另述）。至于在许多打油诗和对联招贴等文字中间，则平仄错误更是比比皆是。略知近体诗规则的人见了只能是叹息和忍受。

例如在广东新会的有名风景区"小鸟天堂"，于醒目处赫然高悬某名人所题律诗一首如下：

> 三百年来榕一章，浓荫十亩鸟千双。并肩只许木棉树，立脚长依天马江。新枝还比旧枝壮，白鹤能眠灰鹤床。历难经灾从不犯，人间毕竟有天堂。

这首诗立意不错，但文字上可改进之处甚多，这且不说；其第二、三联之间显然"失粘"，作者要是对律诗规格很熟悉，本可以毫不费力就使之合律并且更加上口的。更遗憾的是园林工作者又因不懂平仄，竟把"长依"误抄做"长倚"了，这就另增加了一条"句内平仄失调"的错误。至于第五句落脚的壮字与韵脚有平仄通押（即所谓"撞韵"）之嫌，姑且不论。

类似的例子真是太多太多了，我几乎在许多名城的风景区，一再发现这种煞风景的诗词。作者也真是太勇敢而且自专了，竟没有想到要请懂得格律的人校正一下。

为了在写近体诗时不犯这种失对、失粘的错误，最好自己注意进行一些培养鉴别平仄能力的训练。

最简易而且事半功倍的办法，就是多读一些能够增强平仄感的文章和书籍。这样做，既学习了文章，又培养了使用平仄和对仗的能力。六朝以降的骈文，讲求对仗。它可以说是推动近体诗成长的母乳，是学习平仄和对仗的良好教材。

其次是多读近体诗特别是律诗，律诗的二、三两联一般都对仗工整，对增强平仄感是极有帮助的。

再次是读一些早年私塾中的启蒙读物，如《幼学琼林》、《声律启蒙》等。《幼学琼林》文字粗糙一些，但从中可以学到许多天文、地理、人文等方面的知识和掌故。

《声律启蒙》是专为培养写格律诗的能力而编写的。这种形式大约产生甚早，例如明朝释真空的《贯珠集》中就有这种教人学习平仄的韵语：

> 平对仄，仄对平，反切要分明。有无虚与实，死活重兼轻。上去入音为仄韵，东西南字是平声。一三五不论，二四六分明。

清初戏曲家、文学家李渔（号笠翁）便采用这种形式并加以发展，按韵编成非常顺口、由简到繁的对仗歌诀《笠翁词韵》四卷，湖南人车万育将其简化为通俗读物《声律启蒙》，颇为流行。除第三章第四节第一条所举者外，现再补充"五支"一例（略有改动）以供参考：

> 聪对慧，傻对痴。益友对良师。吴娃对越女，猛虎对雄狮。吟汉赋，诵唐诗，俗话对新词。朱门出走肉，黄屋拥行尸。哲人取义因忘我，政客专权为顾私。任国缁坚，公子持竿垂巨饵；桃源叶茂，逸民架釜煮长丝。

为了帮助初学者练习掌握平仄与对仗，个人特按照《诗韵新编》之十八韵部，从旧有对韵中选录与改编出一十七则（六儿略），作为附录（四）列于书后，以供读者参考。

（二）积累丰富的替换词汇

只有词汇丰富，才能够运用自如。因为当由于对仗或其他原因，既不能改变该词在句中的位置，又不能舍弃不用时，这就需要使用平仄不同、结构相似的同义词语来代替。例如：当"兄弟"不行时，可以改为"弟兄"；"黄河"不便时，换作"黄水"。他如"祖国"作"神州"，"江山"代"社稷"，"友好"变"知音"，"父母"称"慈颜"等等。找寻平仄合适的同义词来替换某一词语并非难事，但是要替换得恰当，使文风语气不受影响，又是颇费周折的事情。因为"同义"并非"等同"，有时由于含义、色彩等方面的细微差别，替换之后，未必完全合适。

中国的各种《诗韵》，往往附有许多例词供你选择，引起你的联想与思索。特别是像《佩文韵府》一类的书籍，除列举许多可以押韵的词语外，还在每个字末附有大量的"对语"和"摘句"，很有参考价值。例如在上平声"东"字的末尾，就附有对语："渭北、江东"，"星桥外、斗柄东"等34条，和"摘句"："岁岁春风绿自东"，"象床豹枕画廊东"等72句。

《佩文韵府》不仅是作诗的良好工具书，并且是使用"查词尾"方法的重要语文工具书。

一般工具书都是查词头，如巴：巴山、巴西……而韵书则是查词尾的，如巴：三巴，尾巴，眼巴巴……两类工具书可以相辅相成，相得益彰。但此书引文不说出处，抄录颇多错误，使用时须注意核对。

（三）善于利用平仄两读的词

在不得已时，可以利用某些平仄两读的字，需要平的时候作平，需要仄的时候作仄。例如：

※**思**：作平："千山入梦思。""碧云无信慰相思。"

作仄："杨花榆荚无才思（去声），唯解漫天作雪飞。""无情有思（去声，与上文"也无人惜从教坠"、下文"欲开还闭"相叶）。"

※**论**：近代念去声，但古多作平："分明怨恨曲中论。"

※**看**：近代念去声，但古多作平："长得君王带笑看。"

※**过**：平声、去声义同："沉舟侧畔千帆过（去声）"，"文章憎命达，魑魅喜人过（阴平）"。

其他可以两读的字还有不少。但是请注意，我们这里指的是平仄有变而意义不变的词。汉语中（其他语言也有类似情况）有时同一个字，读音不同时，意义上也有很大的差别或者完全不同。

如："国王"（阳平），"王（去声）天下"：是以王道统一天下；"来去"（去声），"去（上声）兵"：是取消军队；"语（上声）言"，"语（去声）人曰"：是跟人说。这实际上是同形异义的两个字，与一字两调完全是两回事。下文将另行论述。

请注意，这里指的是平仄有变，而意义基本不变，或改变不大的词。这与下文将要说的字形相同而读音不同的两个词，如重量、重复中的"重"字的情况不相同。

又如"骑"：近代念"齐"，古代作动词念"齐"，名词念"骥"，声音和音调都有区别。乘（chéng）和乘（shèng）的情况与此近似。

（四）灵活运用古代的入声字

前此我们曾一再强调，写诗是给自己、给当代的人看的，当然应该以今音为准；但不得已时，习惯上可以使用古代的入声字当仄声字用，即使在"入派三声"的情况下，它已被派入阴平、阳平时也是如此。例如"十"、"八"，"剥"、"国"，"鸽"、"泽"等在今天都是平声字，但作为仄声字用，一般不会有人反对，并且诵读起来也不妨读成你所习惯的上去声。相反，当其按今音被用作平声字时，反而会有人觉得不习惯。

（五）数目字、方位词平仄从宽

这也是与鉴别平仄和灵活处理词汇有关的知识。数目字因为只有"三、千、零"三个字是平声（"一"与"十"是入声字被派作阳平的）；方位词"东西南北"中只有"北"是仄声。所以在私塾中，老师便告诉蒙童，在作格律诗或对联时，人们对这些字的平仄，一向从宽而不苛求。

二　避重字及例外情况

格律诗不同于自由体的古风，无论是诗是词是曲，其篇幅都比较短小。律诗最长者七律才56字，最短者五绝才20字；因而即使做不到字字珠玑，也应该每个字都有其特定的用场，且不宜重复。近体诗如果出现重字，就会显得作者词汇贫乏，思路狭窄，语言运用能力平凡。所以自从格律诗产生以后，重字就成了公认的忌讳。在大师们的作品中，很少见到重字，这绝不是一种偶然现象。但是，由于修辞或表达上的需要而故意重复者，则属例外。详见下第（一）款。

可是，由于疏忽而偶尔出现重字的情况，虽大师有时也在所难免。例如前引王安石的绝句《泊船瓜洲》：

> 京口瓜洲一水间，钟山只隔数重山。
> 春风又绿江南岸，明月何时照我还！

其中第三句因为绿字用得极富创造力，被文坛传为佳话；但可惜第二句因疏忽而犯了重字的毛病。因为此处并无重复强调"山"字的必要，而"钟山"二字，可代替之词语如"金陵"、"秣陵"、"建康"、"石头"之类甚多，自不必使用重字。可惜的是，类似的情况在大家的作品中还时时可以找到，下文所引陆游《书愤》"早岁那知世事艰……出师一表真名世"，即其一例。

但是，以下几种情况例外：

（一）强调

由于使用修辞手段或其他原因而需要强调某字或某个词组时，则不但不需回避，而且使人感到重复得无碍甚或恰到好处。例如："昔人已乘黄鹤去，此地空余黄鹤楼。黄鹤一去不复返，白云千载空悠悠。"（崔颢）"凤凰台上凤凰游，凤去楼空江自流。"（李白）"即从巴峡穿巫峡，便下襄阳向洛阳。"（杜甫）"独在异乡为异客。"（王维）

（二）顶针续麻等格式

顶针续麻本是民歌中常用的手段，歌者喜欢用它来强调某种感情或事物。详细区分起来可以有多种形式，例如：

顶针或称**顶针续麻**，也叫**联珠**：用上句结尾的字或词组做下句的起头，以使语句前后相连紧束，气势畅达。如："楚山秦山皆白云，白云处处长随君。长随君，君入楚山里，云亦随君渡湘水。湘水上，女萝

衣，白云堪卧君早归。"（李白《白云歌送刘十六归山》）

*钩句：其作用在使人觉得上下句的意思密切相连，但不必词语完全相同。如：

> 忆梅下西洲，折梅寄江北。……日暮伯劳飞，风吹乌桕树；树下即门前，门中露翠钿。开门郎不至，出门采红莲。采莲南塘秋，莲花过人头。低头弄莲子，莲子清如水。……忆郎郎不至，仰首望飞鸿；飞鸿满西洲，望郎上青楼。楼高望不见，竟日栏杆头。（南朝《西洲曲》）

（三）同形异音、同音异义者不算重字

以下两种情况，不算重字：

*同形异音者，如：重要、重复，因为这本是形同而声与义都不同的两个字（词），正如同英语中的de'sert（遗弃），'desert（沙漠）不算同一个词一样。

*同音异义者，如：当"伊人"和"伊尹"碰在同一首诗中时，不算重字，因为前"伊"字是指示形容词，"伊人"即"那人"；后"伊"字是专名"伊尹"的组成部分。同样，当"观望"与"吕望"用在一起时，也不算重字。

第二节　论拗句

最令初学者深感迷惘的问题之一是所谓拗句的问题。这个问题被许多诠释者弄得十分神秘化了。究竟什么样的句子才算是拗句？什么时候能够使用拗句？为什么大诗人能"拗"而我不能？拗句究竟应该如何补救并且是否一定要救？大家都随便使用拗句，那还要格律做什么？

问题其实并不十分复杂，下文特就这些问题加以分析。

一　什么是拗句

所谓"拗"就是"不顺"、"拗口"的意思，拗句就是指平仄失调、念起来不顺口、不合格律的诗句。作诗时选词是内容问题，调平仄格律是形式问题。当内容与形式难以一致，而又无法解决时，作者迁就了内容，这就造成形式上、声律上有些不大顺口的句子。例如前引李白的有名诗篇《黄鹤楼送孟浩然之广陵》：

> 故人西辞黄鹤楼，烟花三月下扬州。孤帆远影碧空尽，唯见长江天际流。

这首诗文情并茂。第一章第三节曾有所分析。诗人并没有诉说难舍情谊，但故人走后，他还独自痴痴远望，直到连船帆都看不见了，还久久不忍离开。到过大江大湖、见过帆船的人，知道这该要等候多久！诗人眷念之情，感人至深。但文字声调上却有一缺点：第一句本应作"仄仄平平仄仄平"，其中关键地方即起手的"仄仄"写作了"平平"（第一字且不论），造成平仄失调。诗人本不难改用"仄仄"的字如"故友"、"莫逆"、"知己"之类的词语，但他没有这样做；因为此时"故人"二字最传情，最适合表达二人的关系。形式本应该为内容服务，所以作者不去理他，而我们诵读起来也仍然觉得很舒服。

当然，有时拗句也可能是由于作者一时的疏忽所造成。至于什么场合是作者故意造成，什么场合是由于疏忽，那就只好作为悬案了。不过如果作者在使用拗句之后，而又采取了下文将要说的补救措施，那就当然是"有意为之"了。

近体诗中拗句发生的情况并无规律可循。有时只有一句拗，有时一联中两句都拗，甚至可以两联以上乃至全篇都拗。律诗两联拗者称为"拗句格"，通篇皆拗者称拗律。不过拗句太多时，有人干脆拿它当做古风看待，因为它已经处处不合律了。

二 拗句的补救

拗句出现之后，作者有时不予理睬，有时则采取某种补救方式。

补救之道，按照"宫羽相变，低昂互节；若前有浮声，则后须切响"的精神；用平仄互补或"以歪补缺"的办法：即当前面该用平的地方用了仄声，那么就在后面相同或相应的地方，"以拗对拗"，该用仄的用平。所谓"后面"，有两种处理方式：

* **本句自救**：即在一句之中，该用平的地方用了仄声，则在其后该用仄的地方用平。

本句自救，问题出在关键词上的不多，而多在非关键词上，例如论者常以李白《宿五松山下荀媪家》作为典型例子：

> 我宿五松下，寂寥无所欢。田家秋作苦，邻女夜舂寒。跪进雕胡饭，月光明素盘。令人惭漂母，三谢不能餐。

这首诗的第一、二句，按规格应是"仄仄平平仄，平平仄仄平"。但其中"五、寂、无"三字平仄失调。其中"无"字是为了救"寂"，属"句内自救"；并且同时挽救上句中的"五"字，也就是对句相救。

其实这只是一种庸人自扰的繁琐哲学。这里不合平仄的字，都不是关键词，可以用"一三（五）不论"解释，而与上述"故人西辞黄鹤楼"中的"故人"不同，那才是真正的"拗"。

* **对句相救**：即当上句有"拗"时，由下句在相应处用"拗"来弥补，来救助。例如上述"我宿**五**松下，寂寥**无**所欢"中，用下句的"无"字，救上句的"五"字。又如陆游《夜泊水村》：

> 腰间羽剑久凋零，太息燕然未勒铭。老子犹堪绝大漠，诸君何至泣新亭！一身报国有万死，双鬓向人无再青。记取江湖泊船处，卧闻新雁落沙汀。

此诗极其悲壮，其中"万死"之"万"绝不能改动为"千"，然而又平仄失调，只得用下句的"无"字补救（最好是也用第六字），此处"无"字并且可理解为与句首"双"字作句内自救。

又按数目词和方位词在属对时本可从宽，此处不救也应无碍。

人们通常所遵循的"拗救"规则，有所谓"大拗必救"，"小拗自便"的说法。"大拗"指在关键地方，即第二、四（六）字，以及本书上章所说"因末三字同调而必须调整之倒数第三字"。如果此时不救，念来就十分别扭，前人谓之"落调"。"小拗"可以用"一三五不论"的说法作为不救的根据。

*论所谓孤平拗救：曾经有位老先生提出，他的长辈塾师告诉他：孤平乃格律诗之大忌，必须避免；如不得已，则须孤平拗救，云云。说得十分吓人，而所谓孤平又并非指五言诗句中只有一个平声如"仄仄仄平仄"之类，而是指定式"仄平脚"即"平平仄仄平"中第一字如果用了仄声，即写作"仄平仄仄平"，因而形成除韵脚之外，全句只有一个平声。这实际上是指全句只有两个平声字，而偏偏要谓之孤平，这就十分"绕脖子"，令人难解了。

如果这种所谓孤平是大忌，那么只有两个仄声的句子"平平平仄仄"算不算孤仄？"平平平仄平"中之"仄"岂不更孤？更是大大忌？这样将会愈推敲愈糊涂。

总之，所谓拗，就是违反了规则，我们无需从不规则的事物中，再找寻"不规则的规则"，只需把握一条，即尽量避免不规则的现象出现，以及尽量不让一句之中平声或仄声字过多，尤其不能让关键词，即第二、四、（六）及句末三字同调时的倒数第三字平仄失调。如果万不得已要出现这种情况，那么能不理的就不理（例如发生在非关键词上面），而在非理不可的场合（例如上述关键词上），则应于其后适当的地方"拗救"之。

在这里，值得再三强调的是，通常所谓拗句，都是指在关键词的位置上（第二、四、六字及末三字同调时的倒数第三字）平仄失调。至于非关键字的一、三、（五）字失调，则诗人是一向不以为意，因而频频出现的。这样的句子，即使在大诗人的名篇中也比比皆是，可以信手拈来。例如："渚清沙白鸟飞回"（杜甫，一、三字失调），"去年今日此门中"（崔护，一、三字失调）。于此我想替"一三五不论"说的首倡者再平反一次：有人不分皂白地把它斥为妄说，是十分有欠公允的。

三　怎样看待拗句

尽管在唐宋人的作品甚至名篇中，拗句和拗律并不少见，但那究竟只是一种变格，诗人都是尽力避免的。只有在格律诗产生的初期，因为其规律正在成长中，作者对它掌握得还不够娴熟，拗句才比较多。另外有少数诗人如韩愈、孟郊等，为了显示其古奥和不同凡响，喜欢故意用拗句乃至拗律。我们初学之人，还是以走大道、用正格为好。万不得已时，也就只好当拗则拗，而不必有太多的顾忌。

社会上有一种现象，对于名人诗篇中的拗句，不仅不反感，并且曲意为之捧场，盛赞其"拗得好！"而对于普通人的拗句，则喜欢指指点点，说这里失粘，那里失对。这就叫做"权威则可，我辈则不可"的势利眼和奴隶主义。正如同某些权威著作中出现了错别字，后世的注释家便"为尊者讳"，解释为"通假"、为"一音之转"，等等；而一般人写了错别字，则必遭斥责。世道本来如此，大可不去管它。

第三节　造句和"粘"、"对"

一　诗句和语法句的关系

前已指出，诗歌中的诗句并不能与语法中的句子等同。它只不过是表示一个大的语音停顿，一个大的节奏单位而已。它通常等于一个语法句或分句，但它既可大于，也可小于一个语法句子。例如：

"风急、天高、猿啸哀"，一个诗句中包含了三个语法句子；而"犹怜小儿女，未解忆长安"；"王师北定中原日，家祭毋忘告乃翁"，这里每联只是一个语法句，前者意即"我可怜小儿女们还并不懂得惦记困居在长安的父亲"，属于语法上所谓的"连动"句式；后者是一个

"复句"，前面的是时间分句或时间状语，意即"当王师北定中原之日举行家祭时，别忘了把这好消息告诉你爸爸"。

由于诗句和语法句子存在这种复杂关系，而且诗词的文字简短，又忌讳使用"因为"、"所以"等关联词，所以我们在作诗造句时，要牢牢掌握这个特点，不必考虑句子的语法结构是否完整，允许句子与句子间在语法上呈现跳跃状态，但又不失去其内在的逻辑联系，不使人觉得费解。例如前引陆游《书愤其一》：

> 早岁那知世事艰，中原北望气如山。楼船夜雪瓜洲渡，铁马秋风大散关。塞上长城空自许，镜中衰鬓已先斑。出师一表真名世，千载谁堪伯仲间。

其中第二联使用的几乎是当今所谓"意识流"的手法，光是名词的罗列，表面上看不出其间的语法关系，却有序地反映了作者所亲身经历的悲壮场面，最后归结为无奈的感慨。又如温庭筠《商山早行》中的名句："鸡声茅店月，人迹板桥霜。"仅仅由没有语法牵连的四个词组、十个字罗列在那里，但却传达了多少景物与联想！

二 注意顿逗

近体诗的最大特征之一，是把每句分作三或四个小的节奏单位，即"仄仄、平平、仄"和"平平、仄仄、平平、仄"之类。不管实际上语法结构和词义搭配的情况如何，人们在诵读和歌唱时，总是按照上述的节奏单位来处理顿逗关系的。只有当末三字因为同调而进行调整时，小节奏单位也就跟着发生变化，例如："仄仄、仄、平平"，"平平、仄仄、仄、平平"等（参阅第三章第六节第一条）。于此可见，近体诗的顿逗，末三字可以灵活处理，而其前面的顿逗则是不可改变的。仔细揣摩一下，你会感到我们通常都是这样诵读诗篇的："身无、彩凤、双飞、翼，心有、灵犀、一点、通。"和"云淡、风清、近午、天，傍花、随柳、过、前川。"尽管从意义上讲，你也可以理解为"近、午天"，但我们还是喜欢念成"近午、天"。

可是，在末三字的前面，即使碰到三个字是一个词组时，我们也仍然把它分成两逗，甚至在词义上也作如此理解，例如："丞相祠堂何处寻？锦官城外柏森森。"明明是说"锦官城"的外面，但诵读起来却是"锦官、城外、柏、森森"，甚至在思想上也理解为"锦官（城）的城外、柏森森处便是"。其他如："万里、桥西、一草堂，百花、潭水、即沧浪。""黄四、娘家、花满溪，千朵、万朵、压枝低。""相见、时难、别亦难。""田横、五百、人、安在？难道归来尽列侯！""可怜、无定、河边、骨，犹是、深闺、梦里、人"等句都是如此。虽然"万里桥"、"百花潭"、"黄四娘"、"五百人"、"无定河"、"梦里人"等在词义上是不可逗开的。

但是，有时由于作者为内容所迫，或者出于一时疏忽，写出了难以如上处理的句子，如"永夜角声悲自语，中天月色好谁看！"分明是说"角声悲如自语，月色好、有谁看"，很难按照常规逗开。又如"行多有病住无粮"，"新啼痕间旧啼痕"（此是词中律句）也是如此。此种句式诵读起来较为拗口，一般不大受欢迎。有人把它称作"折腰句"，意即诵读时须于不适当的地方，将其拦腰折断。其实参照"失对"、"失粘"的提法，称作"失逗"也许更为恰当。

三　恪守"粘"、"对"规则

关于"对"和"粘"的问题，上章已经作了比较详尽的论述，这里特指出要尽量避免"失对"和"失粘"的问题，因为这是近体诗中所应该尽量避免的两种严重错误。

我们已经知道，近体诗句内平仄有固定的安排，联内必须平仄相对，两联间必须平仄相粘，即两联之间（第2—3，4—5，6—7句之间）的诗句必须同为平起或仄起。

句内平仄失调或联内平则小有失对谓之"拗"，上节已经详细分析过了。但是在掌握平仄方面还有一些更值得注意的其他错误，那便是一联诗句之间，在平仄相对上发生了严重失误，即两句同时使用了相似的句型。例如第一句是 A 型（仄仄平平仄），第二句仍是 a 型（仄仄仄平平）；或同为 BB、bB 型。这便叫做"失对"，而绝不能用"拗"来作解释。

这种情况在名家作品中极为少见，但却是初学者所易犯的毛病，所以特别提出。

另外一种常犯的错误就是两联之间"失粘"，即两联之间的句子并非同为平起或仄起，其结果必然是两联平仄乃至句式相似。例如本章第一节所举题"小鸟天堂"的诗，其第二、三联就明显失粘。

两联之间必须相粘，本是不难做到的事情，但作者往往因为疏忽而失误，读者有时也不容易发觉。所以即使是大诗人，偶然失粘也间或有之。这就不能使用"拗联"或其他曲说为之缓颊，而只能算是一种失误。所以初学者对此应该特别留心。

顺便说一下，这里所谓联内平仄相对，仅仅是从声调着眼，没有谈到句子的语法结构和词义搭配问题。二、三联结构与词义的对应，是近体诗中的核心问题之一即"对仗"所必须遵守的特点，上章对此已有论述，下文将专辟一款，来对有关事项加以补充。

第四节　正确看待对仗

关于对仗的问题，我们在前几章中曾经反复论及，这里再补充几点。

一　对仗的灵活性

前此曾经多次指出，对仗是汉语所特有的语言现象，它可以使句式整齐，对比强烈，音调铿锵，文采烂然，给人以多方面的享受。例如：

"无边落木萧萧下，不尽长江滚滚来。"读来觉得景物生动，气势宏伟，属对工整，音调铿锵，文字优美，使人产生反复咏叹、不忍释手之心。类似的对偶句如："明月松间照，清泉石上流；竹喧归浣女，莲动下渔舟。""几处早莺争暖树，谁家新燕啄春泥？乱花渐欲迷人眼，浅草才能没马蹄。""庄生晓梦迷蝴蝶,望帝春心托杜鹃。沧海月明珠有泪,蓝田日暖玉生烟。"等等,在唐宋诗篇中真是随处可见,美不胜收。

不过应该特别提出的是,工对虽然美好,但却不可过于刻意追求,否则就会以词害义,影响表达能力。因为一则客观事物品类无穷,而每一分类中所含项目有限,所谓同类相对,只能是一种相对的说法;否则如果不仅要求两句的结构相同或相似,而且连词语也要求同类相对,那就必然很难自由表达思想。所以如果把"工整"强调过分,而又同时需要言志抒情,则诗篇的对偶句将无法组成。

好在古人读写的实践说明,诗人向来只是追求"对仗"给人的那种大致互相对称的感觉,而无须每一个字与词都要求是同类相对,也不必结构完全相同。例如温庭筠《利州南渡》:"坡上马嘶看棹去,柳边人歇待船归。"看似属对工整,其实这两个诗句的语法结构、主谓关系都是很不相同的。他如:"犹怜小儿女,未解忆长安。""问姓惊初见,称名忆旧容。别来沧海事,语罢暮天钟。""酒债寻常行处有,人生七十古来稀。"等对仗句子,也都是乍看起来对得很好,而事实上是似对非对的。类似的例子甚多。由此可见,我们很可以灵活掌握,而不必为追求严格的"工对"所苦。

二 对仗并非愈多愈好

近体诗的规律是第二、三两联必须对仗,并且这对仗的两联应该是全诗最精彩的部分。至对于其他两联以及对于绝句,在对仗方面则没有规定,可以自由掌握。

有人曾经按照一首律诗中对仗数目的多少,划分为:只有一联对仗者为贫对仗,三联以上对仗者为富对仗。愚按这种分类方法弊病甚大,仿佛说对仗越多越好。事实上远非如此。的确,唐诗中有不少首联和尾联也使用对仗的(按必须首句不入韵时,才能是严格的对仗),如王维《汉江临泛》:

楚塞三湘接，荆门九派通。江流天地外，山色有无中。郡邑浮前浦，波澜动远空。襄阳好风日，留醉与山翁。（一、二、三联对仗）

杜甫《闻官军收河南河北》：

剑外忽传收蓟北，初闻涕泪满衣裳。却看妻子愁何在？漫卷诗书喜欲狂。白日放歌须纵酒，青春作伴好还乡。即从巴峡穿巫峡，便下襄阳向洛阳。（二、三、四联对仗）

但是却绝少有四联都用对仗的。杜甫的名篇《登高》有人勉强诠释为四联部是对仗，即将尾联"艰难苦恨繁霜鬓，潦倒新停浊酒杯"解释为："世道艰难，我苦恨它繁我霜鬓；生活潦倒，使我不得不新停浊酒杯。"但即使如此解释，也并不能使诗篇增色。

律诗的四联，各有其不同的任务。一般来说，首联须能开启话题，引人入胜；尾联须总结全篇，发人深省。均不宜使用对仗，以免限制太多，不能尽意。所以有人说："当对不对，谓之草率；不当对而对，谓之矫强；一句好、一句不好，谓之偏枯。"此语值得多加玩味。

三　避免"合掌"

诗家所谓合掌，第三章二节二条曾有所涉及，但它还有多种含义。通常指在对偶句中，上下两联在字面、内涵或结构上有相似或雷同的毛病。

我们在这里，专指律诗的二、三两联，在组成对仗时，除了要求出句与对句之间平仄相反，结构相似之外；还要注意使两联之间的句子结构有所变化，不能相似或雷同。否则就显得作者缺乏语言运用能力，行文呆滞。评论家把这种毛病称之为"合掌"。例如徐玑的《春日游张提举园池》：

西野芳菲路，春风正可寻。山城依曲渚，古渡入修林。长日多飞絮，游人爱绿荫。晚来歌吹起，惟觉画堂深。

仔细玩味起来，便会感到文笔呆傻。这种缺点本来极易回避，所以犯者不多，读者也不易察觉。偶然发生，多为疏忽所致。即使触犯时，他人也不易发现，但仍以注意避免为好。

四　所谓"偷春格"

南宋魏庆之《诗人玉屑》引用他人言论，说是律诗第一联如果已经用了对偶，则颔联（第二联）即可不对；因为首联已经先用对偶，"如梅花之偷春色而先开也"，故谓之"偷春格"。按此不过是因第二联之未用对仗，巧为说辞而已。前面第二款已经说明，唐人律诗中首联或尾联使用对仗者有的是，中间两联也偶有不对仗的，但并不见得因此就不须遵守第二、三联应该对仗的规则。初学者切不可为这些异说所惑。

第五节　用韵二三事

一　以《诗韵新编》十八韵部为准则

押韵是诗歌，特别是近体诗的关键问题之一，我们在上章第五节已经作了比较详细的讨论。但由于这个问题比较复杂而又至关重要，所以这里再就其中某些容易引起争论或产生疑问的问题重申和强调一番。

前此曾多次指出，我们写诗是为自己，为今人，而绝对不是为古人，古人也不可能知道我们在写些什么和如何读法。因之写诗当然应该以今音为准，只要今人念来顺口，听来入耳就好，这本是天经地义的事情。所以在作诗时，应该坚决完全摆脱古韵、古音的种种限制。须知古人在当时就曾经因为韵书跟不上语音的发展，而一再叫苦并请求皇上下令，准许某些韵部通用；何况今天有了官方确定的统一语音标准，我们何苦再作茧自缚呢？

具体说来，中国语音发展到元朝《中原音韵》出书时，"入声字"

已经消失，而是"平分阴阳，入派三声"。因此今天当碰到古入声字时，只要"普通话"中已把它归入什么声，你就大胆地拿它当什么声使用，而不必顾忌某些老学究的指责。例如有人在怀旧诗中有这样两句："四十周年遇旧游，倾谈顿作意识流。"本来对得很工整，却因怕人指责，而在"识"字后面注明"今作平"。虽是多此一举，但足见旧俗苦人之深。

元人把当时的音韵归并为"十三辙"，即将阴阳上去放在一起后，当时就只剩下十三个韵部了。十三辙比今天《诗韵新编》的韵部少。这是因为"十三辙"是供戏曲（元曲）使用的，戏曲中押韵从宽。后来"歌部"又从"波部"独立了出来，所以今天的韵部就比十三辙稍多。不过"十三辙"至今仍为南北戏曲说唱文艺所本，其影响甚为深远，前已列出京剧的十三辙为：**中东，江阳，衣期，姑苏，怀来，灰堆，人辰，言前，梭波，发花，乜邪，遥条，由求。**

其他戏曲也有自己的十三辙，在归韵上面小有出入，韵辙代字有时选取得不尽相同，如江洋、人臣、麻纱等。

现今的《诗韵新编》共分十八部，并附有与十三辙的对照表。作诗的人以此为依据就可以了。当然如果为了找寻更多的"对语"和"摘句"，以及查考古今语音的对照关系，则不妨使用《佩文韵府》、《诗韵集成》等类的书籍作参考。

二　适当借用古韵

古今语音混用，这本是不合理的事情，但是由于近体诗和宋词格律太严，合律（合乎平仄并且彼此叶韵）的字难以找寻，于是就有不少人往往拿今天已经派入平声的入声字当仄声用，对于韵部已经分化了的字也酌情可以押韵，例如使波与歌互相押韵，等等（按在不少方言中，至今歌、波通用）。这种情况，有点旧学根底的人，见了毫不以为怪。我们在不得已时，当然可以这样做。

三 韵脚从宽

从原则上讲，旧体诗词应该解放，押大体相近的韵，这是很多人都同意的。但具体做起来，则分歧较大。归纳起来，大致有以下几个方面可以供作者参考：

（一）首句韵脚从宽

以往研究近体诗的人，大多主张首句韵脚可以从宽。其埋由大约是因为近体诗首句本可以不入韵。既然入韵与否都可以，那入韵时理当可以从宽。但宽到什么程度，前人似无定规。从现存诗篇看来，大致是指本不相通的邻韵可以通用。这在韵部已经大大减少的今天看来，其中有很多已经本来是属于同一韵部的了。例如："甘、含、谈、严"等以 m 作韵尾的字，在今天已经与以 n 为韵尾的字："干、寒、山、缘"等完全归入同一韵部，已经无所谓从宽不从宽了。

至于其他场合，我们将在下文予以探讨。总之，凡属在第二、四、六句韵脚可以从宽的地方，在首句当然更可以从宽，无需列举了。

（二）兼顾古音和方言

关于适当利用古音的问题，我们在讨论有关平仄的问题时已经涉及，不赘。

关于方言，个人以为可以尽量从宽。因为在许多方言中，迄今是 ou 、u 、n 、ng 不分的。

例如有些南方人把"首都（du）"、"都（dou）有"中的"都"念同一个音，"因为"和"英雄"中的 in 、ing 不会区别。这些细微的差别，朗诵起来并不拗口，自不必要求过严。何况这种现象，即使在名家的诗词中也偶然可以找到。

此外，侯（hou）、蒲（pu）和淤（yu），也应该是可以互押的。至于有些韵母虽然相同或十分相近，却因为某些陈规而长期不能通押，应该加以改变，其详见下面第三款"打破陈规"。

（三）打破陈规

由于中国人发音方面的特点，前人对于舌面音 j、q、x，齿音 z、

c、s，卷舌音 zh、ch、sh、r 等常常分别对待，有时即使韵母相同或十分相近，也设立各自的韵部，不许相通。这在今天看来，是很值得商榷的问题。例如：资（zi）、雌（ci）、思（si），枝（zhi）、痴（chi）、诗（shi），机（ji）、期（qi）、西（xi）等韵母十分相近，甚至可以说是相同。因为仔细分析起来，他们的韵母虽然有某些语音上的细微差别，但一般人已很难区别；加以在汉语实践中，并不是任何一个辅音都可以与任何一个元音或韵母相拼合的。z、c、s，j、q、x，zh、ch、sh 都不能与 i 相拼，而只能与 ï 相拼；而 ï 这个特殊元音，又不能与其他辅音相拼。所以汉语拼音方案才一律简化为 i。既然韵母写法相同，而又不许相押；这不仅中国人不理解，外国人看了更是奇怪；因为这种做法与世界各国的押韵规则都是相违背的。更何况古人突破此种界限者，亦时时有。然而而今却有时硬被分开，不算同一韵部，很不合理。所以我个人是一向认为完全可以而且应该通用的。

同样的道理，w、f 因为不与 i 而只与 ei 拼，所以 fei、wei 也应该理直气壮地与所有 i 韵母的字相押韵。实在没有把它们分开的必要。

以上（二）、（三）两款只是个人看法，谨提供近体诗习作者参考。但是在没有得到诗界的广泛响应之前，慎勿轻易使用。

（四）几种特殊用韵规则

唐诗（包括古、近体）在用韵规则方面，除了以上所谈到的几点之外，还有一些特殊规则和限制；其中有的是官方规定，有的是诗界风尚。其重要方式有：

1. 限韵

写作格律诗，特别是写近体诗时的难点之一，就在于用韵。因为同韵的字数有限，而古代的韵部又划分得远比今天繁琐苛刻，同一韵部的字数不多。要用有限的韵脚表情达意，本已相当困难；而今又在用韵上加入新的限制，例如在韵部的选择，乃至对同一韵部内具体韵脚字的使用上，由官方规定或同人协议，对韵脚进一步加以限制，那就更是难上加难了。所以在诗歌史上，用各种方式限韵后产生的诗篇，极少佳作。只不过是一种行之已久的官样文章或时髦文字游戏而已。但是作为一个爱好中国古典诗歌的人，应该知道其中原委。

限韵的方式一般有两种：其一是官方规定的科场限韵。中唐以后科举考试时，须作"试帖诗"一首，并规定为五言排律六韵十二句。这里所谓排律六韵十二句，指的是把对仗的排偶延长为四联，即诗的第二、三、四、五联必须是对仗，比普通律诗多两个对仗，使全诗达到所要求的句数和韵数。其韵部则由考官指定，有时甚至连韵字也加以限定，必须按照规定的韵作诗。

至于个人所作排律，无论是五律或是七律，其首尾两联以外的对仗数目并无限制，可以因作者的需要而任意延长。当然也不限韵。

其次是文人聚会或唱和时所作的韵部、韵字上的限制。这方面并无一定之规，只不过是一种互相约定的文字游戏而已。

2. 联句和分韵

联句和分韵，也可以说是某种程度限韵方式的一种。它可以发生在官方或私人场合。例如在官场甚至朝堂聚会时，常联（连）句以为乐，即让在场者一人吟诗一句或一联，联结成一首长诗。传说中有名的《柏梁台诗》，据说就是汉武帝时作成的。但从文体上看，当系后人假托。

联句时的用韵，当然是受到他人（在自己前面先联的人）的限制，不能自主。此外还有另一种分韵方式：由聚会的主持人，选择一定的韵字，分配给到会者，令其按所分得的韵作诗，这当然就是一种限韵方式。分韵很能检验与会者的才华，特别是分到窄韵、险韵时是如此。曾经有过一个有趣的故事：

南朝时梁将曹景宗大破北魏兵，还朝时，武帝在庆贺宴会上，令大家分韵赋诗。分到曹景宗时，只剩下"竞、病"两字了。韵窄而险，景宗本不长于作诗，但此时却灵感骤至，操笔立成五古一首，交了一篇漂亮的答卷，其诗曰：

去时儿女悲，归来笳鼓竞。借问行路人：何如霍去病！

此诗足以博得满堂彩，难怪武帝甚为赞叹，并且成为诗坛佳话。

3. 唱和

这是文人中常见的文字往来和联络感情的重要方式之一，也是一种颇为流行的风尚和文字游戏。

唱和（和念第四声）最初只不过是你写诗给我，我写诗回答你而已，并没有形式上的限制，例如传说中的"苏李诗"便是如此。后来才逐渐形成要使用"来诗"韵脚的风气，称为"和"、"次韵"、"步韵"或客气点作"奉和"。

"奉和"（回答）他人的作品，诗选中不难找到；但是一般都没有与原作（赠诗者的原文）编辑在一起，因之那种一唱一和的成套作品较难找到。现仅录白居易与刘禹锡互相唱和的两首七绝作为范例：

低花树映小妆楼，春入眉心两点愁。斜倚栏干背鹦鹉，思量何事不回头。（白居易《春词》）

新装宜面下朱楼，深锁春光一院愁。行到中庭数花朵，蜻蜓飞上玉搔头。（刘禹锡《和乐天春词》）

下文第五章第八节第三条第二款所引章质夫与苏轼互相唱和的《水龙吟》杨花词，可以算是唱和诗歌中的精品。

4. 其他

限韵还偶有其他形式，如：

*用韵：即借用古人某诗的韵脚，实际上有某种与古人相唱和的意思。

*叠韵：即叠用自己某诗的韵脚，也就是自己"和"自己的诗。可以任意再叠、三叠或更多叠，就是用有连续性的同韵诗篇，以叙述某一故事或感受等。

（五）奇句末字应避免与韵脚同韵母的仄声字

近体诗之所以隔句一韵，就是为了摆脱"柏梁体"那种句句用韵的促迫形式。因为句句用韵时，不仅由于同韵部的字少，造成表达上的困难；而且诵读起来，由于没有"缓冲"的余地，使人感到过于紧迫，仿佛透不过气来。所以从《诗经》开始，我国的诗歌就形成了隔句用韵的习惯。因此，当奇句使用与韵脚同韵母的仄声字时，便给人以一种"平仄通押，一韵到底"的错觉，元曲就是如此。此种现象作为以隔句一韵为特点的近体诗，应该尽力避免。有人把这种现象叫做"撞韵"或"赘韵"，可资参考。遗憾的是，此点很多是人都不曾注意到。例如：

糁径杨花铺白毡，点溪荷叶叠青钱。笋根雉子无人见，沙上凫雏傍母眠。（杜甫《绝句漫兴九首其七》）

此诗在沉迷于元曲的人看来，简直就是一韵到底式。前引王安石的《泊船瓜洲》第三句"春风又绿江南岸"也是撞韵。

第六节　近体诗的结构安排

一　近体诗各联的名称及其含义

近体诗篇幅短小，最小者五言绝句才 20 字，最长者七律也不过 56 字。要在这样短小的篇幅内表达完整而深刻的意思，绝不是一件很容易的事情。所以前人对于近体诗的布局即结构安排，曾经有过很多的讲究，这讲究并且首先表现在诗篇组成部分各自的名称上。例如：

＊律诗四联的名称

第一联：又称起句，发句。

第二联：又称次联，颔联，承联，胸联。颔（hàn 去声）即下巴。

第三联：又称转联，颈联，腹联，转句，颈句。

第四联：又称尾联，合联，合句，简称合。

＊绝句四句的名称

绝句是律诗的"具体而微"，其名称是：

第一句：起句；第二句：领句；第三句：转句；第四句：合句，简称合。

以上种种称呼，一方面是说明该联在全诗中的先后位置，但也包含有对该联的作用加以诠释之意。例如首联叫起句、发句，有表示起头、发端之意，尾联叫合句，有表示总合、结束之意。但是有些地方叫得也不够准确。例如把第二联叫胸联，则反而比第三联"颈联"低，不合情理。不过这里只是因为把各家的种种叫法集合在一起，所以才会产生紊乱现象。实际上把第二联叫胸联的人，就不会把第三联叫颈联。尽管如此，我个人以为还是依次称为第一、二、三、四联来得简单和不易产生误解。此处之所以把常见的各种叫法罗列出来，是为了使初学者增加见识，免为各种称谓所困惑。为简明计，还是以使用"首、尾"及"二、三"等数字为好。

二　关于近体诗布局的参考意见

（一）"起承转合"说

关于近体诗的结构或布局问题，前人曾有很多论述，并且主要体现在对各联的命名和所谓"起承转合"说之上。这事实上是中国传统"文章作法"在诗歌中的运用。

所谓"起"，就是说第一联应该是全篇的开端，有起讲、开头之意。所谓"承"，就是说要承接上联，发展开来。所谓"转"，就是转折，即转入另一个层次，以便进一步发挥。所谓"合"，就是总合全篇，做出结论。

（二）要避免公式化

以上说法不无道理。人们之所以要研究文章作法，就是要总结和传播行之有效的行文布局的经验，以供写作的人参考。诗章篇幅简短，尤其没有笔墨可资浪费，所以更要讲求章法，在行文布局上多下工夫。但是，文章是千变万化的，各种文章作法只能是当做"举一反三"的提示，绝不能作为依样画葫芦的范本。诗文必须直抒胸臆，因事制宜，各有特色。还不曾听说过某部名著是按照某种小说作法写出的，或某篇不朽散文是依照文章作法炮制的。诗歌的结构当然也不例外。

就以论文写作为例，按一般的说法，应该是先提出问题，然后分析问题，解决问题，做出结论。但是也有人一开头就先说结论，以加深人们对结论的印象；然后再回过头来深入分析和解决问题。也有人先从分析问题入手，然后提出与解决问题，或边分析边解决的。种种写法，不一而足。何至于必须先起、继承、再转而后合也。至于其他文体，灵活性更大，岂可一概而论！总而言之，按照某种公式去写作诗文，是很难写出好的作品的。

所以，起承转合说只能够算是举一反三的参考意见，不可当做公式看待。然而却偶见有人妄立新规，把它说成是一种必遵的规律，并名之曰"章律"，显然这是一种标新立异，严重误导青年人的错误说法。

（三）近体诗布局上应注意之点

我们反对公式化，但这并不是说可以随意落笔。至少有以下几点，值得作者留心：

*开头：要能吸引人。万事起头难。近体诗的开头必须能够吸引人，能够引人入胜，让人有兴趣看下去，而千万不要作老生常谈或作打油语。

*结尾：特别是最后一句要留有余韵，发人深省，使人觉得意味深长。

*二、三联：二、三联必须对仗，要尽量避免出现对仗缺损的情况。因为人们对于在二、三联欣赏对仗，已成习惯。一旦缺损，必然效果不良。

二、三联对仗，是律诗最精彩，也是最难写的部分。作者应该于此尽情展示自己的才华，在短短的两联中，叙事、抒情、立论，样样精彩，并使语言属对工整，音调铿锵。有人认为二、三联最好写，只要会"对对子"就行，那是一种未加深思的偏执说法。

第七节　近体诗的影响

前此本书曾多方说明中华民族是一个热爱诗歌的民族，中国的诗歌在世界文学史上有其特殊的成就和地位。在中国丰富的诗歌遗产中，影响最大的就是《诗经》和唐诗。但是《诗经》由于太久远、太古老，一般人很难读懂，因而也就很少接触。它只是影响前辈文人，影响他们的作品——从汉魏南北朝的乐府、古诗到唐宋以来的诗歌。因此说，《诗经》对后人、对中国的诗歌，其影响虽然深厚，但却是间接的。

对中国诗歌乃至对后代多方面生活产生巨大影响的是唐诗，特别是唐代近体诗。现在将其主要影响简单归纳如下：

一　对唐人诗歌的影响

近体诗形成以后，它对我国诗歌的影响是空前巨大的。这可以从下述几个方面来加以说明：

（一）促成唐诗蓬勃发展

我们通常所谓唐诗，当然兼指唐人的近体诗和古体诗；其中脍炙人口的诗篇，两种体裁都有，也不主要是近体诗。李白的《将进酒》、《蜀道难》，杜甫的三吏三别，白居易的《长恨歌》、《琵琶行》等流传广远，但它们都是古体诗。

不过古诗由来已久，但并没有在文坛乃至朝野生活中掀起像唐代那样巨大的风潮：唐朝诗歌风靡一时，上自帝王，下到平民乃至婢妾，都爱好作诗并且有名篇流传到后代。其直接原因，显然是由于近体诗在南朝"新体诗"的影响下，使诗歌的体式大备，技巧成熟所产生的推动作用。它在平仄和对仗方面的音乐美和对称美，是一种不可抗拒的力量，博得朝野的喜悦，并且规定为考试内容和充当文人自我推荐以显示才华的敲门砖。所以，可以毫不夸张地说，是近体诗的形成和发展成熟，使唐诗勃然兴起并蔚为一代文学的顶峰。当然这种以唐诗为主体的文化上的繁荣，与唐朝的国势强盛和统治者的大力提倡也有密切关系。

近体诗是从古体诗身体上生长出来的，但是它一旦成长壮大，就不能不反过来对古体诗产生重大影响。这种影响是从下述两个方面表现出来的。

（二）使古体诗尽量律化

前已说明，近体诗是在六朝文人追求平仄相对和组成对仗的驱使下形成的。其所以会如此，那是因为近体诗的律化句子有其特殊优美的音调节奏。诗人既然在写近体诗时摸索出了这条宝贵经验，就必然会在他们写作古体诗的时候充分加以利用。即：能够律化时就律化，不能够律化时就自由化，而不必遵守律诗绝句的全部规则。因此这种诗篇就显得既舒卷自如而又音调优美。不信试看从王维的《桃源行》到白居易的《新乐府》，都是充满律化句子的诗篇。例如王维的《桃源行》：

> 渔舟逐水爱山春，两岸桃花夹去津。坐看红树不知远，行尽青溪不见人。山口潜行始隈隩，山开旷望旋平陆。遥看一处攒云树，近入千家散花竹。樵客初传汉姓名，居人未改秦衣服。居人共住武陵源，还从物外起田园。月明松下房栊静，日出云中鸡犬喧。惊闻俗客争来集，竞引还家问都邑。平明闾巷扫花开，薄暮渔樵乘水入。初因避地去人间，及至成仙遂不还。峡里谁知有人事，世中遥望空云山。不疑灵境难闻见，尘心未尽思乡县。出洞无论隔山水，辞家终拟长游衍。自谓经过旧不迷，安知峰壑今来变！当时只记入山深，清溪几曲到云林。春来遍是桃花水，不辨仙源何处寻。

全诗十六联32句，有29句是律句，占全诗的91%。其中有七联是对仗，三联是准对仗。这分明是作者在有意识地利用律句的优点，而绝非偶然如此。

（三）引起故作古奥的倾向

另外一些诗人于近体诗出现之后，尽量避免律化以显示自己的古奥和与近体诗的区别。例如李白的《蜀道难》，杜甫的《自京赴奉先县咏怀五百字》等，都是有意避免使用过多的律句。不过由于五、七言诗，特别是五言诗，每句字数少，很难完全避免出现律化的句子。

一般诗人大致都是律化与古奥并用，只有韩愈、贾岛等诗人特意好古，尽量少写律化的古体诗；但即使如此，也很难做到一个律化句子都不出现。例如韩愈的《山石》十联 20 句古诗中，终不免杂入五个不太明显的律句。又如《雉带箭》：

> 原头火烧静兀兀，野雉畏鹰出复没。将军欲以巧伏人，盘马弯弓惜不发。地形渐窄观者多，雉惊弓满劲箭加。冲人决起百余尺，红翎白镞随倾斜。将军仰笑军吏贺，五色离披马前堕。

此诗读来已经够古奥的了，但是仍然不可避免地夹有四个律句。

本书的任务并不包括论述古体诗的作法，但应该于此顺便提醒几句：

也许有人说，既然古诗可以不受近体诗格律的束缚，看来比较容易，那我今后就多写古体诗好了。有人甚至毫不严肃地把古体诗称作文言的"顺口溜"。这是一种严重的误解，也是对古体诗的糟蹋。

比较起来，写绝句和律诗比写古诗要容易一些。写近体诗只要立意可取，文字不俗，并且事先怀有某种警句，那就不难经过推敲，凑成四句或八句。虽不一定美好，但至少还是可以一读的诗。至于古诗，特别是四言诗，必须先有古代语言修养和懂得你所模仿体裁的风格，否则就会古今杂糅、不伦不类，好似头戴瓜皮帽，身穿西装，脚踏芒鞋，叫人看了难受。四言诗尤其不要轻于尝试，必须先熟读《诗经》，懂得它的韵味才可以落笔。汉魏以来的四言诗，只有曹操和陶渊明所写的才有些神似，为后人所乐读。

二　对（宋）词的影响

关于宋词的起源，虽然还有不少可以探讨之处，但是成熟了的唐五代以来的词作，除极少数词牌有必须遵守的"拗句"外，绝大部分语句都是律句，这就充分说明作为格律诗之一种的"词"，是深受近体诗的影响，或者说是由近体诗发展演变而来的。

正因为如此，所以词人都喜欢和能够写作近体诗，并且以将前人的诗句隐括在自己的"词"中，作为一种时髦的风尚。例如周邦彦的

《西河金陵怀古》：

> 佳丽地，南朝盛事谁记？山围故国、绕清江，髻鬟对起。怒涛寂寞打孤城，风樯遥度天际。　　断崖树，犹倒倚，莫愁艇子曾系。空余旧迹，郁苍苍、雾沉半垒。夜深月过女墙来，伤心东望淮水。　　酒旗戏鼓甚处市？想依稀、王谢邻里。燕子不知何世，入寻常、巷陌人家，相对如说兴亡，斜阳里。

这首词吊古伤怀，甚是凄楚。但其内容则是隐括唐人刘禹锡的两首绝句《石头城》、《乌衣巷》而成，但却不露抄袭痕迹。甚妙！（参阅第五章第八节第三条第三款"隐括"）

三　对元曲的影响

元曲本是由宋词演化而来，只不过所使用的主要是北方外来民族的新乐和当代民歌，并且在谱写规则上大为解放：阴阳上去通押，可以加"衬词"，尽量口语化，等等。但是，如果仔细考察一下元曲不带衬字的语句，则基本上跟宋词一样，大多是律化句型。不信试看：

> 枯藤老树昏鸦，小桥流水人家，古道西风瘦马。夕阳西下，断肠人在天涯。（马致远《天净沙》）

> 取富贵青蝇竞血，进功名白蚁争穴。虎狼丛甚日休？是非海何时彻？人我场慢争优劣，免使旁人做话说。咫尺韶华去也！（马谦斋《沉醉东风自悟》）

四　对小说、戏剧等文学作品的影响

自从近体诗产生以后，我国的讲唱文学、剧本和早期的白话小说，都以在关键地方穿插一首或几句诗歌——主要是近体诗，作为一种时髦的风尚，当然也有使用"词"作的，但这也可以看做是近体诗影响的

延伸。这些地方是：

　　* 开头：小说、剧本之类的作品，一开头总有一首上场诗或诗体卷头语。例如：四大古典名著之一的《水浒传》引邵雍的七律做开头：

> 纷纷五代乱离间，一旦云开复见天。草木百年新雨露，车书万里旧江山。寻常巷陌陈罗绮，几处楼台奏管弦。天下太平无事日，莺花无限日高眠。

《三国演义》以一阕《临江仙》开头：

> 滚滚长江东逝水，浪花淘尽英雄。是非成败转头空。青山依旧在，几度夕阳红。　　白发渔樵江渚上，惯看秋月春风。一壶浊酒喜相逢。古今多少事，都付笑谈中。

　　其他古代小说如"三言二拍"等，都喜欢在开头或首段引用古诗起兴或作全文的暗示。例如：《醒世恒言》第三十三卷《十五贯戏言成巧祸》以下列律诗作开头：

> 聪明伶俐自天生，懵懂痴呆未必真。嫉妒每因眉睫浅，戈矛时起笑谈深。九曲黄河心较险，十重铁甲面堪憎。时因酒色亡家国，几见诗书误好人。

此诗虽技巧平平，但却是紧扣主题而发：声称世道人心险恶，嫉妒之心尤其可怕；劝人谨慎小心，莫随便开玩笑，致惹大祸。

　　* 结尾：《警世通言》第三十二卷《杜十娘怒沉百宝箱》，末尾用一首七绝作结，以讽斥男主角李甲的假充风流，弄得个人财两空：

> 不会风流莫妄谈，单单情字费人参。若将情字能参透，唤作风流也不惭。

*关键时刻用做关键词语：五四以前的旧体小说，每逢写到关键地方或描写主要情节时，总喜欢引用旧体诗词或律化的大段韵语，主要是律诗和绝句，以引起人们的注意，或对所描写的内容进行烘托。有时并且使用"真个是"、"怎见得，有诗为证"等词语，仿佛这种诗歌就是最生动地描写和最有力的证明。这也刚好证明近体诗的感染力量之深入人心。例子信手可得。例如《三国演义》第一回就用"后人有诗赞（关张）二人曰"、"后人有诗赞玄德曰"的方式，使用两首七言绝句赞美他们三人。《西游记》在形容孙悟空与妖怪的多次打斗时，总喜欢使用自由组合的律化韵语进行烘托。毋庸讳言，这些小说所引用的诗歌，往往出自编著者的拼凑，水平一般都不太高。

五　对社会生活的影响

关于唐诗，特别是近体诗对于中国各方面的影响，本书在序言等多处都曾反复提到，这里仅从大的方面略加说明：

*近体诗由于它可以雅俗共赏的卓越成就，几乎成了中国儿童启蒙教育的必读教材。凡属在稍有文化的家庭长大的人，小的时候没有不曾背诵过许多首唐诗的。

*成年人生活中碰到喜怒哀乐的大事时，略有文化基础的人，总喜欢找寻一些诗歌名句来表述自己的心情和寄托，如："每逢佳节倍思亲"，"野火烧不尽，春风吹又生"，"天生我才必有用，千金散尽还复来"，等等。在国民党高压时期的台湾，许多老人使用"集唐人诗句"的办法，以抒发胸中的乡愁国恨和对时局的不满，而国民党当局对此却无可奈何。在大陆，特别是十年浩劫之后，人们多借诗明志，出版自编诗集已经相习成风，几乎大有要与新诗媲美甚至取而代之的趋势。这说明唐诗，特别是近体诗在我国知识阶层中的影响是多么深厚。

*唐人诗歌总结了中国古典诗歌的优点和成就，是当代诗歌所宜效法的取之不尽、用之不竭的泉源。有人指出，五四以来中国新诗之所以成就并不辉煌，就在于抛弃或忽视了以唐诗为代表的古典诗歌所取得的

艺术上卓越的成就,而转向西方的"商籁体"等诗歌中去寻求灵丹妙药。其结果就像去"邯郸学步"的寿陵馀子那样,既忘却了祖传的步伐,又没有学会新的技巧,只好匍匐爬行而归。所以,中国的新诗如果想要改变目前不景气的状况,恐怕应该在学习中国古典诗歌,特别是唐诗宋词上多下工夫,尽管目前相信这种说法的人还并不多(参阅本书序言所引唐德刚教授文章)。

第五章　填词的基本规律

第一节　词是近体诗的直接产物

本书在第二章从总体上鸟瞰了中国诗歌的发展源流，其中的第六节介绍了词的发展过程和宋词的光辉成就。紧接着又在第三章详细介绍了近体诗的写作规则。因此可以说，到现在为止，读者对于（宋）词写作的基本规则，已经是"思过半矣"；只需稍加点破，就可以完全掌握，而不至为历来的神秘说法所困惑。不过，在进入有关"词"的种种具体问题之前，我想还是应该对于它的起源问题再作一番简单的回顾，以使本章的论述能够更有信服力地为读者所接受，并且加深印象。

第二章第六节第三条，在介绍宋代文学和论述词的起源时即已指出：在研究事物时，对于其历史或来源寻根究底，有时是有必要的；但也不可过度沉溺于追本溯源的癖好之中，以为追溯得愈远愈古便愈好。例如"词"的起源，有的人主张要与历史上最早的长短句诗歌攀上亲戚，也有人以为陶潜、潘岳、汉武帝等人的某些长短句篇章甚至《诗经》，是词的最早源头。这肯定是一种牵强附会的徒劳。须知武帝等的诗歌与作为新式体裁的格律诗——"词"的血缘关系，远不如近体诗来得密切。我们曾选取几阕可以正式称之为"词"的早期作品，以无名氏的《菩萨蛮》、《忆秦娥》和白居易的《忆江南》为例，证明它们肯定只能是唐人格律诗产生之后的新产品，是近体诗的直接派生物。因为早期"词"的那种格式，那种律句，都是只有在近体诗产生之后才有可能出现的。近体诗与"词"的继承和演变脉络至为明显。我们据此推断，作为一种格律诗新体裁的"词"，只能产生于盛唐以后，产生于近体诗形成之后，应该是不容争议的事实。

所以比较可靠的结论应该是，"词"产生于中唐，以刘禹锡、白居易、张志和、戴叔伦等人为其创始者；而温庭筠、韦庄等则是其奠基人，并且从此进一步发展成为可以与唐诗分庭抗礼的一代文学的顶峰——"宋词"。

第二节　词的流派

关于词的发展源流及其各种流派，本书也已经在第二章第六节中作了介绍。这方面的内容跟词的写作规律较少直接联系。但是学习一些词的流派演变知识，却有助于加深对词的理解；并且在写作时对于主题思想的处理和语言风格的讲求，都具有密切关系。所以这里再做一番简单的回顾。

一　婉约派及其分支

词是在人们追求新声愿望的推动下，和在民歌与教坊乐曲的影响下，不知不觉或者说偷偷摸摸地产生出来的。它最初既无朝廷的支持，又不为社会所重视，也没有公开而响亮的名号；只是文士们于办公或为学之余，写下几首（阕）短小作品，用以记录生活中的某些片段：言情、写景、咏物、偷闲，以作为茶余饭后的消遣品，而不是"经国之大业"的诗赋文章。这类作品并且只能编辑在自己诗文集的后面作为附录，所以谓之"诗余"，尽管人们对"诗余"一词还有其他的解释。

这样的作品，其内容范围必然是狭窄的，其风格必然是细腻婉约的；何况诗歌的基本特色之一就是其语言必须委婉含蓄。所以"词"从其诞生之日起，就是由婉约派占据主导地位的。

婉约派虽是一个始终主导词坛的巨大派别，但是此派内部的观点和风格并不统一。从他们的写作内容、思想倾向和语言风格着眼，本人把他们区分为以下几个小的派别：

（一）以花间派为代表的脂粉派

词到晚唐，已经成长为独立的文体，有了以写词为主的词人，如温庭筠、韦庄等。他们的作品以描写妇女闺情体态，男女离别相思；记述樽前酒后的遣兴怡情，男女冶游的歌舞声色等为主要内容。辞藻华丽，刻画细致。虽然曾写有不少生动可取的作品，但往往是用了过多的铺金缀玉、脂浓粉香的辞藻：满篇香腮玉手，翡翠鸳鸯，使人产生腻烦之感，所以被称为"艳科"，而难登大雅之堂。以温庭筠为首的"花间派"是其主要代表。其地位与影响，大致与"宫体诗"相伯仲。

（二）以晏殊为代表的闲适派

此派上承南唐冯李词风，下启北宋文人雅兴。其代表作家为晏殊、宋祁等高官厚禄的文人。他们技巧娴熟，文辞清丽；虽然摆脱了花间派的脂粉气，但对于生活领域的干预，仍然很不广泛；主要是描绘文人诗余酒后的生活情态，感叹"浮生长恨欢娱少"；只好闲看"无可奈何花落去，似曾相识燕归来"，而在"小园香径独徘徊"，以打发穷极无聊的时光。这派词人在技巧上、在词的成长上有很大的贡献。

（三）以李清照为代表的典雅派

李清照是宋词的最有成就的作家之一，也是我国历史上最著名的女作家、女诗人，是婉约派的主要代表。她认为"词别是一家"，反对以写诗、写文章的方法写词，而必须温文儒雅，讲求音律，并且主要是倾吐个人情怀。她认为苏轼等人的词只不过是不合音律的、改变了句读的诗篇。她当然也看不起虽属婉约派，但却通俗乃至轻薄的柳永。如果死而有灵，她恐怕更加不会认可辛弃疾、陈亮、陆游等豪放派爱国词人的作品。

李清照对于词的贡献是巨大的，但她对于词的看法未免失之偏颇，过于强调斯文典雅，和局限于描写生活情趣与离情别绪，妨碍了词的发展，也限制了她自己才能的发挥。

（四）以周邦彦等为代表的声律派

周邦彦、姜夔、吴文英等人，都精通音律，长于音乐，能"逐管弦之音，为侧艳之词"。有的还做过乐府官吏，对于词的格律极有研究，被视为声律派的主要权威。他们对于词的技巧，虽然贡献甚大；但却失之过于挑剔，使词成为精品玩物，而不是战斗的武器。他们的作品所反映的生活面一般都比较狭窄，而不能给人以时代所需要的鼓舞。

以上只是大致的归类，实际上许多词人，不仅兼受各派的影响，而且也难以摆脱接近甚至走向"豪放派"的倾向。

二　以苏辛为代表的豪放派

豪放派的产生，是一个渐进的过程和一种必然的趋势。词既然博得人们的喜爱，就不可能长期被看做茶余饭后的消遣物，处于只吟咏身边琐事的附属地位。它必然冲破禁锢它的樊篱，闯入生活的各个领域。早期词人，在生活受到冲击时，即曾用它来书写比较重大的题材。如李涉的《竹枝》写楚君纵欲亡国的往事，窦弘余的《广谪仙怨》写唐朝安史之乱的遗恨。属于正宗婉约派的著名词人李煜，做俘虏后用词来抒发胸中种种亡国后的苦楚和悲痛，便已经很具豪放气概。北宋范仲淹的边塞词，充满了忧国忧民的情怀。甚至婉约派巨匠柳永的许多感叹身世遭遇的词，如《鹤冲天》（黄金榜上）等，已经看不出与豪放派的词有多大差别。待到苏轼出现在文坛时，他把"词"与古、今体诗同等看待。凡属"诗"可以写的东西，从言志、抒情、写景、状物、记事到议论；从国家兴亡、个人遭遇、访旧怀古、说理谈玄，到田园农舍、射猎悼亡，他都用如椽大笔，尽情书写；"无意不可入，无事不可言"；横扫词苑，蔚为奇观，使人耳目一新，使词取得与古、今体诗的同等地位，并有驾而上之的趋势。继之而起的辛弃疾、陈亮、陆游等爱国诗人，利用词的形式，用血泪痛陈时局；一时成为词坛主流，成为南宋亡国前的时代最强音。于是，自从苏、辛出现以后，豪放派就声势大振，被看做词坛所不可缺少的一朵红花。

在豪放派词人中，不见有攻击婉约派的言论，因为豪放与婉约在艺术上并非对立和互不相容的两种手法。豪放之中也可以同时带有某种含蓄和委婉，何况豪放派词人自己一般也都能够写出优秀的委婉词章，如苏轼的《蝶恋花》（花褪残红）、辛弃疾的《摸鱼儿》（更能消几番风雨）、

《青玉案》（东风夜放花千树）、陆游的《卜算子咏梅》、《钗头凤》等等，都是有名的委婉篇章。

但是婉约派中不少词人，特别是李清照、张炎等，却对豪放派多加指责，认为他们所用的是不伦不类的败笔。认为他们"作豪气之词，非雅词也。文章余暇，弄笔墨为长短句之诗耳"。这倒真是"歪打正着"，因为从文体研究的角度上说，"词"正是"律化的长短句"，是"使用长短句的新诗"，是格律诗的一种新的体裁。

其实豪放派能够"以诗为词"，"以文为词"，甚至"以议论为词"，不仅不算缺点，而且是难能可贵的高招。试看辛词《踏莎行赋稼轩集经句》：

> 进退存亡，行藏用舍，小人请学樊须稼。衡门之下可栖迟，日之夕矣牛羊下。　　去卫灵公，遭桓司马，东西南北之人也。长沮桀溺耦而耕，丘何为是栖栖者？

通篇引用了《易经》、《论语》、《诗经》、《孟子》、《礼记》，并且几乎用的是原文，而又语气连贯，平仄合律。非大手笔，谁能为此！

其他如："天下英雄谁敌手？曹刘，生子当如孙仲谋。"（《南乡子》）"凭谁问，廉颇老矣，尚能饭否？"（《永遇乐京口北固亭怀古》）都是引用散文原作，而又文从字顺并且合乎音律的好章法。他们的词并不是不可以入乐，而是看入什么样的乐。曾经有行家认为苏词、柳词，唱起来都好听；只是柳永的"杨柳岸，晓风残月"应由十七八岁女儿，执红牙拍板歌唱；而苏轼的"大江东去"则应由关西大汉，执铁板去唱。也有人说东坡词唱来，"曲终觉天风海雨逼人"。看来婉约豪放两派，自是各有所长耳。花圃中应该各种花卉并存，戏曲中应该生旦净丑并用，音乐中应该各种乐器和曲调共鸣。无端厚彼薄此，自是偏见。没有豪放派，词就不能全面发展，成为一代文学的顶峰。

豪放派词人由于并不排斥婉约，结果能够成为各体兼备的大家；而婉约派词人则因轻视豪放，限制了自己的才华，影响了创作上的成就。

对于下述其他派别之间的争论也应该如此看待，不可不分青红皂白地各执一端，厚彼薄此。

总之各派都有自己的长处，也有自己的缺点。能够互相学习，兼收并蓄，而不"文人相轻……各以其所长，相轻所短"，则几矣。

三 其他派别

除以上两大派别外，尚可以区分出以柳永为代表的通俗派，和以苏轼、李清照为代表的典雅派之争；以周邦彦、姜夔为代表的声律派和以苏轼、辛弃疾等为代表的、"不喜剪裁以就格律"的自由派之争；以及主张"用事"和主张平易的文风之争。当然这些所谓派别，只是后人根据词人的言论和写作实践归纳而成的，并不是说当时真有什么有形的派别。但是气味相投的人，互相朋比，以打击别人、抬高自己的事情则是有的，例如苏轼曾责怪秦观不该学"柳七"（柳永）的语言等。

第三节 词牌

一 词牌的意义

词与近体诗在写作形式上的主要不同之处，就在于它的句式长短交错，押韵形式多变，从而避免了近体诗形式呆板的缺陷。不仅如此，不同的词并且有它自己独有的配合演唱的音乐，和彼此有别的语言句式结构，这就需要有代表各种不同句式结构即不同格式（早期还包括所配音乐）的名称来加以区别。这种名称就是通常所说的"词牌"。例如第一节所引的"菩萨蛮"，它的句式结构和乐曲与"忆秦娥"是互不相同的，它们各自代表不同的语言句式结构和不同的配乐。后来"词"的语言跟音乐分家，这时词牌就仅仅是代表该词的句式结构和押韵方式了。

二 词牌的来历

词牌的来历是多种多样的。大致说来，可以有以下几种途径：

  *用所配乐曲命名：如清平调、南歌子、欸乃曲、何满子、水调歌头（按即"水调歌"的头一部分，此或指其"中序"的第一章）等。

  *以最初主题命名：如忆江南、沁园春、昭君怨、渔父等，它们最初显然分别是抒发恋旧情怀，描写沁园春色，诉说昭君怨恨，欣赏渔父生活的词。但是一经被采纳为词牌，他人使用时，则纯粹只是拿它作为特定的语言格式和演唱音乐的代表看待，不再考虑此词牌字面的含义。

  *因人物、故事、事物、地域得名：如"念奴娇"是赞叹唐明皇时名叫念奴的娇好女歌手；"菩萨蛮"据说是描写唐代"女蛮国"人打扮如菩萨；"舞马词"记唐明皇训练舞马数百匹的故事：马匹衣以文绣，每逢千秋节舞于勤政楼下；"苏幕遮"是西域女人的一种帽子；"卜算子"是占卜之人沿街叫卖的唱腔；"甘州曲"是甘州地方的歌曲；等等。

  *用词的首句或关键词语命名：如章台柳、杨柳枝、如梦令、潇湘神、忆秦娥、采莲子、送我入门来等。例如《送我入门来》，即因词的末句为"仗东风尽力，一齐吹送、入此门来"，因以命名。

  *用词中的字数命名：如十六字令、百字令等。

  *由已有词牌演化而来：如浪淘沙令、千秋岁引、诉衷情近、卜算子慢、减字木兰花、摊破浣溪沙、促拍丑奴儿等，都是由原有词牌增减字数，改变词中句式或音乐节拍而成，并且用慢、引、近、摊破、促拍等字样加以表明。有时派生的新曲存在，原曲反而已经失传；如"祝英台近"现存，而不见另有"祝英台"词牌，所以有人就干脆省去"近"字而写做"祝英台"。

  *作者因故改新名：词牌本来就名称众多，而有些作者又喜欢自行改动，所以其名称就更加繁复。例如辛弃疾填《摸鱼儿》一阕以咏叹雨岩山知名怪石叫做"山鬼"者，因把词牌改名为《山鬼谣》，并加以注明。苏轼因嫌《忆仙姿》不雅而改为《如梦令》。因此之故，同一词牌的别名甚多，一般都有两三个。个别词牌又有字数稍有变动的所谓又一体，多者竟至十个以上，如河传有 15 个、酒泉子有 19 个之多。这就有时造成混乱，只好把同调异名者解释为"又名"；同名异调者则称为

"又一体"。个别词牌原词与又一体两者在字数和结构方面都相差甚远，可能原来彼此并无关系。

以上也许就是许多词牌都有好几个别名的主要原因吧。

但是，有更多的词牌，因为找不到其原始作品，因而很难找到其命名的由来。有许多词牌的名称，早在"（宋）词"产生之前就已经在教坊乐曲中存在，例如"南歌子"、"兰陵王"等，后来的"词"不过利用其曲调以填词而已，这就更难找到其命名的由来和本意了。好在我们只要知道词牌仅仅是代表其语言格式（早期还包括音乐）就行了。能不能弄清其来历，与我们对词的欣赏和写作并无多大关系。

三 词牌的运用

词牌并无好坏之分。除个别词牌句式、韵脚比较奇怪外（我们将在本章第五、六节对这种词加以介绍），也没有难易之分。大约由于某些词牌，因为有大词人写下了脍炙人口的篇章，因而广为传诵；于是这些词牌就成为人们所喜欢、所乐于使用的模式，例如菩萨蛮、忆秦娥、忆江南、浣溪沙、虞美人、诉衷情、满江红、念奴娇、沁园春、水调歌头，等等。

我们在使用词牌时有以下几点应该注意：

（一）选择人们所喜闻乐见的词牌

填词时选择什么词牌，各人可以自便，从来不见有人对此做出规定。不过，为了便于自己填写方便，也为了便于他人欣赏，最好使用人们比较熟悉的词牌。

（二）避免选用欠雅致的词牌

词牌虽然不表明主题，但是在某些场合还是会给人以某种暗示或联想；有些词牌很富诗意，例如：秋思、杏花天、雨霖铃、醉花阴、雪梅香、芭蕉雨、烛影摇红、霜天晓角、潇湘夜雨、春风袅娜、鱼游春水、梅子黄时雨、黄鹂绕碧树、新雁过妆楼、江月晃重山、凤凰台上忆吹箫，等等，可以用来表达特定的情怀。

当词作是准备送人，或者还要书写成条幅悬挂时，尤其要要注意其在观瞻上的影响，不宜乱选词牌。例如给人家写新婚贺词时，不要选取《昭君怨》、《章台柳》；悼念亡友时莫使用《贺新郎》、《后庭花》之类。因为同样长短的词牌有的是，何必偏找别扭！如果非用不可，则可以用它的别名。如《昭君怨》又名《宴西园》，《贺新郎》又名《乳燕飞》等，均可酌情使用。

（三）标明主题的方式

前已说明，词牌并不代表主题。人们如果想要标明自己的主题，可以采用下述方式：

＊在词牌后面用较小字号注明

例如苏轼《念奴娇赤壁怀古》、辛弃疾《祝英台近晚春》等。

＊在正文前附加说明文字

有时说明主题的文字太长，不便附在词牌之后，则写成"题记"、"题词"或"小序"，附在词牌的下面。通常是在下一行，用小字。如：姜夔《扬州慢》，词牌下附有说明文共61字："淳熙丙申至日，余过维扬。夜雪初霁，荠麦弥望。入其城，则四顾萧条，寒水自碧；暮色渐起，戍角悲吟。余怀怆然，感慨今昔，因自度此曲。千岩老人以为有黍离之悲也。"（词见附录二，第51阕）姜夔喜欢在词前附以大段文字，以上还只是选取其中等长度者以作一例。苏轼等文人一般都有说明主题的文字或题记，但以简洁为佳。

＊利用词牌作主题

如果你选择恰好与你所写主题相合或相近的词牌，则只需用小字在词牌之后注明"题意"或"咏题"字样，也就是说明作者是"用词牌名字作为写作的主题"。当然如果你另有说明主题的文字，也可以如上款所述，放在正文之前。

＊不加说明，以留悬念

更多的人有时并未写明主题，或者甚至是故意不写明主题，而让读者自己去揣摩。于是当同一作家写有许多首同一词牌的作品，而又无副标题，或题记太长时，为了编目方便，人们常在词牌后面用括号和小字注明本词开头的语句或几个字，以资区别。例如：辛弃疾《贺新郎》

（把酒长亭说）；温庭筠《菩萨蛮》（小山重叠）、《菩萨蛮》（玉楼明月），等等。

＊把词牌写在正文后面

词牌还有一种使用方法，虽与说明主题无关，也一并附记在此。即有时作者在词的正文前面什么都不写，而在正文写完后，另起行注明词牌，词牌之前加上"调寄"二字。如"（右词）调寄《沁园春》"之类。

第四节　词的分类和分阕

词牌的数目愈衍愈多，加上同一词牌还有又一体（即变体）。所以到清人万树编辑《词律》时，已收集到唐、宋、元、金的词作计有660调，1180余体。如果把由他人所编"拾遗"、"补遗"补充进去，光是《词律》所收，估计就有800余调，2000余体之多。再加上其他书籍所载，当不下千余调，近三千体。

在字数方面，最短的小令《竹枝》，除掉"和声"后，只14字，《十六字令》只16字。最长的词《莺啼序》240字。一般多为50至100字左右。人们在填词时，有极大的选择空间。完全可以找到字数多少合适，句式安排称心的样板。所以"词"在这方面远比近体诗灵活。

由于词牌的"调"和"体"为数众多，词人往往将其分作若干类别，以便写作和研究。通常有两种分法：

一　令、引、近、慢

这是宋朝人的分法。即将其区分为令、引、近、慢四种，也有简称"令慢"的。此种分法既照顾了词的长短，也有说明其来源之意。

（一）令

"令"当其单独使用时称小令。其来源大约与唐人宴席上行酒令时，当场所赋之短小诗篇或词作有关。在"词"的领域内，常常于令字前另加若干字样，如《调笑令》、《浪淘沙令》等。按理带"令"字的作品，一般都是比较短小的。元曲中大多如此（见下章），但宋词中则不尽然，虽然一般都是四五十字，但也有的令词可以长达百字左右，如《师师令》73 字，《婆罗门令》86 字，《六幺令》94 字，《百字令》100 字。有可能这些词牌最初曾是比较短小的。

（二）引

引本是乐曲体裁之一，如《乐府诗集》中之《思妇引》、《箜篌引》等。在这里或许可以理解为引申、延长的意思，也就是将原有词牌加以延长，成为新的词牌。如《东坡引》、《千秋岁引》、《琴调相思引》等。但是一般很难找到未被引申延长之前的原词。

既然把"引"解释为延长，则凡有"摊破"、"促拍"（因速度加快而增加了字数）等字样的词，也应该归并在这一类。如《摊破浣溪沙》（48 字，《浣溪沙》42 字）、《促拍丑奴儿》（62 字，《丑奴儿》44 字）。

（三）近

近就是新近，在词牌中指晚近产生的新体。（宋）词的发展趋势是由短向长。因此凡带"近"字的词，都比原词要长。如《诉衷情》33 字，《诉衷情近》75 字。

但是，如果仅仅从"新"和"近"考虑，则由原有词牌减少字数而成的新体，按理也应该属于这一类：如《木兰花》52 字，《减字木兰花》44 字，《偷声木兰花》50 字。

（四）慢

慢又称慢词，指的是演唱时节奏舒缓，时间延长，因而字数也就必然加多。例如《卜算子》44 字，《卜算子慢》89 字；《木兰花》52 字，《木兰花慢》101 字。

由于慢词都比较长，因而人们就用"慢词"作为长词、长调的同义词。

"慢"与"引"既然都指延长，而人们所以把慢放在引后，大约是因为引指稍微延长，而慢则指延长较多的作品。

二　小令、中调和长调

由于令引近慢的分类法，不能准确地反映词的长短问题，于是就有人直接把词分作短、中、长三类，并以小令、中调、长调名之。小令的情况上文已经谈到过了。小令中虽然偶有较长的篇章，但一般都是比较短小的。中、长调的意义不说自明。但是究竟多少字为中调，多少字算长调，是很难具体说清的。正如同人群中有高个子、中等个儿和矮子；有瘦子、胖子和肥瘦适中的人。但是谁也说不清他们分界的尺寸和斤两。

词的长短当然也是这样。南宋词人们开始把词区分为小令和中、长调，但没有规定具体的数字。其后明朝刻本《类编草堂诗余》中，明确规定 58 字以内者为小令，59—90 字为中调，91 字以上为长调。此说曾引起非议，因为有些词有两个以上的又一体，并且刚好介乎此分界线之间，例如《七娘子》58 字，但却有 60 字的又一体；《满江红》89字，但却有 93、97 字的又一体。

非议尽管非议，但此说还是被一般人所采纳，并且习用已久。因为在涉及词的长短时，总得有一个比较方便的界限，何况介于两种分类之间的情况究竟只是少数。

三　词的分阕

词与诗在结构上最大的区别，在于词除开某些最短的小令外，一般都分成两段（两阕），称为"双调"，则不分阕者自然是"单调"，不过一般都不使用这种称呼。

阕也叫片、段、叠、遍、编、变等等，而以称阕者较为普遍。两阕通称上、下阕，或前、后阕。小令中最短而又分阕者当数《长相思》，才 32 字；《归国谣》34 字。少数慢词分做三阕。迄今仅见的最长的一首词《莺啼序》，则分作四阕，计 240 字。

阕本指音乐上的终了或停顿，有可能当初所配音乐演奏至一半时须稍作停顿甚至略加改变，然后演奏下（后）阕。

词的上下阕一般都是字数与结构相同或相似，而以相似者最多。所谓相似，往往指下阕的首句结构和字数略有变化，音乐上当然也会有所改变。上下阕完全相同者谓之"重头"，即上下阕的"头"（首句）相重合。不同者谓之"换头"，即改换了首句。三阕以上的词，为数甚少；对于其阕与阕间的关系，还难以总结出规律。四阕的只一首。一般看来，三、四阕的词，其各阕之间，在字数与结构安排上，是比较自由的。

第五节　词的句式、字数和顿逗

一　词句的平仄安排

前已说明，词是近体诗的直接产物，因之其句子除个别地方注明"宜拗"之类字样者外，一般都是"律化"的，即以五、七言近体诗的句法为依据的。至于其中二、三、四、六、八、九言的句子，则只不过是五、七言律句的加加减减或切割与延长而已。不信试翻开各种词选中的任何一首加以分析，几乎所有长短句都是如此。我们试选取词由开始到成熟的各个发展阶段的代表作加以分析就可证实：

平林漠漠烟如织，寒山一带伤心碧。暝色入高楼，有人楼上愁。　　玉阶空伫立，宿鸟归飞急。何处是归程？长亭更短亭！（无名氏《菩萨蛮》）

玉炉香，红烛泪，偏照画堂秋思。眉翠薄，鬓云残，夜长衾枕寒。　　梧桐树，三更雨，不道离情正苦。一叶叶，一声声，空阶滴到明！（温庭筠《更漏子》）

春花秋月何时了？往事知多少！小楼昨夜又东风，故国不堪回首月明中。　　雕栏玉砌应犹在，只是朱颜改。问君能有几多愁？恰似一江春水向东流。（李煜《虞美人》）

蹴罢秋千，起来慵整纤纤手。露浓花瘦，薄汗轻衣透。　　见有人来，袜刬金钗溜。和羞走，倚门回首，却把青梅嗅。（李清照《点绛唇》）

听风听雨过清明，愁草瘗花铭。楼前暗绿分携路，一丝柳，一寸柔情。料峭春寒中酒，交加晓梦啼莺。　　西园日日扫林亭，依旧赏新晴。黄蜂频扑秋千索，有当时、纤手香凝。惆怅双鸳不到，幽阶一夜苔生。（吴文英《风入松》）

以上作品充分证明"词"是近体诗的直接产物，"律化"是其句式与平仄安排的基本原则。

但是应该加以指出的是，宋朝以前的词人，基本上都是使用律句；从宋朝起，使用"拗句"即非律化句子的情况有所增加，但并没有改变以律化句为主体的情况。

二　词的句式——字数和顿逗

填词时即使有一本词谱在手，仍然可能有填写得不符合规定的情况发生，其原因就在于弄错了句子内的顿逗关系，以及每一个顿逗之内所包含的字数。所以我们应该特别留心每一首词的句读。这是因为词的句型结构比较复杂：**同是八字句，其顿逗关系既可以是** 4＋4，5＋3，3＋5，**也可以是** 1 领 7。并且同一词牌甚至同一作家的作品，有时在顿逗上也彼此并不一致。例如同是一首咏杨花的《水龙吟》，其开头两句，章质夫作"燕忙莺懒芳残，正堤上、柳花飘坠"。苏轼作"似花还似非花，也无人惜从教坠"。作者有时甚至还可以增损词语，这便是各种词牌的"又一体"繁多的原因所在。下面所举的句型实例，也只不过是示范而已。

具体说来，词的句式有以下诸种，其中只有一字句和二字句与近体诗有明显区别；**其他句式都是近体诗律句的剪裁和组合，因而很容易**

掌握：

＊一字句：一字单独成句者，情况极少，仅见于个别词中，如：

> 天，休使圆蟾照客眠。人何在？桂影自婵娟。（蔡伸《十六字令》）

但是在更多的场合，单独一个字只是当做"领词"使用，以引起下文。例如常见者有：

一领八：**有**笔头千字、胸中万卷（苏轼《沁园春》）。

一领七：**叹**丁宁后约竟何据！（柳永《夜半乐》）

一领六：**又**一夜西风吹折（张炎《咏荷叶》）。**记**小江风月佳时（贺铸《望湘人》）。

一领五：**更**移舟向甚处？（姜夔《杏花天》）

一领四：**自**清凉无汗（苏轼《洞仙歌》）。**掩**沉香绣户（吴文英《莺啼序》）。

一领三以下的少见，只偶然存在于某些"折腰句"中，如：**封**狼居胥（辛弃疾《永遇乐》）。**约**林和靖，与坡仙老（刘过《沁园春》）。

较少见者有：

一领九：**叹**年来踪迹、何事苦淹留？（柳永《八声甘州》）

一领十：**待**从头收拾旧山河、朝天阙（岳飞《满江红》）。

一领十二：**渐**霜风凄紧、关河冷落、残照当楼（柳永《八声甘州》）。

一领十三：**算**只有殷勤画檐蛛网、竟日惹飞絮（辛弃疾《摸鱼儿》）。

一领十六：**念**累累枯冢、茫茫梦境、王侯蝼蚁、毕竟成尘（陆游《沁园春》）。

凡被领的字在七个以上的，一般都可以把它分解为几个句逗来看待。

领词的作用，有时也由词组担任，如：莫是，那堪，还又，更能消，却又是，最无端等。

＊二字句：比较少见，但在某些词牌中，亦时时有。如："**休休！这回去也，千万遍阳关，也则难留。**"（李清照《凤凰台上忆吹箫》）**"归去，归去，江上一犁春雨。**"（苏轼《如梦令》）"天下英雄谁敌手？**曹刘。**"（辛弃疾《南乡子》）

二字句其实也可以理解为近体诗的一个小的节奏单位（五言诗句上四字的一半）。

词的三个字以上的句子，都是律化的。它们不外为五、七言诗句的各种剪裁和组合，以下将按字数再进行分析。例如四言为五、七言诗的上四字，五言为一句五言诗，六言为七言诗句的上六字等等。

＊三字句：三字句极为常见，如："红酥手，黄縢酒"；"碧云天，黄叶地"等。不必多举例。其句式结构相当于五、七言诗的"下三字"，其平仄变化也相同，即按照排列的公式，不外：平平仄，仄仄平，平仄仄，仄平平；仄平仄，平仄平。其中最后两种为拗例。

＊四字句：四字句一般都是律化句，即相当于五、七言诗的上四字：平平仄仄或仄仄平平。如："萦损柔肠，困酣娇眼，欲开还闭。"（苏轼《水龙吟》）例极多。但值得特别注意的是，作者由于表意的需要，偶尔会使用类似"一领三"的"折腰句"，而平仄规律不变，如上文所引："**封狼居胥**"，"**约林和靖，与坡仙老**"等。

＊五字句：五字句大致相当于近体诗的五言句，如："懒起画蛾眉，弄妆梳洗迟。"（温庭筠《菩萨蛮》）但要注意莫与前述"一领四"的句子相混。

＊六字句：六字句一般都相当于七言诗句的上六字，如："醉里且贪欢笑，要愁那得工夫。"（辛弃疾《西江月》）但要注意不与上述"一领五"的句子相混。另外还有一种 3＋3 的句式，如："故画作、远山长。"（欧阳修《诉衷情》）；"人人道、柳腰身。"（张先《醉垂鞭》）平仄与两个三字句同。

＊七字句：七字句一般都是七言诗句，如："一曲新词酒一杯，去年天气旧亭台，夕阳西下几时回？"（晏殊《浣溪沙》）但是首先不要与

上文"一领六"的句子相混，其次要注意不要错认了 3＋4 的句式，如："细看来、不是杨花。"（苏轼《水龙吟》）"更多少、无情风雨。"（赵佶《宴山亭》）

  ﹡八字句：八字句一般都是六字句的延长，如："应是良辰美景虚设。"不过这样的句子甚少，更多的是两个四言句的拼合，或者 3＋5 式，如："祖席离歌、长亭别宴。"（晏殊《踏莎行》）"正拂面、杨柳堪揽结。"（周邦彦《浪淘沙慢》）"但屈指、西风几时来。"（苏轼《洞仙歌》）也可以是 5＋3，如："莫等闲、白了少年头，空悲切。"（岳飞《满江红》）这既可以理解为 3＋8，也可以当做（3＋5）＋3 看待。请注意不要与上述"一领七"的句子相混。

  ﹡九字句：九字句大多为 3＋6，如："浪淘尽、千古风流人物。"（苏轼《念奴娇》）"有人似、旧曲桃根桃叶。"（姜夔《琵琶仙》）另一种为 6＋3，或作 2＋7，如："独向小楼东畔、倚阑看。"（舒亶《虞美人》）"恰似、一江春水向东流。"（李煜《虞美人》）

  请注意不可与上文"一领八"的句子相混。

  ﹡其他：偶有九字以上不可分割的句子，如："昨日春如十三女儿学绣，一支支不教花瘦。"（辛弃疾《粉蝶儿》）"不如向帘儿底下听人笑语。"（李清照《永遇乐》）不过所有七字以上的句子，一般都可以解剖为 3、4、5、6、7 的剪裁组合。

  以上可见，词的句法远比近体诗复杂，填词时特别要搞清其句式结构和句内的顿逗，千万不可只看字数就随意填写；否则 3＋5 的八字句，如果填作了 4＋4，那就会念起来非常别扭，大大"落调"。

第六节 词的用韵

一 词韵的一般规则

  第三、四章所述有关近体诗用韵的规则与注意事项，如怎样才算押韵（合辙）、押韵应以今音（《诗韵新编》）为准，可以适当借用古代音韵，等等，在填词时同样有参考价值。

词韵与诗韵基本相同，但是也有以下几点与诗韵不尽相同或值得强调指出的地方，希望能够引起初学者的注意。

（一）韵脚平仄由词牌规定

词韵可平可仄，由具体词牌规定，不像近体诗那样限用平韵。词人对于平韵和仄韵，本无高下优劣之分；不过在习惯上，宋代以前的词人喜用平韵词牌；宋人则比较喜欢使用仄韵的词牌，或者说二者并重。

宋人词韵与唐人诗韵的另一不同之处，在于随着时代的进步和语音的发展，宋代对于格律诗的韵脚比唐朝稍宽，归并了某些韵部或明令准其通用。这种归并在填词时，当然也完全适用。

有少数词牌如《霜天晓角》、《满江红》、《醉太平》、《回波词》、《多丽》等，既可以用平声韵，也可以用仄声韵。词律对于韵脚可以平仄两用的词牌，均特意明确指出。又一体比较多的词牌和内容比较简短的小令，容易出现此种情况。但是填词者切不可任意改动韵脚的平仄。一般说来，平改仄时多用入声。

有些词牌的内部，有时需要换韵（一般是平仄互换），但都各有其固定的格式，不可任意更改（参阅本节条三条：少数特殊押韵方式）。

（二）仄韵上去通押，入声独用

词在押仄声韵的时候，一般都是上去通押，入声独用。个别词牌由于受最初原作或者名作的影响，喜欢使用入声韵，例如《满江红》、《忆秦娥》、《雨霖铃》等。但这只能算是一种习惯而不是规定。如不用入声韵时，可以改为上、去两种仄声。只有当词律明文规定"平仄两可"者，才可改为平韵。

二　韵脚的疏密

词与近体诗最大的区别，就在于句式长短交错，韵脚疏密不等而且错落有致。

在谈到韵脚的疏密时，首先要明确，这里所说的"句"，正如在近体诗中一样，指的是语音上一个大的节奏单位或停顿，而不是指语法上的"句子"。

词韵与近体诗在押韵方式上的最大不同之处，在于近体诗的押韵规则固定，即"韵脚在偶句的末字，而且限用平韵，首句可以入韵而且其韵脚从宽"。词的用韵规则上文已经有所涉及，即平仄韵都可以押，但到底是用平用仄或平仄两可，则须由具体词牌规定。词的韵脚不仅有疏有密，并且疏密的灵活性很大。不像近体诗那样除首句外，必须隔句用韵。词韵的具体情况是多种多样的，时而连续用韵，时而隔一二乃至三句一韵；最多的可以相隔五六句。不过相隔三句以上者比较少见。总之，词在韵脚上的具体安排，虽然方式灵活多样，但是却必须错落有致，不是可以随意处置的。词的具体押韵情况有如下述（韵脚下附黑线）：

（一）句句用韵，一韵到底式

词的韵脚模式中，有极少数的小令，采取句句用韵，一韵到底的方式，如：

天似<u>水</u>，秋到芙蓉如乱<u>绮</u>。芙蓉意与黄花<u>倚</u>。历历黄花矜酒<u>美</u>，清露<u>委</u>，山间有个闲人<u>喜</u>。（赵彦端《归国谣》）

红满<u>枝</u>，绿满<u>枝</u>，宿雨燕燕睡起<u>迟</u>，闲庭花影<u>移</u>。 忆归<u>期</u>，数归<u>期</u>，梦见虽多相见<u>稀</u>。相逢知几<u>时</u>！（冯延巳《长相思》）

其他还有《应长天》、《望远行》、《相思令》等少数词牌也是句句用韵、一韵到底式。但是，此种情况仅见于极少数小令，并不见于中长调，原因是同韵的字数有限，中长调倘使一韵到底，势必增加表达上的困难。此点在第三、四章中谈诗韵时已经论及，不赘。

（二）近似唐诗式

早期的词牌因为是从近体诗分离出来不久的新格式，有时基本上保留了近体诗原有的用韵方式，如：

织锦机边莺语<u>频</u>，停梭垂泪忆情<u>人</u>。塞门三月犹萧索，总有垂

杨未觉春。(温庭筠《杨柳枝》)

这简直就是一首近体诗七绝。又如:

> 别后不知君远近,触目凄凉多少闷。渐行渐远渐无书,水阔鱼沉何处问! 夜深风竹敲秋韵,万叶千声皆是恨,故欹单枕梦中寻,梦又不成灯又尽。(欧阳修《玉楼春》)

这实际上是一首仄韵古诗。又其中第七句"撞韵"。

> 西塞山前白鹭飞,桃花流水鳜鱼肥。青箬笠,绿蓑衣,斜风细雨不须归。(张志和《渔歌子》)

这是一首第三句被"摊破"了的拗体七绝。正是这种"摊破"方式,使"词"离开近体诗逐渐走向它自己的独立款式。

类似的例子还可以举出许多。

(三)韵脚疏密不等式

"词"这种体裁正式形成之后,它的绝大多数词牌,其句式都是长短交错,所以词又名"长短句"。其韵脚则都是疏密不等的:既有隔句一韵,也有隔几句一韵的。通常是隔句一韵和隔两句一韵交错,偶有隔3—6句一韵的。然而这种疏密布局又必须错落有致,而不是可以任意安排的。这就是诗与词在用韵方式上的主要不同之处,并且是词韵因灵活多变而优于诗韵的地方。其具体情况计有:

1. 句式长短交错、基本隔句一韵式而略有变化。

例如:

> 四十年来家国,三千里地山河。凤阁龙楼连霄汉,玉树琼枝作烟萝;几曾识干戈? 一旦身为臣虏,沈腰潘鬓消磨。最是仓皇辞庙日,教坊犹奏别离歌,垂泪对宫娥。(李煜《破阵子》)

纷纷坠叶飘香<u>砌</u>，夜寂静，寒声<u>碎</u>。珍珠帘卷玉楼空，天淡银河垂<u>地</u>。年年今夜、月华如练，长是人千<u>里</u>。　　愁肠已断无由<u>醉</u>，酒未到，先成<u>泪</u>。残灯明灭枕头<u>敧</u>，谙尽孤眠滋<u>味</u>。都来此事，眉间心上，无计相回<u>避</u>。（范仲淹《御街行》）

2. 隔一句与隔多句用韵的方式交错使用。
例如：

三径初成，鹤怨猿惊，稼轩未<u>来</u>。甚云山自许，平生意气；衣冠人笑，抵死尘<u>埃</u>。意倦须还，身闲贵早，岂为莼羹鲈脍<u>哉</u>？秋江上，看惊弦雁避，骇浪船<u>回</u>。　　东冈更葺茅斋，好都把轩窗临水<u>开</u>。要小舟行钓，先应种柳；疏篱护竹，莫碍观<u>梅</u>。秋菊堪餐，春兰可佩，留待先生手自<u>栽</u>。沉吟久，怕君恩未许，此意徘<u>徊</u>。（辛弃疾《沁园春带湖新居将成》）

《沁园春》是许多人所熟悉的词牌。但初次接触它的人，往往不易搞清楚它的韵脚在哪里。因为一开始就是隔两句一韵，紧接着第二个韵脚在四个短句、连领词共十六个字之后，这大约是词牌中韵脚最稀（两个韵脚间距离最长）的词牌之一。
又如：

晚云收，淡天一片琉<u>璃</u>。烂银盘、来从海底，皓色千里澄<u>辉</u>。莹无尘、素娥澹伫，静可数、丹桂参<u>差</u>。玉露初零，金风未凛，一年无似此佳<u>时</u>。露坐久，疏萤时度，乌鹊正南<u>飞</u>。瑶台冷，栏杆凭暖，欲下迟<u>迟</u>。　　念佳人、争音尘别后，对此应解相<u>思</u>。最关情、漏声正永，暗断肠、花影偷<u>移</u>。料得来宵，清光未减，阴晴天气又争<u>知</u>！共凝恋，如今别后，还是隔年<u>期</u>。人强健，清樽素影，长愿相<u>随</u>。（晁端礼《绿头鸭咏月》）

此词的韵，隔一句、隔二句与隔三句三种方式混用。

再如：

　　倚危亭，恨如芳草，萋萋划尽还<u>生</u>。念柳外青骢别后，水边红
袂分时，怆然暗<u>惊</u>。　　无端天与娉婷。夜月一帘幽梦，春风十里
柔<u>情</u>。怎奈向，欢娱渐随流水；素弦声断，翠绡香减；那堪片片飞
花弄晚，濛濛残雨笼<u>晴</u>。正销凝，黄鹂又啼数<u>声</u>。（秦观《八六
子》）

此词下阕倒数第二、三韵脚之间，竟相隔六句之多，《六州歌头》上阕
第三、四韵之间，也是相隔六句。这在词中是很少见的。在这种情况之
下，有时作者使这些非韵脚的几个句子互相叶韵，宛如中间换了一次
韵。词谱偶尔也对此种在原韵之外，于本不用韵的短句中另行用韵的方
式加以指明，但却并不被词人普遍遵守。

三　少数特殊押韵方式

词的押韵方式，除韵脚疏密不等外，少数词牌还有一些在诗歌中少
见的特殊用韵方式。主要有以下几种：

＊按照特有规定换韵

有些词牌，必须两句一韵，先仄后平或先平后仄地互换，不可颠倒
或做其他改变。例如：

　　山亭水榭秋方<u>半</u>，凤帏寂寞无人<u>伴</u>。愁闷一番<u>新</u>，双蛾只旧
<u>颦</u>。　　起来临绣<u>户</u>，时有疏萤<u>度</u>。多谢月相<u>怜</u>，今夜不忍<u>圆</u>。
（朱淑贞《菩萨蛮》）

　　春花秋月何时<u>了</u>？往事知多<u>少</u>！小楼昨夜又东<u>风</u>，故国不堪回
首月明<u>中</u>。　　雕栏玉砌应犹<u>在</u>，只是朱颜<u>改</u>。问君能有几多<u>愁</u>？

恰是一江春水向东流。（李煜《虞美人》）

　　星斗稀，钟鼓歇，帘外晓莺残月。兰露重，柳风斜，满庭堆落花。　　虚阁上，倚栏望，还似去年惆怅。春欲暮，思无穷，旧欢如梦中。（温庭筠《更漏子》）

请注意，"更漏子"这一词牌，唐五代以后少用。经仔细对照研究得知，严格说来，每段（每韵）前的第一个三字短句，**结尾处的平仄应该与韵脚相反**。但是有的词每段第一个三字短句句末，偶然与韵脚有相同或近似的韵母，不要误以为此二短句必须协韵。

也许还有一些其他类似的换韵方式，读词与填词时应该留心。例如：

＊末句押同一韵母的仄声韵
例如：

　　明月别枝惊鹊，清风半夜鸣蝉。稻花香里说丰年，听取蛙声一片。
　　七八个星天外，两三点雨山前。旧时茅店社林边，路转溪桥忽见。
（平换仄，仄韵上、去不拘）（辛弃疾《西江月夜行黄沙道中》）

＊《忆秦娥》的特殊格式
本词每阕第二句末三字应能独立成为第三句。例如前引无名氏作品：

　　箫声咽，秦娥梦断秦楼月。秦楼月，年年柳色，灞陵伤别。
　　乐游原上清秋节，咸阳古道音尘绝。音尘绝，西风残照，汉家陵阙。

也许最初只是偶然如此，但由于此词是最早并被奉为楷模的词作。后人竞相模仿，于是便成为规律。

＊《调笑令》的特殊格式

前四字为押韵叠句，第五句末二字须能颠倒成叠句并换仄韵，例如：

胡马、胡马，远放燕支山<u>下</u>。跑沙跑雪独<u>嘶</u>，东望西望路<u>迷</u>。<u>迷路</u>、<u>迷路</u>，边草无穷日<u>暮</u>。（韦应物《调笑令》）

团<u>扇</u>、团<u>扇</u>，美人病来遮<u>面</u>。玉颜憔悴三<u>年</u>，谁复商量管<u>弦</u>！<u>弦管</u>、<u>弦管</u>，春草昭阳路<u>断</u>。（王建《官中调笑》〔按即调笑令〕）

＊《定风波》的特殊格式

此词上阕第三、四句，下阕头两句及第四、五句换仄韵。例如：

暖日闲窗映碧<u>纱</u>，小池清水沁晴<u>霞</u>。数树海棠红欲<u>尽</u>，争<u>忍</u>，玉闺深掩过年<u>华</u>！　　独凭绣床方寸<u>乱</u>，肠<u>断</u>，泪珠穿破脸边<u>花</u>。邻舍女郎相借<u>问</u>：音<u>信</u>，教人羞道未还<u>家</u>。（欧阳炯《定风波》）

词中"尽、忍，乱、断，问、信"六字处换仄韵，其余一韵到底，填词时切不可于此处有所疏忽。

此外还偶有其他的押韵方式，例如《酒泉子》的押韵方式复杂而且"又一体"竟有 19 个之多，填词时必须注意仔细辨认。

但是，以上究竟只是词在押韵时的若干特殊现象，并且多出现在北宋以前、词的发展成长阶段。（宋）词的绝大多数词牌俱是一韵到底，只不过在韵脚的疏密上变化不同而已。

第七节　填词的基本规律

一　填词不比作诗难

"词"自从在中晚唐诞生以后，日渐成长，到宋朝时，攀升至本体裁的顶峰，并且成为一代文坛霸主。虽然如此，但是从总体上看，中国文坛对于词的研究，远远落在诗的后面。因而对其写作规律探讨得很不够，对于其中名篇的注释也做得很少。这就使"词"蒙上一层神秘色彩，使某些读者望而生畏：阅读得不如唐诗多，更不敢轻于写作。这种神秘感是应该打破的有害的东西。

"词"的作法，以往在特定的种种历史条件下，被音乐家和声律派弄得神秘化和高深莫测了。其实作为一种格律诗来说，作（填）词要比作近体诗容易，至少不会比它难。因为从某种意义上说，"词"本是对于近体诗形式呆板的一种反抗。词的形式多样，有两千多种格式可供你挑选。押韵方式多样化，文风上既要求典雅，又可以尽量口语化，真可以说是古今兼容，雅俗共赏。

人们之所以觉得它高不可攀，难以下笔，各种原因之中，主要是被音乐家和声律派的某些说法所误导。

原来配乐的歌词，一般说来，其产生途径有两种相反的过程：

*一是填腔

即先有歌词，然后由乐工或作曲家因词配乐，谓之填腔，也就是所谓"依词以配乐"。只要歌词写得好，自然会有人来填腔的。作者只需稍通音律，不使用拗口难唱的怪字就可以了。关键在于要有诗才，至于在格律的掌握和词语的使用上，不存在合适与否、好演唱和不好演唱的严格标准。因为"填腔"是使音乐来适合"词"，而不是"词"合不合乐的问题。总之，填腔是作曲家的事情，与词人特别是今天的习作者无关。

按理说，填腔并不太受原文平仄的限制，因为音乐歌词的声调，是可以随着音乐旋律的需要而变更的。例如国歌中"起来、起来、起来！"第一个"来"字就已非阳平，唱到第三个"来"字时就滑到了去声的位置上，但却并不损害词义，因为听者是根据上下文去理解歌词的。所以，供填腔用的词，关键在于语言美好，内容充实，而并不太在乎某个词语的平仄声调乃至是属于什么"等、呼"。

*二是填词

就是已经有了曲谱，由作者再去依谱配词，也就是所谓"依声填词"，或"由乐以定词"，这实际上就是根据乐谱的声音填词。这就不仅要有文采，还要精通音律。因为字有"开合齐撮"，音有宏细高低；尽管平仄合律，但歌唱起来不一定合乐而且好听。所以有的人把词填好后，还要邀请歌唱家演唱检验。因此南宋词人宋枢甚至不惜以词害义，把"琐窗深"改为"琐窗明"以便歌唱，从而使用了与原意完全相反的词语。这种"以词害义"的做法虽不可取，但却说明了按特定乐曲填词之艰难。

词在宋朝，与音乐关系密切，一般都是要付之管弦的。所以对于字音特别讲究。其后词与音乐的关系逐渐分离。到今天，我们完全是把它作为格律诗之一种来看待、来习作的；但求平仄合律，词义允当，语言通顺，念来好听就可以了，不必再受音乐家的弹劾。

至于声律派在用词上的严格要求乃至过分挑剔，认为在"词"的语言中，连上去的阴阳都必须细细区分的说法，并无实据；我们切不可以被他们的这种神秘主义所吓倒。但是，对于他们在审音度律方面的功夫和经验，则完全可以择其善者而从之。

人们觉得填词难，也许还有另外一个原因，那就是适当的词谱难得。即使有了，也既不可能把它经常带在身边，随时使用；又不易把众多的格式，像近体诗那样，一一都背下或推演出来，可以"即席偶占"。所以习作的时候，须找寻合适的样板。这就比写近体诗多了一道难关。按这是一个如何利用词谱的问题，不难合理解决。下文再详述。

二　依照词谱填词

传统的填词方法既简单又困难。说简单，作者只需按照词谱的规定，依照其所列样板词的句式、平仄和韵脚，填入你所想写的新词就可以了。这也就是通常所谓的"依声填词"，尽管人们所理解的并不是"依声填词"这一说法的本意。

但是这样做有以下几方面的问题应该加以注意。

（一）准备比较适用的词谱

由于词牌的数量甚多，其格式并没有统一的规律可循。所以便有人编为词谱，以利写作。但是所谓词谱，只不过是后人（主要是清人）根据前人的词作加以归纳整理而成的。他们"一字一句，皆取宋元名作，排比而求其律"（俞樾《词律》序），以便世人仿作。

这里首先要明确，词谱只是供填词时使用的样本，但词谱编者的种种说法并不一定绝对可靠，不能奉为金科玉律。因为他们在整理前人作品时，难免有主观臆断，异想天开之处。例如《白香词谱》和万树《词律》中的《沁园春》，以陆游词"孤鹤归来"为样板，于下阕首句"交亲散落如云"的亲字后注"叶"字，意即此处应与通篇"人、尘、春"等押韵。其实这纯系偶然巧合，万树、舒白香遂误以为常规。考诸苏轼、辛弃疾、刘过等名家词，此句分别作"当时共客长安"，"东冈更葺茅斋"，"龙蛇纸上飞腾"，均不在第二字上逗顿，也不押韵。词谱的其他武断之处，亦时时有。

不过词谱虽有其缺陷，但成绩是主要的，一直为研究和习作者所重视。主要词谱见于记载者约有一二十种之多，而以《白香词谱》、万树《词律》比较流行。简介如下：

* 《白香词谱》

此书为清人舒梦兰所编。舒梦兰字白香，所以称《白香词谱》。该书选录唐至清初59家名作100首，按小令及中长调排列，字旁注明声调（平、仄或两可，有的本子使用特定记号，如：○表平，△表仄，●表两可。也许还有其他方式，细看各家词谱的"凡例"等有关说明文字即可弄清）。《白香词谱》由于选材适当，篇幅简短，为初学者所乐于采用，流传甚广。后由谢朝征作笺，改为按作家时代先后排列，但却删去声调。所以如以学习填词为目的，当以注有平仄声调的版本为佳。

* 万树《词律》

清人万树所编。万树字红友，号山翁。于康熙二十六年编《词律》20卷，收唐至元代名家词660调，1180余体，注明句法顿逗，平仄音韵，考校甚详。其后附有徐本立《词律拾遗》八卷，杜文澜《词人姓氏录》及《词律补遗》一卷和《词律校勘记》二卷，以及徐棨的《词律笺権》。经过拾遗和补遗，总共计有 825 调，1670 余体，是比较完备的词律参考书。

（二）注意词牌的造句和用韵规则

词谱仅仅是在样板词旁注明应该用平用仄，以及何处为顿逗，何处为韵脚，何处宜拗等；但是一般都并没有说明其理由和规律，没有分析句读内部的节奏关系。如果习作者只能"依样画葫芦"，不敢越雷池一步；那就很容易弄得兴寄全被扼杀，不易填出好词来。

为了让自己有回旋余地，应该注意掌握本章第五、六节所述的内容，弄清楚本词的句式、顿读和韵脚，然后才能够真正搞清楚本词牌的填写方法。这是因为词的句型结构比较复杂，同是八字句，其结构既可以是 4+4，5+3，3+5，也可以是 1 领 7。对于韵脚，要切实弄清楚按规定是须用平韵、仄韵或平仄两用，以及韵脚的疏密情况和有无特殊规则。特别是要弄清其中有无必须照填的"拗句"。

关于什么是"拗句"以及为什么要"拗"，本书第四章第三节已有详细论述，可资参考。

这里所要说明的是，"词"句本宜顺畅，回避"拗句"。但是某些词牌由于流传甚广，当其带有拗句时，这拗句的形式便久已为大家所熟悉，所习惯。一旦所填新词与此不符，读来反而觉得别扭。例如《菩萨蛮》中的"有人楼上愁"，其声调为"仄平平仄平"，与律句"平平仄仄平"不合而"拗"。他如"灞陵伤别"，"汉家陵阙"，"晓风残月"中的"仄平平仄"等都是。但是，应该承认，"拗句"只是不得已而为之。现行词谱中标出了过多的拗句，窃以为不必处处遵守。

三　按照规律填词

前已说明，"词"这种传诵广远，为人民所喜闻乐见的新体格律诗，其写作规律并不复杂，理应很容易为广大读者所掌握。但是很久以来，可惜词的写作规则被某些人神秘化了。有些高论虽然并没有充足的理论根据，但却又言之凿凿，致使初学之人诚惶诚恐。例如所谓"词别是一家"，以及填词者必须身通音律等等。以周邦彦那样负一代词名，被誉为"词家之冠"、声律派宗师，并且还做过大晟府提举（国家音乐局局长）的人，所作的词仍然受到张炎之流的非议，认为"于音谱间有未谐"，别人怎能不望而生畏！其实这些议论，至少在"词"已经演变为一种书面文体、与音乐脱节的格律诗之后，完全可以不加考虑。个人认为，如果要使"词"能够为广大爱好者所掌握、所欣赏、所习作，必须首先打破这种迷信，选取名家作品，按照"词为近体诗的延伸"这种诗歌发展趋势，找出其用字造句的规律来，然后从而效法之。这样，填词肯定不会比写近体诗困难。而且由于词填起来并不复杂，习作者众多，词的活跃天地就必然会较前此更加广阔。本款就是按照这种思路立论，并指出填词的比较简易的规则和方法来的。具体说来，从认识到做法，就是下面所述的几条：

（一）词是近体诗的直接产物

前此我们已经在本书第二章第六节和本章第一节具体说明，词是近体诗的直接产物，并且所述都是无可否认的事实。我们也在第四章第六节说明，近体诗产生后，中国各体诗歌，无不深受其影响。宋词和元曲之所以朗朗上口，就是因为它们充分利用了近体诗句子律化、平仄互对、音调铿锵的优点。不信试看所有的词作，没有一首不是充满律句的；而反过来，谁都找不出一阕处处古奥、充满"拗句"的词来。个别语句"宜拗"，前已说明自别有原因；而且人们对它的特别强调，则正好说明"律句"是词的主体。

（二）词句是律化诗句的多重组合

词的句式灵活多变，但是万变不离其宗，这"宗"就是律化。本章第五节第二条在分析词句的字数和顿逗安排时，已经附带证明，从二字到十多字的句子，无非是律句的各种剪裁和组合。例如"问君能有几多愁？恰似一江春水向东流"，显然是两个律句，只不过在后句前加上平仄合适的"恰似"二字而已。明确了这一条，对于任何一首词，一上手就能掌握其句式和顿逗规律，完全没有必要对着词谱，一字字写下其平仄格式来。

但是，词与近体诗的一个重要差别，是韵脚错落有致，并且用平用仄或平仄都可押，均有规定。韵脚变化较多。

懂得了以上几点，我们可以把词的定义归纳为："词是语言平仄律化，句式长短交错，用韵平仄有定，韵脚错落有致的一种格律诗。"

（三）抄录范本

词牌众多而且结构复杂，不可能像近体诗那样，归纳出 8—16 个基本公式，或总结出一条可以推演出各种词牌的规律来。一种比较简单的办法就是挑选二三十个你所喜欢的词牌及其代表作，作为填词时的范本备用。应该深切了解这些样板词的句式结构和押韵规则，并且熟读最好是背诵之，这样就能够像作近体诗那样，随时随地可以填写，甚至"即席偶占"了。

抄录二三十首词并不困难，而且想必已经够用。因为据统计，最有名的词人如柳永、苏轼、李清照、辛弃疾、吴文英等，他们个人所喜欢而且常用的词牌也不过 20—50 个而已。如果想要增加时，再从词谱中查找就是了。

第八节　词的语言风格及其他

一　词是最平易而又最艰深的格律诗

（一）典雅而又艰深的语言

"词"有时又被称为"雅词"，是以典雅见称的古典格律诗。它以喜欢"用事"和使用古代成语相标榜。所谓用事就是使用典故。典故和成语的好处在于能够用很少的词语，表达许多意在言外的东西。例如说某人在处理事情时惯会"上下其手"，这就不只是简单地说他会随机应变，灵活处理；并且给人以《左传·襄二十六年》楚国假包公伯州犁那种既巴结工子，又假充公正的狡诈形象。但是如果成语和典故使用过多，就会使文章显得晦涩而且分量沉重，影响宣传效果。

有一些词人不仅主张词风要典雅含蓄，并且提倡"无一字无来处"；尤其喜欢使用"暗典"，这就使得青年人如果不看注解，很多地方不是看不懂，就是遗漏了许多重要东西。例如辛词《木兰花慢》，在饯行时表达难舍之意，末二句是"安得车轮四角，不堪带减腰围"。上句本自陆龟蒙诗："安得双车轮，一夜生四角。"这样客人就没法走了。下句用古诗"思君令人老，衣带日已缓"的含义。

又如辛弃疾《水龙吟》（渡江天马采）："长安父老，新亭风景，可怜依旧。"作者利用的是《世说新语》东晋诸大臣泣新亭的故事。又苏轼《水龙吟次韵章质夫杨花词》："梦随风万里，寻郎去处，又还被、莺呼起。"这里不是随便说有鸟鸣声把梦惊醒，而是暗用唐人金昌绪的诗"打起黄莺儿，莫教枝上啼。啼时惊妾梦，不得到辽西"的典故。类似的例子随处可见。然而由于人们对词的研究，远不如对古、近体诗研究的深入全面，出版界有详尽注释的词选甚少，并且往往所注不尽恰当：当注之处不注，不当注者反而不厌其详。这就使"词"成为一种比较难以欣赏的文学作品。

（二）通俗化、口语化的语言

这是一种与上款刚好相反，然而又确实存在的特点。

词的语言风格与古、近体诗不同，它既是近体诗的直接产物，也同时是由民歌小调发展起来的，或者说它从当时的民歌小调中吸取了充分的营养，因之在"词"的身上处处体现民歌的特点，这主要表现在用字的口语化上面。

在著名词人中，即令最标榜典雅风格的词人如李清照，以渊博见称的如苏东坡、辛弃疾，强调古奥和用典的黄庭坚等，在他们自己的作品中，通俗化的口头语也都十分常见。例如："守着窗儿，独自怎生得黑！……这次第，怎一个愁字了得！""不如向帘儿底下，听人笑语。""甚霎儿晴，霎儿雨，霎儿风？"（以上见李清照词）"几时归去，作个闲人。""蜗角虚名，蝇头微利，算来着甚干忙？""多谢无功，此事如何着得侬！"（以上见苏轼词）"若有人知春去处，唤取归来同住。""远山横黛蘸秋波，不饮旁人笑我。""被个人，把我调戏，我也心儿有。"（以上见黄庭坚词）"旧盟都在，新来莫是，别有话说。""众里寻他千百度，蓦然回首，那人却在灯火阑珊处。""大儿锄豆溪东，中儿正织鸡笼，最喜小儿无赖，溪头卧剥莲蓬。""却道天凉好个秋。"

（以上见辛弃疾词）至于柳永一类的词人，更是白话连篇，如"便纵有千种风情，更与何人说?""无那，恨薄情一去，音信无个。早知怎么，悔当初、不把雕鞍锁!"（以上见柳永词）柳永由于口语俗话太多，以致招来苏轼的讥评。

以上这类词语如果出现在古、近体诗中，必然会显得很不调和；但是出现在"词"中，则觉得非常自然。这就是诗与词在语言风格上最大的区别，并使得词的语言，呈现出通俗和典雅、平易和艰深并存的矛盾现象。有人说，词应该是"近雅而不远俗"。这话也可以解释为应该"雅俗共赏"；只可惜在实际上，词的语言是经常以典雅为主，雅得太纤细、太艰深了一些，从而影响了自己作用的发挥，值得加以改进。难怪有人说"词之为道，充满矛盾；是最平易而又最艰深，最通俗而又最典雅，最易学而又最难工的一种古典文学作品"。

二　重字和对仗

（一）关于避重字

词与近体诗的又一区别，在于词的篇幅比诗长，小令多在 50 字上下，中长调介乎一二百字之间。倘要避免重字势必增加写作上的困难。所以词论家一般似乎对此并不在意，也从无人提出要避重字的问题。从实践上考察，则重字出现的场合甚多。例如李清照："起来慵整纤纤手……见有人来。"（《点绛唇》）"独上兰舟……却上心头。"（《一剪梅》）其他例子甚多，无需再举。但是个人以为本书第四章第一节第二条所说关于避免使用重字的内容，仍有一定的参考价值。也就是说，在填词时，重字虽不算犯规，但可以避免时还是应当避免，以免显得词汇贫乏。特别在字数甚少的小令中尤其应该注意。

此外，无论是作近体诗还是填词时，都有所谓"避题字"的说法，即如果你的标题是"咏梅"，那就应当在正文中避免使用"梅"字，也就是说让读者从正文中去体会、去猜测你咏的是什么。这是一种可以不予重视的意见，未必不点明咏题的词才是好词。章质夫、苏东坡的杨花词都是不避"题字"的，然而却脍炙人口。

（二）关于对仗和"虾须格"

填词跟作律诗不同，在"对仗"问题上并无固定要求，即使碰到两个短句字数相等，平仄相反，作者可以用对仗，也可以不用。例如《踏莎行》上下阕开头两句一般都用对仗：晏殊作"小径红稀，芳郊绿遍。……翠叶藏莺，珠帘隔燕"；秦观作"雾失楼台，月迷津渡。……驿寄梅花，鱼传尺素"。而吕本中则用的是"雪似梅花，梅花似雪。……记得去年，探梅时节"，前一联虽然还有些对比之意，后联则只不过是一个带状语的单句。总之吕词两联都与对仗并不相干。又《水调歌头》的开头两句，虽平仄并不相对，但许多作者都喜欢把他写作类似对仗的偶句，如张孝祥作"雪洗虏尘静，风约楚云留"；张元幹作"举手钓鳌客，削迹种瓜侯"；而苏轼有名的怀弟词却作"明月几时有？把酒问青天"。可见词人、词谱对于何处使用对仗，都是没有严格规定的。但是如果一旦使用，就应该严格要求，不要写出似对非对的句子来。

研究词学的人，把"重头"词牌上下阕，或"换头"词牌之可作对仗的一阕，当其使用对仗时叫做"虾须格"，这可能是指犹如一对虾须之美好壮观。例如欧阳修《南歌子》："凤髻金泥带，龙纹玉掌梳。……弄笔偎人久，描花试手初。"和柳永的换头词《倾杯》前阕："鹜落霜洲，雁横烟渚。"使用"虾须格"如同律诗之使用对仗一样，可以使内容和文采得到良好的表现机会，但不能当做必须采用的规定。

三　自度曲和几种文字游戏

（一）自度曲

词和曲都可以"自度"——自己揣摩创作。只此一点就可以打破人们对词和曲的神秘感。有关"自度曲"的问题，我们在下章论曲时还会谈到。

词之所以能够从中唐的少数小令词牌，发展成为有几千个"调"和"体"的洋洋大观，就是由于有许多知名或不知名的词人实行"自度"的结果，只是时至今日，我们难以一一考证出其"始作俑者"而已。既然前人能自度，为什么偏偏我们就不能自度？

然而，词又并不是可以随便自度的。在宋代，词与音乐的关系还很密切，词人大约是在发现某种曲调美好而且特别适合自己的口味时，于是便在现有词牌之外，再就此一曲调"依声填词"；当然他也可能在制作新词的时候，配以自己创作的或曾作某些修改的音乐。这从姜夔的一段自白中可以看出。他在自度曲《长亭怨慢》的题词中说："予颇喜自度曲，初率意为长短句，然后叶以律，故前后阕多不同。"

但是在今天，一般来说，词的调和体既然已经超过两千，已足够填词者选择之用，本无再自度之必要。但是生活中也有可能偶得佳句，又不与自己所知之词牌相合，则不妨竟自度之。好在我们今天填词，只是撰写一种长短句的格律诗，与音乐无大关系，自己更可大胆为之。但是必须使所度之词，念来上口，听来入耳。否则，倒不如耐心寻找一个合适词牌，以"依声填词"来得稳妥。

（二）唱和

唱和本是中国知识分子通过诗歌形式互相沟通的一种常见方式。其种类已在第四章第五节第三条第四款，陈述特殊用韵规则中之"唱和"时，有所论列。在词界也有同样的风气。

中国知识分子用诗词互相唱和的情况很多，但是一般都没有突出的优秀作品。原因是格律诗所受限制本已甚严，而今再加上受对方用韵的限制，这就难上加难了，所以很难写出优秀作品来。据评论家说，苏轼对章质夫咏杨花《水龙吟》一词所作的和词，其在读者中的影响，反而超过了当时被认为"曲尽杨花妙处"的名篇、章质夫的原作。用王国维的话说，苏词"和韵而似原唱"，而章词"原唱而似和韵"。今将两者抄录于下，以供参考。

　　燕忙莺懒芳残，正堤上、柳花飘坠。轻飞乱舞，点画青林，全无才思。闲趁游丝，静临深院，日长门闭。傍珠帘散漫，垂垂欲下，依前被、风扶起。　　兰帐玉人睡觉，怪春衣，雪沾琼缀。绣床渐满，香球无数，才圆却碎。时见蜂儿，仰粘轻粉，鱼吞池水。

　　望章台路杳，金鞍游荡，有盈盈泪。（章质夫《水龙吟杨花词》）

据苏轼给章质夫的信说，此词是章劝他于贬官后，"慎静以处忧患"。苏认为"柳花词妙极……本不敢继作"。但因想到章正出巡寂寞，故次韵一首寄去，"亦告不以示人也"，为的是怕再次因文字贾祸。

　　似花还似非花，也无人惜从教坠。抛家傍路，思量却是，无情有思。萦损柔肠，困酣娇眼，欲开还闭。梦随风万里，寻郎去处；又还被、莺呼起。　　不恨此花飞尽，恨西园、落红难缀。晓来雨过，遗踪何在？一池萍碎。春色三分，二分尘土，一分流水。细看来、不是杨花，点点是、离人泪。（苏轼《水龙吟次韵章质夫杨花词》）

其实这两首词，都写得非常美妙，各有各的长处，不宜厚彼薄此。只不过苏词因是"和作"，多受一层限制，尤为难得。

　　（三）隐括

　　隐括是一种类似文字游戏的写作方式，也是宋代词人的一种风尚。他们喜欢将前人的诗篇或其他文字，隐形地（不露痕迹地）包含在自己的词作里，仿佛是自己的创作，而看不出是他人作品的剪裁。最有名的如：

　　佳丽地，南朝盛事谁记？山围故国绕清江，髻鬟对起。怒涛寂寞打孤城，风樯遥渡天际。　　断崖树，犹倒倚，莫愁艇子曾系。空余旧迹，郁苍苍、雾沉半垒。夜深月过女墙来，伤心东望淮水。
　　酒旗戏鼓甚处市？想依稀、王谢邻里。燕子不知何世，入寻常巷陌人家，相对如话兴亡、斜阳里。（周邦彦《西河金陵怀古》）

这首词隐括的是刘禹锡咏南京的两首有名绝句：《石头城》和《乌衣巷》。原文是：

山围故国周遭在，潮打空城寂寞回。淮水东边旧时月，夜深还过女墙来。(《石头城》)

朱雀桥边野草花，乌衣巷口夕阳斜。旧时王谢堂前燕，飞入寻常百姓家。(《乌衣巷》)

隐括多用于改写他人诗篇，但也有隐括散文或故事的。如：

环滁皆山也。望之蔚然深秀，琅琊山也。山行六七里，有翼然泉上，醉翁亭也。翁之乐也，得之心、寓之酒也。更野芳佳木，风高日出，景无穷也。　游也。山肴野蔌，酒洌泉香，沸筹觥也。太守醉也，喧哗众宾欢也。况宴酣之乐，非丝非竹，太守乐其乐也。问当时、太守为谁？醉翁是也。(黄庭坚《瑞鹤仙》)

这首词基本上是按欧阳修著名散文《醉翁亭记》压缩改写而成。类似的还有如苏轼改写陶渊明《归去来辞》而成的《哨遍》等篇。

(四) 集句

集句与隐括有些类似。它们的区别在于：隐括是把别人的诗文隐约地改写在自己的词里，但却力求保持原作的精髓，借原作替自己讲话。所以隐括的特点在改写，而集句则是尽量使用他人原文，但却是借用他人的笔墨来表现自己。集句的特点在借用。个别人本领高强，竟能够做到几乎使原文原封不动地出现在自己的词作中。

我们在本章第二节第二条第四款中，曾引用辛弃疾词《踏莎行赋稼轩集经句》，那是一首很典型的集句。又如：

怅望送春杯 (杜牧)。渐老逢春能几回 (杜甫)。花满楚城愁远别 (许浑)，伤怀。何况清丝急管催 (刘禹锡)。　吟断望乡台 (李商隐)，万里归心独上来 (许浑)。景物登临闲始见 (杜牧)，徘徊。一寸相思一寸灰 (李商隐)。(苏轼《南乡子集句》)

（五）分韵、联句及其他

词界亦如诗界，文人集会时，举行分题、分韵、联句等游戏，本是常见的事。例如范仲淹在其《剔银灯》的题词中说："与欧阳公席上分韵。"又晏幾道在《六幺令》中说："昨夜诗有回文，韵险还慵押。"既然谈到"韵险"，当是分韵的结果；不然何必定要往险路上走。看来这险韵是指回文诗，是否还有词或其他，就不得而知了。

词的联句，由于受词谱的限制，句式长短、韵脚疏密不一，必须到会的人都对此词牌熟悉才行，不如古、近体诗方便；从记载上看，似乎也不如使用古、近体诗普遍。

上文小晏词提到的"回文诗"，是中国诗歌中所特有，并且时常带有某些传奇故事的一种文学现象，不妨于此顺便简单介绍一下。

回文诗大约是只有方块文字，而且没有词尾语法变化的语言才便于做到的一种有趣的文字游戏。据说它创始于晋代傅咸、温峤。前秦苻坚时刺史窦滔携妾赴任，其妻女诗人苏蕙织成《回文璇玑图诗》（又称"璇玑图"）寄给丈夫，终于挽回了曾经破裂的爱情。此后作者渐多，方式也不一样，有的竟能排成方阵，可以顺读倒读，左读右读，甚至可以斜读。这样当然不可能写出真正的好诗来，它只不过是人们喜欢借以显示才华的一种文字游戏，不值得提倡。这里只不过作为一种常识顺便加以介绍而已。宋人桑世昌曾编有《回文类聚》四卷。《东坡乐府》中收有回文词七调，现抄录一阕以供玩赏。

> 柳庭风静人眠昼，昼眠人静风庭柳。香汗薄衫凉，凉衫薄汗香。　　手红冰碗藕，藕碗冰红手。郎笑藕丝长，长丝藕笑郎。（苏轼《菩萨蛮夏闺情，回文》）

四　关于词话

我国的文学理论和文学批评，其遗产虽然很是丰富，但走的却是它自己所特有的道路，那就是除个别的作家和作品外，没有发展成为一种独立而且成体系的学问，而是主要散见于各种有关的笔记资料当中。本书第二章第六节第二条曾提及从宋朝发展起来的诗话和词话，就是这种有关诗歌评论的宝贵资料之一。

早在先秦时代，就曾有过关于"诗"和"文"的论述，但大多见于哲人的语录，如《论语》中就有许多关于评论诗、文，特别是关于论"诗"的记载。先秦诸子中的其他人，也有不少关于文学和诗歌的言论，但是却没有人把它系统地收集整理出来，使之成为有系统的学问。

最早的文学评论专著，当推曹丕的《典论》，但是除其中的《论文》外，多已遗失；从现存的文字看来，《典论》的内容还是比较简单的。

稍后是晋朝陆机的《文赋》。文赋虽然涉及了文学中许多根本性的问题，如构思、感兴、独创、思想和文辞的关系以及文章的弊病等，并且发表了很深刻的意见。但是，陆机使用赋体作阐明问题的工具就很不适当。因为这种多方面受写作技巧束缚的文体，很难条分缕析地说明复杂的文艺理论和文艺批评方面的问题，所以很少有人跟着走。

南朝刘勰的《文心雕龙》是我国第一部自成体系的、有理论有实例的文艺理论巨著，至今还深刻影响我国的文学研究。但是也和《文赋》一样，艰深的骈体文字影响了该书作用的发挥。

从此以后，无论是韩愈"文以载道"的理论，还是元稹、白居易的"新乐府"理论，以及宋朝江西诗派的诗歌理论，等等，都是只限于就自己所关心的问题，发表某些意见；而没有像《文心雕龙》那样对文学问题作系统的研究。但是，从北宋开始，有一枝奇花出现在我国文坛上，那就是从北宋开始的"诗话"和"词话"。

本书第二章第六节第二条曾约略提及，诗话和词话是我国文学史上有关文学评论的特殊形式，是诗人关于诗词的个人笔记或者札记。它的内容不拘一格。举凡有关诗（词）人、诗（词）作、诗（词）派、诗（词）"本事"（因何而作以及有关故事）以及有关诗（词）人的生平逸事等内容，无所不包但又没有定规。作者不过"集以资闲谈也"（欧阳修语）。甚至连书名也不一定署有"诗（词）话"字样，例如宋王灼的有名词话就取名《碧鸡漫志》。

诗话大约首先由欧阳修的《六一诗话》开端，后人效之者众。此类著作迄今存者尚有数十家，后人辑有《历代诗话》及《历代诗话续编》，《清诗话》及《清诗话续编》等。词话由宋杨湜开始，作者也不下数十家，今人辑有《词话丛编》。

诗话与词话所讨论的内容看似有别，而实际上所涉及的是同一个古典格律诗的问题。诗话虽偏重于诗，但其有关诗歌理论、具体作品以及诗派等问题，均可供词家参考。而词话中所涉及的理论、流派、作品批评等问题，当然也可以供古、近体诗参考。

当然对于词人来说，首先注意的应该是词话。人们从中可以学习到从诗歌理论到具体格律等方面许多宝贵的知识。然而，由于词话的著作甚多，编排不一，后人对此的整理归纳又很不够，没有现代化的查考索引；阅读时必须具有耐心，以孜孜不倦和沙里淘金的心情去学习，否则是很难有所收获的。

第九节 （宋）词的影响

一 我国古典格律诗影响的级差

关于诗歌特别是古典诗歌对我国社会生活、文学创作等各方面的影响，我们已经在本书前言以及第二、四章等有关的部分中有所论述，这里再作一番简单的概括。

我国古典诗歌对于社会生活面貌的描绘、个人思想感情的抒发和探索以及文学戏剧创作的成长和壮大等方面，其影响虽然是至深且巨的；但是它们所具有的影响，在深度和广度方面，其程度则又有相当大的差别。

一般说来，以唐诗为代表的古、近体诗的影响最大，那是因为它继承和发展了此前中国诗歌领域的成就，又赶上中国封建王朝的鼎盛时代，得到朝野上下的提倡和热爱，产生了空前众多的优秀作品。这些作品文字精炼美好，内容丰富生动，声调铿锵悦耳，为当时及后代广大人民所乐于传诵和学习。唐诗几乎成功地描写了人类生活的各个方面，以至 20 世纪五六十年代，在文禁森严、文字狱猖獗的台湾，不少老人可以使用"集唐人诗句"的方式，发表反对政府的意见，吐露哀叹时事的怨声，倾诉去国怀乡的愁苦，而又能巧妙地免遭迫害。

唐朝以后，古、近体诗依然风行，并且一直是科场必试的项目，是知识分子进身的敲门砖。即令是在宋词、元曲风靡一时的年月，也不曾把古、近体诗的地位挤垮。

其次当然是宋词。按照王国维"一代有一代"文学的说法，它的出现和称霸文坛，是文学发展的必然趋势，并且弥补了古、近体诗形式呆板的缺点。但是另外有人则认为，以五、七言为主要形式的古、近体诗，在唐朝已经发展得登峰造极，文人不可能再在这方面搞出更好的新花样来，以与唐人争锋，所以就改走了长短句的新路子。这种说法可能多少也有一些道理。

不过尽管（宋）词形式多样、语言流畅，但是由于词牌众多，难于记忆；写作起来也不如古、近体诗方便；所以虽然中国传统的说法，认为一个比较全面发展的知识分子，应该"诗词歌赋"件件俱能，但是词的流传范围和在人们心目中的作用，跟古、近体诗相比，还是略逊一筹的。

1949 年以后，由于个别领导人诗词（主要是词）的发表，"词"的地位，一度有凌驾于古、近体诗之上的气势；但是时过境迁，古、近体诗依然是有点古文化修养的中国知识分子的最爱。不信试收集几本当前到处发送的个人诗集，略加统计，无不是诗作远多于词作，这就可以证明"斯言之不谬也。"

再次才是（元）曲。元曲盛极一时，但这主要指的是"剧曲"（元人杂剧），也就是说元曲主要是在戏剧舞台上称雄。至于作为一种格律诗歌的元散曲，只是在各种曲调流行的元朝统治中原的短短数十年间非常流行。可是，无论是前此和此后甚至当时，元（散）曲都不曾在诗歌领域取代（宋）词和（唐）诗的地位。元代之后，散曲逐渐失去其时髦地位，也很少见到文人们以（元）曲名世，和用（元）曲互相唱和。

二 （宋）词的特殊魅力

上面所说宋词的影响不及古、近体诗，只是对实际情况的一种分析，但这并不等于抹杀了宋词自己所具有的独特魅力。前此宋词的影响之所以不如古、今体诗深远，虽然与政治上缺乏科举制度的支持，和体裁上词牌的繁难不易掌握有关；但也是因为以往对于词的作法规则研究得不够，对作品的文字诠释得不够，使广大读者被某些把宋词神秘化的说法所误导，被许多词作的难懂所吓退；因而就影响了词的传播和写作。而这些缺点和障碍是可以逐渐消除的。

在另一方面，晚唐以来大量的词作，从丰富的社会内容到精湛的写作技巧，是我们可以取之不尽、用之不竭的宝贵财富；特别是在个人情怀的抒发方面，词作较唐诗更为细致动人，值得我们去品味。

然而，更重要的还是宋词灵活多样的形式，对于我国新诗的发展，将有可能做出重大贡献。我们在前言中，曾引用旅美学者唐德刚教授的有关论述。唐教授认为五四以来，新诗之所以没有与"白话文"取得同样的成就，在"商籁体"（桑勒体）和"豆腐干"等形式中转来转去，就是因为受过左情绪的影响，抛弃了中国诗歌在语言结构、音调讲求和艺术手法等方面的辉煌成就，而终于让洋大人的作法牵着自己的鼻子走了很久。

新诗要改弦更张，当然不可能走复古的道路，尤其不可能再走"豆腐干"方块式的道路，但新诗却不妨尽量借用古典诗歌的高超技巧和宋词灵活多样的形式。这里随便试举一个日常生活中所见的例子：

2004 年 5 月 15 日下午，收看中央电视三台的"红歌汇"。当我正被那些"大白话"式的歌词："妹妹我到死一直永远爱你"之类的吼叫弄得兴味索然时，突然传来了一首小小的清歌，那歌词是：

说山山是锦，说水水是银，诗人说万紫千红总是春。

鹿画白梅花，云系白纱巾。朋友说万水千山有深情。

歌词并没有刻意求精，但听起来总觉得比"爱呀、死呀"有韵味一些。难道说我们的新诗人就不能从中得到某种启示吗？

第六章　谱(写元)曲的基本规律

第一节　"元曲"的双重含义

一　配乐诗歌的"词"和"曲"

本书第五章第七节在介绍诗歌发展源流时，即曾说明大凡可以唱的诗歌，一般都是由以下两部分组成：

＊表明其内容的语言文字部分叫做"词"。这里的词字是广义的，泛指表述一切歌曲内容的语言文字即歌词，与表示一种特殊文体的古典格律诗歌"（宋）词"有区别。歌词是诗歌最根本的部分。我们所记录下来的古代诗歌，主要是歌词；而并没有，也往往无从考察其唱法和所配音乐。

＊表明其音乐的乐谱部分叫做"曲"，即"乐曲"。曲的存在也是由来已久，从最早的民歌到后来的"大曲"，都是不同时代不同风格的乐曲。我国对于乐曲记录方法发明甚早，在 7 世纪的隋唐时期，就已经使用"工尺谱"，比 11 世纪意大利的五线谱要早四五百年；但可惜比较繁难，后人研究和改进不够，因而流传不广，以致很多古曲未能系统地保留下来。

关于"歌词"与"乐曲"的关系问题，我们在第五章讨论（宋）词与音乐的关系时，已经有所论述。本章所讨论的是特定时代所产生的一种歌曲——"（元）曲"的歌词和乐曲，而主要目的是讨论元曲歌词的写作规律与风格流派等方面的问题。

二　什么是"元曲"

本书第二章第七节即曾指出，通常所谓的（元）曲，有广义与狭义之分：

广义的元曲，兼指"剧曲"（用元曲写成的戏剧或者说是用元代格律诗写成的歌剧——诗剧，通称"杂剧"）和"散曲"（单独流行的清唱或传诵的曲子和歌词）。元曲以剧曲为主体。一般的文学史课本都是用主要篇幅研究剧曲的作家作品、结构程式、主题思想等问题，而较少涉及其歌词的体裁格律和音乐曲调，讨论散曲的篇幅也是比较少见。

狭义的（元）曲，专指作为元代新体格律诗的元代歌曲即"散曲"，当然也应该包括用于"剧曲"中的曲子。对于散曲，特别是对其写作规律，文学史专著中的论述也都是比较简单的，不像对待唐诗、宋词那样，就其体裁的发展和流派的演变作比较详尽的研讨。社会上也很少见到有关研究元曲格律的通俗读物。这就给有志窥探元曲的人带来了不少困难。

从发展源流着眼，通常所谓元曲，作为一种民间歌谣，其实早在辽金时代就已经产生，不过在元代则特别流行，号称散曲，并且发展成为使用于当时戏剧（歌剧）即元人杂剧（剧曲）的曲调和歌词。元人杂剧迅速发展成为一代文学的代表，并且也为后代所模仿，这就是通常所谓的"元曲"。

由于本书的特定写作目的，我们将把重点放在对作为一种古典格律诗歌体裁的歌词即元人"散曲"的探讨上面。

从诗歌体裁的角度说，元曲跟早期宋词的情况一样，本来兼指其歌词和音乐两个部分。但是由于与诗、词、曲相配合的音乐并非人人懂得，而且绝大多数古代曲调早已散失乃至失传；所以即令是在元朝当代，很多人在谈到"曲"的时候，也都是指与元"曲"的音乐相配合的特定文体的歌词，并且也像对待诗、赋、骈、散那样，把它作为一种写作的体裁。至于与此种文体相配的音乐，只有少数精通音律者才懂得并同时加以考虑。而由于音乐不在本书研究范围之内，所以只在需要时约略提及。

　　作为一种古典诗歌体裁的（元）散曲，逐渐脱离了原有音乐，以格律诗的形式，在社会上和文人间流行，其传诵情况与唐诗宋词相类似。但人们有时也选取元人戏曲（剧曲）中的某些优美段落，像一般散曲那样加以传诵。例如《西厢记》中第四本第三折：

> 【正宫】【端正好】① 碧云天，黄花地，西风紧，北雁南飞。晓来谁染霜林醉？总是离人泪。
>
> 【滚绣球】恨相见得迟，怨归去得疾。柳丝长，玉骢难系。恨不倩、疏林挂斜晖。马儿迍迍的行，车儿快快的随；却告了相思回避，破题儿又早别离。听得道一声去也，松了金钏；遥望见十里长亭，减了玉肌。此恨谁知！

　　元曲也和宋词一样，有曲牌。曲牌前面有时写出其所属宫调，后面再附上主题。也有在曲牌后写"无题"或什么都不写的。

　　元朝由于统治全国的时间很短，从元世祖灭宋到顺帝逃往漠北，前后不过89年；其间元曲称霸文坛的时间就更短。往后就只在南戏、传奇等戏剧（剧本）中保留其影响。至于文坛，则在元朝灭亡之后，依旧被传统的诗文所占据。因此后人具体研究元曲的并不多，注释与考证稀少。加上元曲由于它的通俗性，穿插有大量的俚语方言；时过境迁，有许多地方难以理解。此外不少作者文化水平较低，错别字及语言上不规范之处较多。这就更增加了阅读与诠释上的困难。所以学者们几乎公认元曲是最难懂的古典作品之一。

　　此外由于一般版本都把曲牌定格的句逗与字数跟定格之外的衬词混杂在一起，以致一般的读者分不清许多曲牌的规定格式，这就给后世的研究者和习作者带来许多困难。以下仅从作为古典诗歌体裁之一种的角

---

　　① "正宫"为调式，"端正好"为曲牌。有时另附标明主题的字样。由于传诵的散曲与音乐脱离已久，许多版本往往不标明宫调，只写曲牌。小号字为"衬词"。

度，对元曲的写作规律扼要加以叙述，但是也必须花一定的时间，把元曲作为一个整体加以考察，以免产生见木不见林的偏差。

"曲"盛行于元代，但是作为一种格律诗体裁的"曲"，则非元朝所独有，所以应该正名为"曲"而不是"元曲"。正如"词"极盛于宋代，但也并非宋代所独有，所以应该称为"词"而不是"宋词"一样，作为一种诗体，一种古典格律诗，本书只是在可能发生误解时才在"曲"字前，冠上一个带括号的（元）字。

第二节　（元）曲产生的时代背景

前已说明，通常所说的在元代盛行的、号称"元曲"的种种民间歌曲，是远在元代建立之前就已产生了的。它以几个从北方入主的游牧民族所建立的辽、西夏、金、蒙古等国家为其发源和流行的地区，并逐渐传播到南方，与当时的戏剧相结合，成为有名的元人"杂剧"，然后进而发展成为一代文学的代表和顶峰。其所以能够形成这样的局面，是有其多方面原因的。其主要因素是：

一　社会生活的变迁

两宋的积弱，造成了中国黄河甚至长江以北的广大领土沦为北方游牧民族所统治、"华夷杂处"的局面，形成了与传统汉族统治下不同的社会结构和文化生活。

两宋虽然是两汉以后历时最久的王朝之一（如果把东汉算做新的朝代，则两宋是大一统的中华帝国形成以后历史最长的朝代，前后历时凡330年），但其国力则几乎是最弱小的。建国之初就没有勇气收复五代时被石敬瑭割与契丹（辽的前身）的燕云十六州。往后又一直基本上是投降派掌权。偏安江南之后，几乎成了辽、金、元的儿皇帝。因此，两宋在文化经济方面虽然也有许多成就，但其影响并没有能够涵盖整个中国。广大的北方所处的是另一种社会，过的是另一种文化生活。

从魏晋南北朝到五代十国，北方的游牧民族统治者对待中国的固有文化，一般是持两种互相矛盾的态度。一种是崇拜佩服，带领部下努力学习，并尽量利用汉人的经验进行统治。另一种是敌视和害怕，生怕被汉族同化，便模仿汉字自造文字，另立制度，如契丹的"大、小字"，西夏的"国书"等。但是，文化并不是一朝一夕可以迅速建立和发展起来的，这些文字和制度往往只是在贵族等少数人当中偶然使用和实行；朝野上下经常使用的依然是汉语，实行的人体上是汉人的制度。有时他们迫不得已，便往往干脆公然仿用汉人的文化和制度。然而，这时的社会面貌已与传统的汉人社会大不相同。

北国有远见的统治者，虽然有时也尊重儒学，甚至偶尔也采用过科举制度，但这并没有成为选拔官员的主要方式。知识分子特别是汉族文人，不再是社会上最重要的阶层和领导力量。他们当中许多人，或则由于在朝代频繁更迭的时候，不愿意作三朝元老，投靠新主；或则由于没有科举时代"一举成名天下知"的机会，因而便纷纷流落到"三瓦两舍"，靠编写戏剧为生，与戏剧编导、演员乃至歌伎交朋友，从而深入社会，体察世情，使自己的作品丰富多彩。这就大大促进了（元）曲的发展。也正因为如此，所以唐末以来，从游牧民族统治的北方，到元朝统治的整个中国，传统上占主导的诗文、儒学，甚少成就，而不得不把文坛霸主的宝座让给散曲、戏剧和小说。

更主要的是，在政治上的相对稳定的地区，城市生活日益繁荣，"中国南北各地，商业城市星罗棋布"（《马可·波罗行记》），商贾百工成为社会生活中的主体。他们在文化生活方面的需求也别具一格，不再以诗词歌赋为主要消遣。于是北方能歌善舞的游牧民族，就把自己所喜欢的牧歌与原有汉族民间所流行的小调结合起来，形成新的歌舞弹唱，这就是后来的元人散曲。人们对于宋、金以来的院本（杂剧）尤其爱好。就这样，元人散曲和杂剧便趁传统诗文没落之机，发展成为广大市民乃至朝廷上下所喜爱的小曲和戏剧——散曲和杂剧。蒙古的统治者非常爱好戏曲，出师常有女乐相随，曾给予音乐主管三品以上的官职，并且据说曾有过"以曲取士"的做法。这就有力地促进了戏曲的发展。等到蒙古人入主中原建立元朝之后，这种小曲和戏剧便在全国盛行，成为风靡一时的文学主流。

二 对于僵化宋词的抵制

推陈出新本是一切事物发展的客观规律，文学也是如此。

任何一种文学体裁，在霸主的位置上坐久了，必然使人厌倦、引起反感和产生"叛逆"。这就是为什么汉赋、乐府古诗、唐诗、宋词、元曲等体裁互相嬗代的原因所在。唐人的近体诗美则美矣，但未免规矩太严，而且老是五、七言和"四言八句"（绝句四句，律诗八句），未免失之单调，所以人们便要求打破这一框框。

宋词突破唐人格律诗句式上的限制，在使格式多样化方面虽然大有改进；但是在格律的讲求上面，有时却比唐诗还严，近于僵化，很使初学者却步。因之元曲一旦出现，便得到广泛的支持和响应。所以说："诗经解放而为词，词经解放而为曲。"曲可以说是词的通俗化、口语话、自由化、衬词化（可以于正文间附加衬词，详见下文）的新文体。

三 "诗"、"词"余韵的影响

上文虽曾指出，元曲的产生主要是对宋词束缚的一种反抗；但是各种文化现象之间又往往是彼此有千丝万缕的联系和继承关系的。宋词在元曲兴起之前，至少已经存在四五百年之久。音乐家与歌舞艺伎对于宋词从词牌、音乐乃至与之相配的歌舞，都是很熟悉的。人们不仅没有必要突然把这一切抛诸脑后，另辟蹊径；而且这一切也绝不是可以用闭门造车的方式重新建立并且速成的。所以元曲便很自然地承受了宋词的影响。这可以从词牌与曲牌的许多对应关系上看出。一般来说，南曲曲牌与词牌同名者多，其格式也比较相似甚至相同；北曲则差距较大，但其所受宋词传统的影响，仍然是很明显的。至于其音乐上的继承关系，那就只好留待专家去考证了。

正是由于这种既反抗又继承的关系，所以有人把元"曲"称作"词余"，正如同早年把"词"称作"诗余"一样。并且在许多正式或庄重场合，元人特意把"曲"称作"词"，例如周德清《中原音韵》所附"正语作词起例"及"作词诸法"中的"词"，指的都是（元）曲。正因为词与曲的这种特殊亲密关系，所以几乎所有的元"曲"作家都善于填词，这绝不是一种偶然现象。

第三节　元人剧曲（杂剧）和散曲

上文已经说明，元曲主要分为散曲和剧曲两大类。关于剧曲，因为它是元曲的主要部分；并且剧曲中的"曲"和"词"，跟散曲是同胞兄弟，有些曲牌并且是彼此公用的。所以虽然已超出本书研究范围，于此也不得不对剧曲略为涉及。

一　剧曲（杂剧）

（一）我国戏剧成长的曲折道路

戏剧本是文学大家庭中的主要角色之一，它在电影产生之前，是社会娱乐和群众教育方面非常重要的手段。几乎在许多民族的文学史中，戏剧都发源甚早，并有其辉煌的经历与特殊地位。作为西方文化代表的古希腊，早在公元前5世纪就出现了"戏剧"一词，用以指节日里谢神和庆祝等场合所表演的有故事内容的娱乐活动。人们按照其内容把它分为悲剧和喜剧等类别，并产生了有关的理论、著名的作家和大批不朽的作品。从此戏剧就成为风靡一时的文化娱乐项目，剧本成为重要的文学作品。这种传统为罗马和后来欧洲诸国所继承。

值得探讨的是，在我们中国，诗歌、辞赋、散文等文学品种，很早就取得了自己的地位。唯独戏剧，在重视文化活动的古代中国，却数千年中竟然未曾丝毫引起重视，甚至很少有人提及，当然更不会把它放在文学作品之列。这显然不能够单纯从经济发展程度或阶级结构等因素中去找原因；因为古希腊、罗马及中古欧洲，其社会的基本面貌是远不如唐宋时代中国发达的。

根据研究，世界各民族的歌舞戏剧大多是起源于节日里的"祭神赛社"活动,人们以此"娱神"和取乐。这种活动在中国也不例外,至少在春秋战国时期,人们便有了"祭神赛社"的风俗,所以《论语·乡党》中有"乡人傩"的说法,《吕氏春秋·季冬》有"命有司大傩"的记载。据考证,"傩"就是在冬季驱逐阴气和疫鬼,以迎接阳气和康乐的祭祀和娱乐活动,并发展为汉代的"傩舞";至今有的地方特别是少数民族地区还有"傩戏"。

此后历代都有关于类似原始戏剧的记载,如秦汉时代的"角觝"、"百戏"(摔跤、杂耍),乐府中的"拨头"戏,南北朝或唐代的"踏摇娘"(大约指女演员踏步摇首歌唱)、参军戏,两宋的杂剧(院本)、"诸宫调",等等。这些记载每每把杂技、摔跤和故事说唱等项目混淆在一起,但是它们都没有很快发展成为正式的戏剧。为什么?这只能从中国人传统的文化观、文学观当中去找寻原因。

中国文化的发展,一向都是由中央的文化政策和行为导向起支配作用的。周朝尊重《诗》,汉魏注重辞赋、乐府,唐宋以来以诗文取士;所以诗文尤其是诗歌便在朝野上下占有特殊重要的地位。至于文章、文学,两者长期被混淆在一起。早在春秋时期,人们就把"立德、立言、立功"当做人生"三不朽"的盛事(《左传·襄二十四年》)。孔子在言行中多次强调"文"的作用。曹丕则明确宣称:"盖文章,经国之大业,不朽之盛事。"(《典论·论文》)如此累世相传,就使得"诗""文"占据绝对优势。至于专供娱乐之用的戏曲,虽然在宗教与日常生活中不可缺少("杂剧"一词早在中唐即已出现,并且至少早在宋代就已经略具规模),但却一向被认为是"不登大雅之堂"的细微末事,不能够与诗文相提并论,是文人所不屑为的事情。有时政府甚至还下令禁止"戏文"。戏剧因为没有自上而下的提倡,所以就长期自生自灭。只是到了元朝,当许多传统观念从根本上发生动摇,城市乃至朝堂被世俗社会的文娱需要所支配时,被压抑已久的戏剧这才乘虚而入,在辽金"诸宫调"、"院本"等的基础上,发展成为社会的主要娱乐项目和文坛主角——元杂剧。

即令是这样,戏曲作家在当时仍然没有很高的社会地位,不能与古代的司马相如、陶渊明、李白、杜甫 、韩柳欧苏等大人物相比，不会在"文苑"、"儒林"等正史中为他们立传。元代的钟嗣成在替当代百余名杂剧、散曲作家写小传时，竟把他们与"高尚之士，性理之学"对立起来，并且把书名叫做《录鬼簿》，这恐怕是指所录都是些名不见经传、不为社会所重视的"鬼才"。作者当然不会很轻视这些人，否则就不会为他们立传了；但是从《录鬼簿》的命名，可以看出当时中国戏曲家所受的不公平待遇，只是到了现代，人们才把关汉卿等人尊崇为伟大的作家。

以上可以说是中国戏剧发展辛酸史的掠影。

（二）剧曲基本知识简介

前已说明，元曲一般都被分成散曲和剧曲两大类。散曲是一种新兴的格律诗，剧曲是用此种格律诗写成的成熟了的中国歌剧。戏剧不是本书的研究范围，但因为与散曲血肉相连，所以对与它有关的基本知识，也在此简要地加以介绍。

1. 发展源流

元人剧曲通称"杂剧"，它虽形成并且盛行于元代，但并不是在元朝突然诞生，而是在前朝有关的文娱活动基础上逐渐成长起来的。本来由简单的说唱到演绎复杂的故事，由"叙事体"（说唱者以第三者身份介绍故事情节）到"代言体"（说唱者以代表故事中角色的身份发言），这本是只有一步之差，很容易度过的。再加上歌舞音乐的配合，便很自然地就演变成了歌剧。

早在唐宋时期，曲艺中就有"说书"（只讲故事不唱）和"弹词"（说唱兼备并有简单乐器伴奏）等项目。弹唱中的"鼓子词"、"唱赚"（底本为赚词）、"诸宫调"较为发达，能演唱比较复杂的情节。其中的"诸宫调"与元人剧曲关系最为密切。"诸宫调"又名"挡弹词"，在宋、金时代便已流行。顾名思义，所谓诸宫调是指在音乐上使用可以相协调的多种"宫调"（即今天的"调式"）组成的一种说唱艺术。其构成方式是：选取同一种宫调的若干曲牌，组成"短套"；视内容长短的需要，再用音乐上相协调的其他宫调所组成的若干短套与之相结合，这样就可以组成数万言的长篇，演绎情节复杂的长篇故事。金人董解元的《西厢记诸宫调》（又名《董西厢》）就是现今硕果仅存的极为有名的诸宫调之一。元人王实甫的不朽名著，《崔莺莺待月西厢记》就是以《董西厢》为蓝本写成的。

诸宫调的这种使用互相协调的曲牌，有说、有唱、有伴奏地表演故事的方式，本已长期为社会所赏识，于是在元曲兴旺发达的时候，其演唱方式便几乎完全为元人杂剧所继承。

但是，诸宫调的形式究竟还嫌太简单了一些。为了表演复杂的内容，于是元人杂剧在体制等方面，又从宋金杂剧（院本）那里吸收了宝贵的营养。

宋、金的早期曾流行"官本杂剧"，后发展成"院本"，也就是宋"杂剧"（请注意，院本和杂剧这两个词，历史上曾有多种用法），它一般由五人表演，所以又名"五花爨弄"。院本有"宾白"（说白），有演唱，有舞蹈，有"科"（动作指示）"诨"（打趣）。它的体制大，篇幅长，变化多，适宜于表演复杂情节。这就给元人杂剧提供了很好的框架。宋金院本的原作可惜没有流传下来。但现在所存的七百余种院本剧目中，有许多与元杂剧相同。仅此一端，就可以看出两者的血缘关系。

可以说，元人杂剧是直接在诸宫调和宋金杂剧的基础上生长出来的：杂剧的框架，诸宫调的音乐曲调。

元人先后征服北方和南宋以后，由于国势兴盛，上下爱好，元曲（杂剧）就在全国流行，成为一代文学的代表和我国文化成果中的瑰宝。

元杂剧于至元—大德年间（1265—1307）最为兴盛，以大都（今北京）为中心。一时名家辈出，名著纷呈。其中关（汉卿）、王（实甫）、马（致远）、白（朴）的剧本，如《窦娥冤》、《望江亭》、《西厢记》、《汉宫秋》、《祝英台死嫁梁山伯》（轶）、《唐明皇秋夜梧桐雨》等，经过后人改编，至今长演不衰。人们把这一阶段算作前期。此后重点南移，以临安（杭州）为中心。这一阶段称为后期，作家不少，但已失去当年锐气，平庸作品较多，但其中如《倩女离魂》、《陈州粜米》

等也还很受欢迎。

根据记载，前后期的剧本当不少于六百种，流传下来完整的有 162 种，作家 107 人，内纯剧曲作家 60 人。无名氏及其作品尚未列入。

2. 主要程式

元曲在前代说唱艺术的基础上，吸收前人的做法并加以发展。具体说来是：使节目由叙事体改变为代言体，即改变为让演员以剧中人的身份说话行事；唱功之外，加上"宾白"（道白、说白），"科介"（关于动作、表情、效果的指示）；每剧（出）四折，限制折数的目的也许是想使剧情紧凑。每折由同一宫调的若干曲牌组成。这些曲子可以是一个套曲，也可以是几套。每套"只曲"的多少，视内容需要而定，可长可短。"只曲"（各个曲牌）在"套曲"中的选择和排列次序也有一定的规则，并且不是每个散曲的曲牌都可以用于剧曲套曲中的，这正如不是剧曲中的任何曲牌都曾被用以谱写散曲一样。但是有关套曲使用的详细规则似乎不见有人具体列出。每套一韵到底，并且每折由一人（该折戏文中的主角）独唱到底（这样做当时也许认为对突出主要人物有好处）；必要时可在开头或中间加上"楔子"（短小独立段落）。如仍意有未尽，还可以在末尾加上类似前腔的"幺篇"。最后有概括全剧内容、叫做"题目正名"的诗句（2—8 句）作为结尾。但是这些程式正如欧洲戏剧古典主义中的"三一律"（即每剧限于"一个事件，一个整天，一个地点"）一样，一旦把它们绝对化了就必然成为创作上的桎梏。所以，王实甫在写《西厢记》时便大胆打破了这种清规戒律，使用了五本二十一折。元人杂剧后来吸收"南戏"的优点，程式变得比较灵活：折数可多可少，音乐可以使用多种宫调相配合并且南北合套，演唱形式灵活多样，题材比较接近生活。至于流行在南方的"南戏"，明清的"传奇"，更是只学习杂剧的优点，而摆脱其陈规的限制，从而使中国的戏剧得到了进一步的发展。

（三）剧曲的成就和影响

元人杂剧的成就与影响是多方面的。

首先，它在前朝的基础上，建立了新型的文学体裁和给社会提供了重要的新式娱乐项目。中国的戏剧经过长期的彷徨与摸索，至此终于发展成熟，可以屹立于中国与世界文坛，与其他种类的文艺作品争奇斗艳。

　　值得特别指出的是，元人杂剧是用具有严格音乐要求的格律诗（元曲）所写成，即每折必须是由属于同一宫调的多种曲牌组成，折与折间的宫调也须协调。这在中外文坛上是既属空前的，也是绝后的。

　　所谓空前，是查遍人类历史，还找不出通篇用格律诗撰写的戏剧来。古希腊悲喜剧偶有用分行诗的，但本书在第三、四、五章曾指出，在世界文坛，找不出像唐诗、宋词、元曲那样严峻的格律诗来，更谈不上用这种严峻的格律诗来谱写剧本了。名高千古的莎士比亚的剧本，大部都是无韵诗，小部是散文，只有极少部分才是押韵的排偶体。这与通篇使用格律诗相比，其困难程度相去不可以道里计。欧洲19世纪前期曾经一度流行过诗剧，但是这类诗剧，不仅不是通篇使用格律诗，并且大多数剧本仅供书面阅读，不能上演，也很少听说有不朽名著。怎比得元人杂剧独步剧坛二三百年之久，名著迭出，有些剧本中外驰名（如《赵氏孤儿》就曾被欧洲大文豪伏尔泰、歌德所模仿改编），并且一直被此后国内的各个剧种所继承，迄今还存活在舞台之上。

　　所谓绝后，指的是此后中国的许多剧种，虽然因受元人杂剧影响，其唱词也大都有点像是诗剧；但是却再也找不出像元曲那样通篇使用格律诗的剧本来了。当初元曲作家之所以能够做到，是因为元人小曲，形式灵活多样，可以加入衬词，平仄、韵脚宽松，并且已经广泛流行。其唱法既为演员所熟悉，其作法也是戏曲作家所擅长，而尤其重要的是这种曲调已为朝野上下所乐于接受；因而作家没有采用句式单调的唐诗和格律苛刻的宋词，而是使用元曲。这样的时代已经一去不复返了。我深信今后绝不会再有由一种曲调征服朝野的局面，也不会再有人干那种吃力的蠢事，用格律诗写剧本；也很难有人具备这种本领。不信你再细细翻阅《西厢记》、《窦娥冤》、《望江亭》等剧本中的某些名段，品味那种用格律诗表达细腻思想感情和生活情节的美好语言，必然会一唱三叹；不仅拍案叫绝，也当叹为观止！

其次是元朝从下层社会产生了大批优秀作家和不朽作品。这些戏剧比较全面地反映了当时的社会现实，深入揭露了社会矛盾和发掘了人性中最本质的东西。特别是利用史实或现实故事，讽刺了暴君佞臣，贪官污吏；控诉了社会不平，歌颂了反抗斗争；并且让小人物登上舞台，成为正面人物。这些都是难能可贵的重大成果。

元人杂剧和受其影响的其他剧种，留下来的剧本和残篇，不下三千多种，可谓丰富已极。许多名作，被国内各个剧种所移植，所改编，一直成为教育群众和娱乐社会的重要精神食粮。元代以来所留下的许多好的作品和题材，还有待我们进一步去发掘。

但是，由于作家的立场不同和统治者的蓄意干预，元曲中也有许多宣扬封建思想、神鬼迷信的糟粕。此外戏剧作家由于迁就观众中的小市民气息，剧本内容中也杂有不少低级或黄色的东西，特别在插科打诨时是如此。这些都需要加以扬弃。

二　散曲

如前所述，元曲的主体是剧曲即元人杂剧，但是一般文人们所说的元曲，往往是指像唐诗宋词那样，在社会上以书面形式流行和传诵的散曲，而不是指杂剧。元代以后人们也很少有接触杂剧的机会。本章由于是从格律诗的角度着眼，因而也就很自然地以散曲为重点。

关于散曲，本章第一节已有简单说明。为深入具体地了解其规律，现在再进一步加以介绍。

散曲指单独流行而并没有组编到戏曲中的零散的曲子（只曲），它既可以是单个的曲子，也可以是由两个以上的曲子所组成，即"带过曲"和"散套"。当时及此后的文人们，拿它像前人对待诗词一样，用以叙事、写景、抒情。它与剧曲的主要区别为衬词较少而且不带"宾白科介"。

元朝风靡一时的文学现象虽然主要是剧曲（杂剧），但散曲也同样在社会上广泛流行，大有取代传统诗词之势。不过因为元朝统治的时间短，而且没有科举考试的推动和众多文人酬唱等社会背景的支持，所以并不像诗词当年那样有众多的流派和尖锐的争论。社会上流传的散曲，也大多是出于三种人之手，即：上层士大夫、戏剧界剧作家和下层文人与失意官吏。因而其所表现的内容和风格也很不一样。散曲的发展，大致说来也和杂剧一样，可以分为前期和后期。大德初年（1300）之前为前期，以大都（北京）为中心，作品受北曲影响较大。此后为后期，以临安（杭州）为中心，受南方歌曲和传统诗词影响较深。

　　现存元人散曲缺乏精确统计，估计不下几千首，有曲牌294个以上，曾留下姓名的作家220人，而以卢挚、王和卿、张养浩、马致远、张可久、乔吉、贯云石、睢舜臣（一作景臣）、姚守忠、刘时中等人的作品较为有名。明代散曲也很流行，清代也有人写作，但都不如元人散曲在文坛上占有重要地位。

　　人们习惯上一般把散曲分为三种。

（一）小令

　　"令"作为一种短小歌曲的名称，第五章第四节第一条第一款已经有所论列，说明其来源大概与唐人行酒令时，即席所作短诗有关。后来多用以指短小的"词"作。令也称小令、令曲，其前如有牌子则简作"令"，如"词"中的《十六字令》、《如梦令》；"曲"中的《折桂令》、《叨叨令》等。小令是词、曲中短小的"歌词"和"曲调"。音乐上大约每片（阕）四拍，一般都比较短小。也有字数较多的，如宋词《六幺令》有96字，《百字令》有100字。

　　前已指出，有人曾把宋词按字数多少分为小令（58字以内）、中调（59—90字），长调（91字以上），但这也只是一种不得已而为之的大致归类而已。元曲主要是由当时的民歌，特别是北方入侵游牧民族的民歌发展而来的。一般来说，这些民歌都是短小精练的。如果为了表达复杂的内容，短小民歌篇幅不够用时，人们便使用把多个短曲连接起来的办法，这就是下面所要介绍的"带过曲"、"散套"和剧曲中的"套数"。所以单支的元曲，无论是散曲还是剧曲，篇幅都是很短的。

　　元人的小令，是真正意义上的"小"令，一般都是25—50字，也就是说其长度大致在一首七言绝句和律诗之间。除掉衬词以后，有些小令乍看起来与（宋）词几乎很难区别。元曲很少有像宋词那样百字上下的中长调。一般都不分段。个别小令可以分段，其标志为在两段之间空格，并在下段之前用带括号的"幺"字——（幺）——加以表明。"幺"即"幺篇"、"重复"之意，因为下段在语言结构上与上段相似，音乐上也应该是与上段相同或略加改变后的重奏。

元曲因每个"只曲"的篇幅较短，为了表现较复杂的内容，一般采取以下几种方式加以弥补：

①使用2—3个小令组成带过曲。

②使用三个以上的小令组成"套曲"，又称"套数"，在散曲中则称"散套"。

③采用"重头"的方式，将同一小令连续使用。

④使用衬词。一般说来，由于表现复杂情节的需要，曲剧中使用的衬词，要远比散曲多。

衬词太多时，往往会酿成喧宾夺主的形式，使曲子失去其音乐美。本附录中关汉卿的散套《南吕·一枝花不伏老》即其一例。因此我们在使用衬词时应该慎重。

元人散曲以小令流传较广，其中马致远、卢挚等人的作品最为有名。这里仅略选几首以作示范之用：

越调·天净沙

秋思　　　　马致远

枯藤老树昏鸦，小桥流水人家。古道西风瘦马，夕阳西下，断肠人在天涯。

中吕·山坡羊

潼关怀古　　　　张养浩

峰峦如聚，波涛如怒，山河表里潼关路。望西都，意踌躇，伤心秦汉经行处，宫阙万间都作了土。兴，百姓苦；亡，百姓苦！

有时可以把同一曲牌的两支以上的小令连接在一起,用韵可以互异,但句法完全相同。例如关汉卿有四首《双调·大德歌》写春、夏、秋、冬的闺中思念之情,人们只把它们看做并列的一组小令,而不看做是带过曲或散套,因为后二者是由不同的曲牌组成。这种连用的小令,其数目甚至可以多到几十乃至上百首,用以讲述长篇故事。例如有人用100首《小桃红》吟咏西厢记故事。这样连续使用的小令叫做"重头",就好似同一词牌的小令,或者同一格式的绝句连续使用一样。好在这只是一种比较少见的情形,不必多加讨论。于此请注意,唐宋词中的上下阕句式全相同的也叫"重头"。

(二)带过曲

当作者觉得一支小令字数太少,难以表达较为复杂的内容时,可以带上一或两支音调相协调(宫调或管色相同、音律相协调、韵脚相同)的小令。这种组合名叫"带过曲",即由一支小令将另一两支带过(进)来。初期只北曲有此现象,后来南曲也相仿效,并且可以与北曲互带,于是便有北带北、南带南、南北互带等现象产生。带过曲一般写作"某某曲带(也作'过'或'兼')某某曲",也有仅仅依次写下各曲的名称,中间不加"带"、"过"等字样的。带过曲是否可由作者按音律自由组合,并无定论。不过从现存选本看来,带过曲的组合形式大多相同,想必是有某种定式的。典型的带过曲如:

齐天乐带红衫儿

道情　　　　张可久

浮生扰扰红尘,名利君休问:闲人,贫,富贵浮云;乐林泉,远害全身。将军,举鼎拔山,只落得自刎。学范蠡归湖,张翰思莼。田园富子孙,玉帛萦方寸。争如醉里乾坤。

曾与高人论,不羡元戎印。浣花村,掩柴门,倒大无忧闷。共开樽,细论文,快活清闲道本。

此处作者虽未写出带与被带的只曲的曲牌名字,但经过查考对比,显然前三行是《齐天乐》，后两行是《红衫儿》。

南吕·骂玉郎带感皇恩、采茶歌

闺情　　　曾瑞

才郎远送秋江岸，斟别酒，唱阳关；临岐无语空长叹。酒已阑，曲未残，人初散。

月缺花残，枕剩衾寒。脸消香，眉蹙黛，鬓松鬟。心长怀去后，信不寄平安。拆鸾凤，分莺燕，杳鱼雁。

对遥山，倚栏杆，当时无计锁雕鞍。去后思量悔应晚，别时容易见时难。

在现有一般选本或专辑中，带过曲标题仅写作"某某曲带某某曲"，而不在正文中把两（或三）支曲子区别开来。这就需要读者，特别是仿此作曲的人，参照多个曲牌和选本，仔细加以分辨，弄清楚各个曲牌的句式结构，彼此的分界；而不要一锅端地依样画葫芦，以免出错。

带过曲一般都只带一两只小令，并且使用同一韵脚。所带子曲太多即变成了下述的"散套"。

（三）散套

散套又称"套数"、"套曲"，指的是音乐相协调的多只小令组合在一起，即组成一套，以表达比较复杂的内容或讲述某种故事。前人习惯上大多是使用同一宫调（即"调式"或管色相同）的一组曲子。散套中的各个曲牌须分别标出。并且必须一韵到底，且叙说同一故事或事物。

如果是多次使用同一曲牌，则不须重写曲牌名，而用"N煞"表示重复 N 次，并且用倒计时的方式标明，例如重复使用三次，则写作"三煞""二煞""一煞"。然后用"煞尾"或"尾声"结束。煞尾（尾声）由不同于前面格式的韵语组成，似无规定格式。有的套曲结尾先有《隔尾》然后再加《尾声》。

"散套"的"只曲"数目多少并无定规，视内容需要而定。最短的只有 3—4 个，如《南吕·一枝花》多由《一枝花》、《梁州》（或用"梁州第七"、"小梁州"）和《尾声》组成，有的在《尾声》前另加《隔尾》。"只曲"多的可以长达一二十个。如刘致的《正宫·端正好上高监司》即有 15 个只曲之多。

剧曲与散曲套数中"只曲"的排列次序大都彼此相同，如《骂玉郎》与《感皇恩》、《采茶歌》总是依次排列在一起。这显然是与音乐上的相互协调有密切关系的。

现举两个散套例子如下：

般涉调·哨遍

高祖还乡　　　　睢景臣

【哨遍】社长排门告示：但有的差使无推故。这差使不寻俗。一壁厢纳草除根，一边又要差夫，索应付。又言是车驾，都说是銮舆，今日还乡故。王乡老执定瓦台盘，赵忙郎抱着酒葫芦。新刷来的头巾，恰糨来的绸衫，畅好是妆幺大户。

【耍孩儿】瞎王留引定伙乔男女，胡踢蹬吹笛擂鼓。见一彪人马到庄门，劈头里几面旗舒：一面旗白胡阑套住个迎霜兔，一面旗红曲连打着个毕月乌，一面旗鸡学舞，一面旗狗生双翅，一面旗蛇缠葫芦。

【五煞】红漆了叉，银铮了斧，甜瓜苦瓜黄金镀，明晃晃马蹬枪尖上挑，白雪雪鹅毛扇上铺。这几个乔人物，拿着些不曾见的器仗，穿着些大作怪的衣服。

【四煞】辕条上都是马，套顶上不见驴，黄罗伞柄天生曲。车前八个天曹判，车后若干递送夫。更几个多娇女：一般穿着，一样妆梳。

【三煞】那大汉下的车，众人施礼数。那大汉觑得人如无物。众乡老展脚舒腰拜，那大汉挪身着手扶。猛可里抬头觑，觑多时认得，险气破我胸脯。

【二煞】你身须姓刘，你妻须姓吕。把你两家儿根脚从头数：你本身做亭长，耽几盏酒；你丈人教村学，读几卷书。曾在俺庄东住，也曾与我喂牛切草，拽耙扶锄。

【一煞】春采了我桑，冬借了俺粟，零支了米麦无重数。换田契，强秤了我麻三秤；还酒债，偷量了我豆几斛。有甚胡突处？明标着册历，现放着文书。

【煞尾】少我的钱，差罚内旋拨还；欠我的粟，税粮中私准除。只道刘三：谁肯把你揪捽住？白甚么改了姓、更了名，唤做汉高祖？

这是一支很有名的套曲，作者设想汉高祖还乡时农民思想上的反应，从而揭露了人们把帝王神化的无稽，表达了自己对封建帝王的蔑视。曲中的内容显然不可能是事实，因为当年衣锦还乡时的刘邦，不可能使用死后的谥号，"唤做汉高祖"。

从格律诗的角度，这里是以本篇作为散套的一种样板而引用的。因为它告诉我们，元人散套中当某支曲牌重复使用时，便不再标明曲牌，而用"倒计时"的方式，说明此曲牌将重复几次。这里开头用"五煞"，就是说此曲牌将重复五次。

另一种与此相类似的方式是，当将同一曲牌稍微修改变化后连续使用时，则按通常顺序说明将改变（转变）多少次，叫做多少"转"。例如无名氏杂剧《风雨像生货郎旦》中第四折《转调货郎儿》后面有"一转"至"九转"，就是说同一曲牌修改使用了九次，最后才是"煞尾"。不过这种形式比较少见。至于具体如何转法，则该曲自有说明。

为了让读者熟悉散套，现再举一例如下：

正宫·端正好
上高监司（前套节选）　　　　刘致

【端正好】众生灵、遭魔障，正值着时岁饥荒。谢恩光拯济皆无恙。编作本词儿唱。

【滚绣球】去年时正插秧，天反常，那里取若时雨降？旱魃生、四野灾伤。谷不登、麦不长，因此万民失望。一日日物价高涨：十分料钞加三倒，一斗粗粮折四量，煞是凄凉！

【倘秀才】殷实户欺心不良，停塌户瞒天不当。吞象心肠歹伎俩：

谷中添秕屑，米内插粗糠，怎指望他儿孙久长！

【滚绣球】甑生尘，老弱饥；米如珠，少壮荒。有金银、那里每典当？尽枵腹、高卧斜阳。剥榆树餐，挑野菜尝。吃黄不老胜如熊掌，蕨根粉以代餱粮。鹅肠苦菜连根煮，荻笋芦莴带叶哐。则留下、杞柳株樟。

【倘秀才】或是捶麻柘稠调豆浆，或是煮麦麸稀和细糠。他每早合掌擎拳谢上苍。一个个黄如经纸，一个个瘦似豺狼，填街卧巷。

【滚绣球】偷宰了些阔角牛，盗砍了些大叶桑。遭时疫无棺活葬。贱卖了些家业田庄。嫡亲儿共女，等闲参与商，痛分离是何情况！乳哺儿没人要撇入长江。那里取厨中剩饭杯中酒，看了些河里孩儿岸上娘。不由我不哽咽悲伤！

【倘秀才】私牙子船湾外港，行过河中宵月朗。则发迹了些无徒米麦行：牙钱加倍解，卖面处两般装，昏钞早先除了四两。

【滚绣球】江乡前，有义仓，积年系税户掌。借贷数、补答得十分停当，都侵用过将官府行唐。那近日劝粜到江乡，按户口分给月粮。富户都用钱买放，无实惠尽是虚桩。充饥画饼诚堪笑，印信凭由却是谎。快活了些社长知房。

【伴读书】磨灭尽、诸豪壮，断送了些闲浮浪。抱子携男扶筇杖，尪羸伛偻如虾样。一丝游气沿途创，阁泪汪汪。

【货郎】见饿殍成行街上，乞出拦门斗抢。便财主每也怀金鹄立待其亡……

【叨叨令】有钱的贩米谷、置田庄、添生放，无钱的少过活、分骨肉、无承望。有钱的纳宠妾、买人口、偏兴旺，无钱的受饥馁、填沟壑、遭灾障。小民好苦也么哥，小民好苦也么哥！便秋收，鬻妻卖子家私丧。

　　　　……

散套由于可长可短，方式灵活，便于表达较复杂的思想和情节；元人曾利用这种形式，写有不少名篇，为后人所乐于传诵和仿作。

第四节　谱(写元)曲的基本规律

一　(元)曲写作上的某些突出特点

(一)(元)曲是比较容易谱写的古典格律诗

元曲是我国古典诗歌中谱写起来,既有其比较容易的一面,同时又有比较困难一面的一种格律诗。

说比较容易,是因为(元)曲是宋词的"解放体"。前已说明,词在句式长短、字数多少、押韵方式等方面,已较近体诗灵活。但即使如此,词的每阕仍然有它自己的定规。(元)曲则在多方面进一步加以解放:平仄不拘,对仗要求甚为宽松;四声通押,但习惯上以平、上为一类,去声为另一类;句子的长短可以通过使用衬词的方式来加以改变和调节。简言之,元曲是宋词的自由化、通俗化、口语化、衬词化,谱写起来比较轻松容易,仿佛写某种顺口溜一般。也正因为如此,元曲谱写起来有些像现代的流行歌曲;但是,由于格律宽松,写作起来难免容易犯轻佻粗俗的毛病。加以元朝国运不长,元曲流行的时间甚短,所以不曾产生众多的像李白、杜甫、李商隐和苏东坡、李清照、辛弃疾等人那样的大作家,也缺乏大量的或庄严宏伟,或委婉清丽的优秀作品。

(二)(元)曲谱写时的特殊困难

说元曲谱写起来又有其困难的一面,那是因为如下的原因。

1.(元)曲与音乐关系特别密切

元曲在当时都是要用于演唱的,因而与音乐的关系密不可分。谱写的人必须熟悉音乐,才能够审音度字,使之便于歌唱。

本书第五章第七节第一条已经说明,由来配乐的歌词不外两种情况:一种是"**选词以配乐**",一种是"**因乐以定词**"。由于事关紧要,特于此再行申述一次。

选词以配乐:即先撰写好美妙的歌词,然后再替歌词配乐,也叫"填腔"。按理这应该是歌词和相应的曲调产生的最正常、最根本的环节。一首好的歌曲,首先须有出自大家之手的名篇,再由音乐家按照内容要求去替它配乐。这时音乐应该为歌词服务，没有什么这个词好唱，那个词不好唱、要修改的问题。作曲人的任务就是按照歌词的需要，配上协调的音乐。当然作家本人也应该懂得音乐，避免使用拗口难唱的词语。即使是到了当代，歌曲的制作过程也大多是如此，即一般都是先有歌词，然后再由作曲家配上音乐。所以有人说："曲有三要：文人之作词，名（音乐）家之制谱，伶工之度声。"也就是说文人歌词经作曲家制完曲谱之后，还要请歌唱家试唱，看是否和谐悦耳。

因乐以定词：自从有乐府诗以来，"诗、词、曲"在更多的情况下，是"因乐以定词"。几乎所有的乐府诗、宋词、元曲都是如此，即所谓"依声填词"，简称"填词"。这里的声指音乐，而不只是平仄。填写时除了要使语言内容与（词牌、曲牌的）音乐相协调，不犯下用哀乐谱喜庆，用军乐表闺情等错误而外，还要唱起来"上口"和"悦耳"。这时就不仅平仄要协调，而且口型的"开、合、齐、撮"乃至地方曲调中的"尖团音"都要讲求。前此讲宋词时就曾涉及一个有名的典型例子：南宋末年词人张枢"每作一词，必使歌者按之；稍有不协，随即改正"。于是将自己词中"琐窗深"的"深"字，因嫌不协，于是先后改为"琐窗幽"等字，最后定为"明"字。可是"琐窗深"（有连锁装饰的窗户，此时看去显得很幽深）与"琐窗明"的意思刚好相反。这显然是一种以声害义、本末倒置的形式主义的做法。诚然，诗、词重视逐字推敲锤炼，王安石把"春风又到江南岸"中的"到"字，先后改为"过、入、满"等十余字，最后定为"绿"字，色泽鲜美，生机盎然；千古传为美谈。但人们是夸他的善于选词以表意、写景、抒情，而不是说可以舍本逐末地咬文嚼字。元曲因为与音乐的关系远比诗词密切，作者尤其容易犯舍本逐末的毛病。

但是，元曲的音乐，虽然迄今可能还多少存在于昆曲等地方剧种之中，但社会上一般人久已对它毫无了解。今人学作元曲，早已摆脱了上述歌词与乐曲的种种关系，而是像写作律诗、绝句、古风和填写宋词一样，完全是把它作为格律诗之一种来看待的。只要内容充实，文字优美，音调悦耳就算合格，根本没有合乐与否的问题。加上字数、平仄、韵脚等方面的放宽,所以归根结底,元曲在古典格律诗中,还是比较容易写作的。

2. 参考资料缺乏

如上所述,元曲因为流行的时间短,其剧曲的成就虽然名高千古,但散曲的成就则远不能与宋词、唐诗、汉魏乐府相伯仲。不仅家喻户晓的作家有限,广为传诵的作品较少;并且由于口语化和民族杂处、方言众多;作者文化水平高下不一,错别字常见;加以缺乏当代乃至明清出版的、把"正文"和"衬词"加以区别,并且附有必要注释的选本,这就使得元曲成为虽然通俗,但又同时是最难彻底读懂和仿作的古典文学作品之一,此点几乎早已为当代语言文学大师们所公认。书肆上有关元曲规律与作法的成系统的书籍几乎没有。我们所比较容易收集到的有关"曲律"的书籍,如《中原音韵》中所附的"正语作词起例"及"作词十法"(元周德清著,有任中敏按语本)、《曲律》(明王骥德著)、《北词广正谱》(李玉著)、《戏曲论丛》(民国华连圃著)等,不仅为数不多,并且这些书所涉及的范围有限,缺乏完整体系。而特别令人感到不足的是,这些书多从戏剧而不是从格律诗的角度着眼。这与有关唐诗宋词格律的参考书籍连篇累牍,简直不可同日而语。因此,有志此道者必须付出加倍的努力,才能够掌握其规律。但是,初学者倘能从本节下述诸款着手,自不难摸索出门径。

二 谱(写元)曲的主要步骤

(一)选取适当曲牌

前已说明,曲有曲牌,正如同词有词牌一样。第五章关于词牌的解释,对于曲牌同样大致适用,因而不再对此多做说明。

元曲曲牌,据《中原音韵》所载有 315 种之多,再与散见于剧曲、散曲及其他种种别集中者相加,当大大超过此数。其中较流行者有:天净沙、小桃红、水仙子、山坡羊、四块玉、醉中天、满庭芳、凭栏人、醉太平、朝天子、殿前欢、叨叨令、落梅风、喜春来、耍孩儿、大德歌、胡十八、潘妃曲、双鸳鸯、一枝花、干荷叶、梧叶儿、锦橙梅、尧民歌、后庭花、寄生草、折桂令、采茶歌、清江引、迎仙客、一半儿、卖花声、阅金经、人月圆、沉醉东风、初生月儿等。有一些曲牌与词牌相似乃至相同，格式也相近似，如点绛唇、风入松、秦楼月等。也有曲牌与词牌字面相同或近似，而具体格式相差甚远者；也有两者字面上并无联系而格式基本相近者。这很可能跟词牌一样，是因为同一曲调有不同名称或者"又一体"的缘故。好在我们今天只是拿曲牌作为一种新型格律诗的格式来模仿，只需找到好的范本就行，而不必究其与词谱的关系。大致说来，北曲与(宋)词在牌名上彼此区别较大，南曲彼此较接近。

元人曲牌大多数都可以在散曲和剧曲中通用，如要孩儿、端正好等，有些则只用于剧曲或散曲中。这大约是出自偶然形成的习惯，并不见得有什么特别的理由。所以我个人认为，我们今天学写元曲，只要曲牌长短合意就行，不必管它曾经在散曲中使用与否。

至于带过曲与散套，一般资料上虽说要求音调协调、音律相衔接(宫调或管色相同)。但是，元人当时的音乐，消失已久。现存选本，在"带过"与"组成散套"方面，各家的搭配方式大多相同，如《雁儿落带得胜令》、《骂玉郎带感皇恩、采茶歌》等，似乎并非可以任意组合的。我们今日作曲，已与音乐无关，应该可以至少在同一宫调内任意组合，不过还是以借用元人在使用"带过"和"组套"时的现存方式比较稳妥。参阅本章第三节第二条第二款。

(二)识别、了解和正确使用衬词

1. 衬词的含义

"衬词"又称"垫词"，意即"衬托"或"铺垫"在规定的文字(正文)之前或其后的词，但是一般多放在正文之前。使用衬词是元曲最突出的特点之一。离开了衬词，光从字面上有时几乎很难把词与曲区别开来。例如有名的小令《天净沙》(此曲各家习惯上都不用衬词)，就与(宋)词的小令《如梦令》、《江南春》之类很难区别。当然，在多数情况下，由于用词和文风上的不同，作品是词是曲，还是不难鉴别的。

由于衬词在元曲中的特殊地位，我们对于衬词的含义、作用和使用时应注意之点，应该做一番较为仔细的研究。

2. 衬词的由来

人们为了表情达意的需要或甚至只是由于自己在吟诵时的习惯，往往于诵读或吟唱时，在格律诗（包括词曲）的正文之外加上一些词语。这些词语在加上与去掉之后，按理一般均不应该损害原文的含义。在元曲中衬词不仅常见而且众多，为与正文相区别，按照正规的格式，衬词应该用较小的字体，附在正文前后相应的地方，例如：

上文介绍小令时，所举张养浩《山坡羊潼关怀古》中"宫阙万间都作了土"一句，有八个字；在与其他同一曲牌的曲词查对比较之后，发现此句多了一个字。经推敲，可以肯定其中的"了"字为衬词，应该写作："宫阙万间都作了土。"

衬词的出现由来已久，而不是从元曲开始的。元曲的前导（宋）词一般本来是不用衬词的，但在演唱时难免歌唱者会自己临时把衬词加进去。这可以从"敦煌曲子词"中看出端倪。例如其中的：

　　枕前发尽千般愿，要休且待青山烂，水面上秤砣浮，直待黄河彻底枯。　　白日参辰见，北斗回南面；休即未能休，且待三更见日头。（《菩萨蛮》）

　　叵耐灵雀多漫语，送喜何曾有凭据！几度飞来活捉取，锁上金笼休共语。　　"比拟好心来送喜，谁知锁我在金笼里。欲他征夫早归来，腾身却放我向青云里。"（《蝶恋花》）

经过与他人相同词牌的作品比较，显见其中小号字体的"上"、"直待"、"且待"、"在"、"却"、"向"都是衬词，但是其中的"且待"、"向"等字去掉后，语义略嫌不够完整。

以上可见衬词的出现，早于元曲好几个时代。元曲产生后，加衬词便成为时尚，成为表情达意的重要手段和与宋词相区别时的基本特征。

我们不能肯定在敦煌曲子词以前，对于唐诗乃至古乐府诗，人们在演唱时是否曾经有过添加衬词的习惯，但我还记得小时在私塾中听老师摇头晃脑唱诵《阳关三叠》时的情景。他老先生反复吟诵道：

> 渭城那个朝雨是浥清尘，这个客舍青青是柳色新。劝君你当更进一杯酒啊，西去那阳关你就无故人！

有人甚至在诵读古典散文名篇时，也喜欢顺口添加一点东西。大概这是吟诵与歌唱时很容易发生的事情。不信试听京戏。有的演员喜欢规规矩矩、一字一句地演唱，有人则喜欢加进一些类似衬词的东西或者花腔。例如《四郎探母》：

> 杨延辉，坐宫院，我是自思自叹，
> 想起了，当年的事，我好不惨然！
> 我好比，那笼中鸟，它是有翅难展；
> 又好比，这潜水龙，久困在沙滩。

不管你喜欢还是不喜欢，演唱中有此一格则是不可否认的事实。元曲中使用衬词，就是这"一格"充分发展的结果。（以上可参阅第二章第六节第三条第一款）

3. 衬词的作用和特点

衬词顾名思义乃是陪衬之词，它在句中应该只起陪衬或辅助作用，但是实际上却可以补充语义，加强语气，甚至敷陈内容，而不完全是可有可无的东西。衬词一般可以区分为"附加性者"和"实质性者"两类，前者如被取消，基本上不会改变原文的意思。后者如被取消，就将改变含义或甚至不可理解。这不难从本章前后所引用的各种实例中看出。

衬词不可滥用，否则将会产生喧宾夺主、淹没正文和油腔滑调的缺点。一般说来，元人在散曲中使用衬词的时候较少，并且有人主张小令以不用或少用为佳。而在散套和剧曲（剧曲中都是套数）中，则不仅喜欢使用衬词，而且由于展现剧情的需要，非大量使用衬词不可。在许多场合，如果删去衬词，就会难以达意或产生误解。例如：前引杜善夫《耍孩儿庄家不识勾栏》二煞："一个装作张太公，他改作小二哥。行行行，说向城中过。……"如果取消衬词，就分不清谁是某种行为的主体。又如《西厢记·石榴花》：

> 大师一一问行藏，小生细细诉衷肠：自来西路是百乡。宦游四方，
> 宵居咸阳。先人拜礼部尚书多名望。五旬上因病身亡。平生正直无
> 偏向，只留下，四海一空囊。

如果取消衬词，则曲中"你、我、他"将发生紊乱，语义上也欠通顺完整。由此可见，元曲的衬词绝非可有可无之物；而在许多情况下，少了它，便不成文章。

衬词原则上应该是一些补充性质的词语，并且往往放在句首或某些关键词的前面，也偶有放在后面的。衬词一般念轻音，歌唱时应该轻轻带过，不占重要节拍。而且由于元曲歌唱时句末及重要停顿处无轻音，所以衬词一般都不放在句末及主要停顿处。衬词之放置在句中或附在关键词后面者多为虚字：了、着、将、把、也、又、的、里、般、来、这、那，也可以是实字如你、我、他及叠字。例如：

> 松了金钏……减了玉肌。（王实甫《西厢记》）
> 不是我兄弟行僳落，婶子行熬煎，向侄儿行埋怨。（李直夫《便
> 宜行事虎头牌》）
> 景濛濛不比江潮怒。（马九皋《山坡羊苦雨》）

元曲特别是散套和剧曲中的衬词，其字数可以从一个增加到 20 个以上。一、二、三字的我们已经在上文中见到，并且在各种选本中随处可见。现就四字以上再举几例如下：

4字：自从我在山林住，管总的我无礼数。

6字：自从那盘古时分天地，便有那汉李广养由基。

20字：我正是个蒸不熟、煮不烂，炒不爆、捶不碎、打不破、响当当一粒铜豌豆。（关汉卿《不伏老》）

元曲由于曲牌中字数灵活，有人认为虽正文也"字句不拘，可以增损"；而衬字多少又并无限制；这就往往造成衬字多于正文，以致喧宾夺主的局面。按理衬字应该读轻声，只不知当年演唱时是何种局面；但是后人诵读起来，有如一盆面浆，往往弄不清何者为正文，何者为衬词。这至少对于学习写作元曲的人来说，是一个大难点和误区。

4．正确使用衬词

要做到正确使用衬词，首先必须能够对于自己所选定的曲牌，准确区别其中何者为正文，何者为衬词。否则就会被原来的作者牵着鼻子走，不敢轻易增损一词，也不知道哪些是关键词语，这就不可能谱写出美好的曲子来。

如果能够找到有足够数量曲牌，并且把正文和衬词用大小不同的字体区别开来，那就可以拿它像"（宋）词"中的"词谱"一样看待，照曲谱填写就是了。可惜这种区别正文和衬词的曲谱坊间少有，我个人生平也不曾见到过刊载将正文与衬词加以区别标明的、载有有众多曲牌的通俗读物。希望今后能够有人像编撰《白香词谱》那样，编出一本有注释并区别正文和衬词的《元人曲谱》，则学术界幸甚。我个人因年过八旬而又有待完成的任务众多，仅抄录50题约80余支标明衬词的元曲作为附录，以供有兴趣的青年人参考。但这仅是初步尝试，难免有误。

然而在完善的曲谱出现之前，我们不能坐待时光飞逝而应该自力更生，另想办法。办法之一是：把你喜爱的同一曲牌的曲子，多找几首，然后逐句分析，自不难找出该曲牌的规定格式与字数来。然后按照正义的规定格式去填写，衬词则按需要加入，而不必受本书所选样板的限制。这样做，也偶然会碰到正文与衬词难以区别的情况。例如：

无名氏《尧民歌别情》前两句，　周德清认为应读作："怕黄昏忽地又黄昏，不销魂怎地不销魂？"愚按将两句理解为："怕黄昏忽地又黄昏，不销魂怎地不销魂？"亦无不可。因下文是："新啼痕压旧啼痕，断肠人忆断肠人。"统一作为上三下四（3＋4）的格式念来更觉顺畅。

又如：马九皋《殿前欢醉归》，第七句周德清认为是"打熬做文章伯"，其实读作"打熬做文章伯"当更为贴切。

但是，碰到这种情况时不必苦恼，只要能够弄清楚其基本句式及衬词的有无与多少即可，不必为某字是否为衬词多费工夫。

分清正文与衬词之后，填写时仍应注意，衬词最好是辅助性词语，数量上既不可多用，也不可滥用。

（三）注意平仄与对仗

元曲虽然号称平仄可以不拘，但周德清在其"作词十法"中依然为其"例词"（实即曲谱）的末句规定了平仄格式。因为他认为"诗头曲尾"，即认为曲的末句及每句的末尾词语最关紧要，不可平仄失调。"诗头"之说，我们在第三章中并未采纳或强调，但"曲尾"之说，既为曲家所重视，理当予以遵守，按照曲谱填写。

除开"曲尾"之说而外，个人在对名家名曲推敲之后，认为通篇注意尽量使用"律句"，绝对是元曲作家所喜好的共同习惯。因此，我们谱写元曲时，尽量遵守这一原则肯定是有益无害的。不信试看有名散曲，其中绝大多数都是合律的。我们前面所引用的名句也多是如此。例如"晓来谁染霜林醉"，"山河表里潼关路"（按《左传·僖二十八年》原文本作"表里山河"，此处显然是为追求律化而将其颠倒），"当时无计锁雕鞍"，"枯藤老树昏鸦"，等等。这是因为律化的句子，诵读时特别上口和入耳，自应尽量利用。但也不必为了过于追求律化而"因声害义"。例如前引白居易《长恨歌》中"行宫见月伤心色，夜雨闻铃肠断声"。要是在元曲中，因为不必太拘平仄相对，作者很可能会写作"断肠"，以与"伤心"相对，从而更加富有表现力。但作者却因为追求律化，使之与上句平仄相对，而狠心改作了"肠断"，也就是所谓"错综对"。是否果真如此，只能由白居易自己回答。但是我们今天谱曲，却完全可以既利用律化的优点，而又不为它所限制的。

对仗也是元曲作家所十分关心的问题。周德清在《作词十法》中第八条就是"对偶"，并指出"逢双必对"，还列出对偶的某些特殊形式。关于对仗，我们在第三章第四节已有详细论述，不赘。总之，碰到前人在曲谱中使用对仗的地方，也以照样使用对仗为佳。

（四）押韵新规

我国诗歌用韵的规矩有一段很长的演变历史，并且其趋向是由严到宽的。

六朝以前，很少见到关于诗歌用韵的明确规定。虽然早期汉语究竟分几个音调以及其演变如何，共分多少韵部等，颇多争论。但是从《诗经》以来的具体作品中进行归纳，大致是平声与平声、仄声与仄声相押的。偶有破格也无人指责，因为这时还没有形成"约定俗成"的用韵规范。

南朝特别是齐梁发现四声之后，诗人对于押韵才逐渐有了明确的要求与共识，并且有学者纷纷编著韵书。那时的押韵方式大致是平、上、去、入分别各自相押，但上去多通押。

到了隋唐，近体诗兴起，并且诗歌逐渐成为科举考试的重要项目；于是押韵问题就由俗成变成了官方规定，先后由官方和学者编订了许多诗韵书籍。这时韵部的划分极严；对于相邻近的韵部能否通用，往往还须由中央做出规定。这就是为什么古人各种诗韵分部那样多，致使今人无法理解的主要原因。当然这中间还有语音演变的因素在起作用；不研究语音学的后人，更是难以弄清个中原委。这些问题我们在第三章第五节已经探讨过了。

唐宋以来，对于诗词用韵的规定，大致是平押平，上、去通押，入声自成一类。

到了元朝，汉语语音已经发生重大变化，在北方官话中是，"平分阴阳，入派三声"。就是说平声已经分化为阴阳二声，而入声已经消失。所有入声字已经分别归入"（阴阳）平、上、去"三声（实为四声）之中。

元人在写古诗、律、绝和宋词时，其押韵方式与唐宋人无异。但在作曲时，则用韵的方式大为解放，可以阴阳上去四声通押，不过习惯上把去声别作一类，尽量不与阴阳上相押。

因此，元人的韵书，将同一韵母的四个声调的字合为一部即一辙，共是"十三辙"。辙就是韵脚的意思，俗话把"合韵"叫做"合辙"。

元人的十三辙一直为中国各个剧种所采纳。元朝时，北方语音已经与今天的普通话十分相近。现今书肆有先由中华书局试印，后经上海古籍出版社出版的《诗韵新编》，其分部与十三辙基本相同（该书附有两者的对照表）。所以我们今天试作元曲，只要以《诗韵新编》为参考就可以了。但是注意，为了尊重元人的规定，尽量把"去声"别作一类，并且注意每曲收尾时的声调，尽量使与曲牌的原声调相同，以示尊重"诗头曲尾"之旨，这种办法应该是比较可取的。不过如果难以兼顾，我想可以不去管它；但是在写作时，仍然要尽可能以同样的声调相叶，听起来较为悦耳。

现存名家的散曲，一般都是经过锤炼和挑选的。在没有把握时，平仄、韵脚和衬词的安排，尽量以他们的样板曲子为模式，大约是不会见笑于大方之家的。

（五）写作时应注意之处

以下所述各点，只能算是注意事项，而不是必须遵守的规则。

*元曲虽然在字数、平仄、韵脚等许多规则方面，与传统诗词相比较，都已经大大放宽，但它毕竟是有名的古典诗歌的一种。因此，前此本书所述有关诗词炼字炼句的规则和箴言，对于写作元曲，也都是完全适用的。写作时虽然"欲其流利轻滑而易解，不欲其怪刺艰涩而难吐"（王骥德语）。但是，切不可因为规则放宽了，就随便胡乱打油，弄出像街头巷尾那种粗俗的顺口溜来。写顺口溜当然是可以的，但最好是别冠上一个曲牌，并且名之曰"（元）曲"。

*元人论曲时，常常强调应该重视"务头"。所谓务头是戏剧和曲艺方面的行话，其来源已不可考，其含义各家又众说纷纭，大概是指语言上最紧要、精彩和动听之处，或声调与音乐上最美妙之处。对务头处理的好坏，被认为是作者水平高下的试金石。由于现今元曲已与音乐分

离，加上务头所指不明，学写的人可以不去理它。但是如果某些曲牌或作品已经明白指出何处是务头，则应特别留意；须在声调、语法结构上仔细琢磨，尽量模仿，切勿轻率下笔。

*宋词、元曲都有所谓"自度曲"。这是指当作者不满意于现有词曲牌子时，可以自己另行构建适合自己要求的框架。元曲中这种现象更容易发生。

撰写自度曲时，不可任意下笔；而必须使所编的新曲，能够做到句式长短交错、声调抑扬顿挫，具有和谐的音乐美，而不是押韵或不押韵的分行散文。

第五节　元曲的影响

这里所谓的元曲，当然是指包括剧曲和散曲在内的元曲整体，然而两者给予当时和后世的影响是既互相关联而又互不相同的。

首先要提到的是剧曲在当时和对后世的重大影响。此点我们在第二章第七节第三条和本章第三节第一条已经有所论列，那就是：

元人剧曲（杂剧）使长期遭受压抑的中国戏剧，在挣扎了千百年之后，终于趁国家政治、经济、文化发生空前大变动之际，成长壮大起来，挤上了文化和社会生活的大舞台，成为中国文坛的重要角色之一。给祖国培养了一大批杰出的作家和不朽的优秀作品，使中国的古典文学领域，增添了戏剧这样一朵重要的美丽鲜花。

元人杂剧，不仅丰富了当时的城市文化生活，给广大观众提供了丰富的精神食粮和受教育的良好机会。并且这些剧本还被此后产生的各个新的剧种所继承、所模仿、所移植，从而广泛而且深入地影响了中国的古典戏剧界。直到五四时代，话剧兴起，剧坛的面貌才发生根本的变化；但元曲的影响，还是依然在许多古典戏剧中发挥作用。由于元曲的这种影响作用是间接的、曲折的，所以很容易被一般人所忽视。

但是，剧曲的这种影响，是与散曲的蓬勃发展密不可分的，或者说首先是因为有了散曲的发展，才给剧曲的成长壮大提供了条件，这是因为：

长期以来，我国的讲唱文学，习惯上都是以韵文、以诗歌为载体、为工具，而不习惯于使用白话口语。但是，当其内容发展为述说和讲唱复杂情节和长篇故事时，传统的诗、词就不够用也不合用了。因为它们格律太难，语言太雅，很难用它来表述戏剧的复杂内容。如果不是当时产生了为广大群众所喜闻乐见的"散曲"，很难想象元杂剧会如同雨后春笋，一时广泛流行于大江南北。因此可以毫不夸张地说，元人杂剧是在散曲的基础上产生出来的。

其次，或者就散曲来说，更主要的影响是，元人散曲提供了一种新的诗歌体裁。它语言清新，格式灵活，内容接近广大人民生活，给中国无比丰富的诗歌园圃里，增添了一朵异军突起、平易近人而又逗人喜爱的鲜花。

再次，如果说中国的旧体诗词，可以给今天的新诗，提供许多取之不尽的营养的话；那么无论是从形式到内容——从灵活多样的格式，通俗清新的语言到丰富多彩的生活内容上说，元曲都会有更多的营养成分可供当代诗人吸取和借鉴。可以说，元散曲是我国新诗人所应该造访的名苑，应该发掘的宝库。

附录一 典型（样板）
近体诗十六首

　　尽量选取合律诗篇，只个别流传甚广篇章含有拗句，并于标题下注明。

一　五绝仄起首句不入韵式

登鹳雀楼　　　　王之涣

白日依山尽，黄河入海流。欲穷千里目，更上一层楼。

　　五绝采用此种格式的诗最多，所以有的论者认为它是正宗模式。与此诗属同一格式的名篇尚有：宋之问《渡汉江》，王维《相思》，李白《秋浦歌》（第十四、十五）、《独坐敬亭山》，杜甫《八阵图》，储光羲《江南曲》（其三），白居易《问刘十九》，张祜《宫词二首》（其一，河满子），李益《江南曲》（嫁得瞿塘贾），等等。

二　五绝仄起首句入韵式

春怨　　　　金昌绪

打起黄莺儿，莫教枝上啼。啼时惊妾梦，不得到辽西。

　　黄字拗。属同一格式者尚有：卢纶《塞下曲六首》（其二）、元稹《行宫》、西鄙人《哥舒歌》（北斗七星高）等。

227

三　五绝平起首句不入韵式

山中送别　　　　　　　王维

山中相送罢，日暮掩柴扉。春草明年绿，王孙归不归？

属同一格式者尚有：孟浩然《洛中访袁拾遗不遇》，王维《山中》、《鸟鸣涧》，王维《秋夜喜遇王处士》，李端《听筝》，戴叔伦《题三闾大夫庙》等。

四　五绝平起首句入韵式

汾上惊秋　　　　　　　苏颋

北风吹白云，万里渡河汾。心绪逢摇落，秋声不可闻。

采用此种格式的人比较少。属同一格式者尚有：王绩《初春》，李白《静夜思》，第二、三句拗，李益《鹧鸪词》等。

五　五律仄起首句不入韵式

旅夜抒怀　　　　　　　杜甫

细草微风岸，危樯独夜舟。星垂平野阔，月涌大江流。名岂文章著，官应老病休。飘飘何所似？天地一沙鸥。

属同一格式者尚有：骆宾王《在狱闻蝉》，王维《汉江临泛》，李白《渡荆门送别》，第七句拗，《塞下曲六首》（其一）、《送友人入蜀》，杜甫《春望》、《春夜喜雨》，王湾《次北固山下》，苏味道《五月十五日夜》，钱起《送僧归日本》，李隆基《经鲁祭孔子而叹之》等。

六　五律仄起首句入韵式

终南山　　　　　　　王维

太乙近天都，连山接海隅。白云回望合，青霭入看无。分野中峰变，阴晴众壑殊。欲投人处宿，隔水问樵夫。

属于同一格式者尚有：杜审言《和晋陵陆丞早春游望》，杨炯《从军行》，第七句拗，王维《观猎》，第七句拗，杜甫《月夜忆舍弟》。

七　五律平起首句不入韵式

喜见外弟又言别　　　　李益

十年离乱后，长大一相逢。问姓惊初见，称名忆旧容。别来沧海事，语罢暮天钟。明日巴陵道，秋山又几重。

属于同一格式者尚有：沈佺期《夜宿七盘岭》，王绩《野望》，陈子昂《送魏大从军》，王维《山居秋暝》，孟浩然《过故人庄》，第五句拗，杜甫《琴台》、《倦夜》、《斗鸡》等。

八　五律平起首句入韵式

使至塞上　　　　王维

单车欲问边，属国过居延。征蓬出汉塞，归雁入胡天。大漠孤烟直，长河落日圆。萧关逢候骑，都护在燕然。

属于同一格式者尚有：张籍《没番故人》，李商隐《晚晴》、《风雨》等。

九　七绝平起首句不入韵

闺意上张水部第三句拗　朱庆余

洞房昨夜停红烛，待晓堂前拜舅姑。妆罢低声问夫婿：画眉深浅入时无？

属于同一格式者尚有：杜甫《江南逢李龟年》，杜牧《过勤政楼》，郑畋《马嵬坡》等。

十　七绝平起首句入韵式

初春小雨　　　　　韩愈

天街小雨润如酥，草色遥看近却无。最是一年春好处，胜过烟柳满皇都。

属于同一格式者尚有：王之涣《凉州词》，第三句拗，王昌龄《闺怨》、《西宫春怨》、《出塞二首》（其一），王翰《凉州词》，李白《早发白帝城》、《清平调》（其二、其三）、《望天门山》，韦应物《滁州西涧》，张籍《秋思》、崔护《题都城南庄》，李商隐《瑶池》，杜牧《泊秦淮》、《过华清宫绝句三首》（其一、其二）、《赠别二首》（其二）等。

十一　七绝仄起首句不入韵式

九月九日忆山东兄弟　　　王维

独在异乡为异客，每逢佳节倍思亲。遥知兄弟登高处，遍插茱萸少一人。

属于同一格式者尚有：杜甫《绝句四首》（其三，两个黄鹂鸣翠柳），《戏为六绝句》（其三，纵使卢王操翰墨），李益《夜上受降城闻笛》，元稹《酬乐天频梦微之》，杨敬之《赠项斯》，杜牧《念昔游三首》（其一、其三），高蟾《金陵晚望》，杜荀鹤《小松》等。

十二　七绝仄起首句入韵式

枫桥夜泊　　　　　张继

月落乌啼霜满天，江枫渔火对愁眠。姑苏城外寒山寺，夜半钟声到客船。

属于同一格式者尚有：贺知章《回乡偶书二首》（其一），王昌龄《从军行》（其一、其四、其五）、《采莲曲》（其二），李白《清平调》（其一）、《望庐山瀑布》，杜甫《江畔独步寻花七绝句》（其六）、《戏为六绝句》（其一、其五、其六），白居易《暮江吟》、《夜筝》、《醉后》、《后宫词》，张祜《集灵台》（其二），柳宗元《重别梦得》，刘禹锡《乌衣巷》、《游玄都观二首》，李商隐《夜雨寄北》、《嫦娥》、《为有》，杜牧《山行》、《赤壁》、《题乌江亭》、《江南春绝句》，韦庄《台城》等。

十三　七律平起首句不入韵式

遣悲怀三首其一　　　　元稹

谢公最小偏怜女，自嫁黔娄百事乖。顾我无衣搜荩箧，泥他沽酒拔金钗。野蔬充膳甘长藿，落叶添薪仰古槐。而今俸钱过十万，与君营奠复营斋。

属于同一格式者尚有：崔颢《黄鹤楼》，第三句拗，杜甫《客至》，刘禹锡《酬乐天扬州初逢席上见赠》，白居易《与梦得沽酒闲饮且约后期》，韦应物《寄李儋、元锡》等。

十四　七律平起首句入韵式

咏怀古迹其三　　　　杜甫

群山万壑赴荆门，生长明妃尚有村。一去紫台连朔漠，独留青冢向黄昏。画图怎识春风面，环珮空归月夜魂。千载琵琶作胡语，分明怨恨曲中论。

属于同一格式者尚有：沈佺期《独不见》，崔颢《行经华阴》，李白《登金陵凤凰台》，杜甫《江村》、《秋兴八首》（其三、五、六、七、八）、《又呈吴郎》、《小寒食舟中作》，韩愈《左迁至蓝关示侄孙湘》，李益《过五原胡儿饮马泉》，卢纶《晚次鄂州》，白居易《钱塘湖春行》、《放言五首》（其三）、《江楼月》，刘禹锡《西塞山怀古》，李商隐《隋宫》、《流莺》、《无题二首》（其二），秦韬玉《贫女》等。

十五　七律仄起首句不入韵式

闻官军收河南河北　　　杜甫

　　剑外忽传收蓟北，初闻涕泪满衣裳。却看妻子愁何在？漫卷诗书喜欲狂。白日放歌须纵酒，青春作伴好还乡。即从巴峡穿巫峡，便下襄阳向洛阳。

　　属于同一格式者尚有：王维《奉和圣制〈从蓬莱向兴庆阁道中留春雨中春望〉之作应制》，杜甫《阁夜》、《咏怀古迹五首》（其五），元稹《遣悲怀三首》（其二），刘禹锡《再授连州至衡阳酬柳柳州赠别》，杜牧《河湟》，韩偓《惜花》，崔珏《哭李商隐二首》（其二）等。

十六　七律仄起首句入韵式

锦瑟　　　李商隐

　　锦瑟无端五十弦，一弦一柱想华年。庄生晓梦迷蝴蝶，望帝春心托杜鹃。沧海月明珠有泪，蓝田日暖玉生烟。此情可待成追忆，只是当时已惘然。

　　属于同一格式者尚有：钱起《赠阙下裴舍人》，杜甫《登高》、《蜀相》、《秋兴八首》（其一、其四）、《登楼》、《狂夫》、《白帝》，韩愈《答张十一》，柳宗元《登柳州城楼寄漳汀封连四州刺使》，刘禹锡《西塞山怀古》，白居易《自河南经难寄兄妹》、《筹笔驿》，元稹《遣悲怀》（其三），李商隐《无题》（相见时难别亦难）、《马嵬》（其二），许浑《咸阳城西楼晚眺》，温庭筠《苏武庙》等。

附录二　常见词牌及作品六十阕

　　词牌及其又一体为数众多，在有限篇幅内，取舍很难尽如人意。本附录所选词牌，以使用频率多少为取舍标准，但某些广为传诵的作品，如《声声慢》等，虽填写者不多，也加以选录。此外也兼顾格式的多样性：如收入最短和较长篇幅的词牌《苍梧谣》、《莺啼序》，句式与韵脚特殊的词牌如《忆秦娥》、《调笑令》等。"（宋）词"大多分作两段（上下阕），少数小令不分段，个别长调分三段（三叠），现今仅发现吴文英的一首分四叠。本附录选取了 13 首不分阕的小令，两首三叠、一首四叠的长调，以体现体式的多样性。在具体作品的取舍上，尽量选取文字比较易懂、便于学者模仿习作的篇章；而没有从文学研究角度，顾及流派风格和代表作家作品的分布情况，但也注意尽量选用名家名篇或万树《词律》所载篇目，以作为本附录所取之样板（代表作）。

　　所选词牌中，又一体甚多者，则选录其较常用或较平易者以供参考，而不为《词律》之样板所拘束。

　　词牌先后次序按字数多少排列。

　　所选篇章，其韵脚只用重号线附于字下，而不在其他字下注明"平"、"仄"或"可平仄"等字样；因为按照本书第五章的说法，"词"的语言大都是"律化句"，即五、七言律句的剪裁与拼合、缩短和延长，除个别词句经注明"宜拗"者外，习作者自不难从样板作品中推得其平仄。

　　本附录所选词牌计 60 种，包括其单、双调计共选词凡 68 阕。末尾另附常见词牌 30 个，以供参考。

一 苍梧谣饯刘恭父

又名《十六字令》，不分阕，平韵。

归，十万人家儿样啼：公归去，何日是来时！（张孝祥）

二 南歌子

又名《南柯于》、《春宵曲》，23 字，不分阕，平韵；又一体一，双调 52 字，较常用。

倭坠低梳髻，连娟细扫眉。终日两相思。为君憔悴尽，百花时。（温庭筠）

南歌子（双调）

又名《望秦川》、《风蝶令》，52 字，上下阕，平韵。

凤髻金泥带，龙文玉掌梳；去来窗下笑相扶，爱道"画眉深浅入时无?" 弄笔偎人久，描花试手初；等闲妨了绣工夫，笑问"鸳鸯两字怎生书?"（欧阳修）

三 花非花

26 字，不分阕，仄韵。

花非花，雾非雾；夜半来，天明去。来如春梦不多时，去似朝云无觅处。（白居易）

四 章台柳

27 字，不分阕，仄韵。

章台柳，章台柳，昔日青青（一作"往日依依"）今在否? 纵使长条似旧垂，也应攀折他人手。（韩翃，一作韩翊）

五　渔父

又名渔歌子，27 字，不分阕，平韵；双调 50 字。

　　西塞山前白鹭飞，桃花流水鳜鱼肥。青箬笠，绿蓑衣，斜风细雨不须归。（张志和）

渔歌子（双调）

50 字，上下阕，仄韵。

　　柳如眉，云似发，鲛绡雾縠笼香雪。梦魂惊，钟漏歇，^①窗外晓莺残月。　几多情，无处说，落花飞絮清明节。少年郎，容易别，一去音书断绝。（魏承班）

六　忆江南

又名《望江梅》、《梦江南》、《梦江口》、《江南好》、《春去也》、《谢秋娘》、《归塞北》，27 字，不分阕，平韵；双调 54、59 字，上下阕。

　　多少恨，昨夜梦魂中！还似旧时游上苑，车如流水马如龙，花月正春风。（李煜，原题作《望江南》）

忆江南（双调）

54 字，上下阕，平韵。

　　江南蝶，斜日一双双。身似何郎全傅粉，心如韩寿爱偷香，天赋与轻狂。　微雨后，薄翅腻烟光。才伴游蜂来小院，又随飞絮过东墙，长是为花忙。（欧阳修）

七　南乡子

27 字，不分阕，平韵换仄。又一体二：28、30 字，此选 30 字者；

---

① 这两句如不叶韵时，则作"平仄仄，仄平平"，下阕须与上阕同。

双调 56 字。

乘彩舫，过莲塘，棹歌惊起睡鸳鸯。幼女带香偎伴笑，争窈窕，竞折团荷遮晚照。（李珣）

南乡子（双调）

56 字，上下阕，平韵。

妙手画徽真，水剪双眸点绛唇。疑是昔年窥宋玉，东邻；只露墙头一半身。　　往事已酸辛，谁记当年翠黛颦？尽道有些堪恨处，无情；任是无情也动人。（秦观）

八　浪淘沙

28 字，不分阕，平仄韵均可；双调又名《曲入冥》、《过龙门》、《卖花声》，54 字，较常用，又一体二，平、仄韵。

滩头细草接疏林，恶浪罾船半欲沉。宿鹭眠鸥非旧浦，去年沙嘴是江心。（皇甫松）

浪淘沙（双调）

又名《卖花声》、《曲入冥》、《过龙门》，54 字，上下阕，平仄韵均可。另 52 字又一体别名《浪淘沙令》。

帘外雨潺潺，春意阑珊，罗衾不耐五更寒。梦里不知身是客，一晌贪欢。　　独自莫凭栏，无限江山，别时容易见时难。流水落花春去也，天上人间。（李煜）

九　调笑令

又名《宫中调笑》、《三台令》、《转应曲》，32 字，不分阕，仄平韵互换。本词句式特别，应留意。

杨柳、杨柳，日暮白沙渡口。船头江水茫茫，商人少妇断肠。肠断、肠断，鹧鸪夜飞失伴。（王建）

十 天仙子

原名《万斯年》，34字，不分阕，平仄韵均可。又一体二。

梦觉云屏依旧空，杜鹃声咽隔帘栊。玉郎薄幸去无踪。一日日，恨重重。泪界莲腮两线红。（韦庄）

天仙子（双调）

68字，上下阕，仄韵。

水调数声持酒听，午醉醒来愁未醒。送春春去几时回？临晚镜，伤流景。往事后期空记省。　　沙上并禽池上暝，云破月来花弄影。重重帘幕密遮灯，风不定，人初静，明日落红应满径。（张先）

十一 江城子

又名《江神子》、《水晶帘》，35字，不分阕，平韵。又一体四；双调70字。

竹里风生月上门，理秦筝，对云屏。轻拨朱弦，恐乱马嘶声。含恨含娇独自语：今夜约，太迟生！（和凝）

江城子（双调）

70字，上下阕，平韵，较常用。

十年生死两茫茫，不思量，自难忘。千里孤坟，无处话凄凉。纵使相逢应不识，尘满面，鬓如霜。　　夜来幽梦忽还乡：小轩窗，正梳妆。相顾无言。唯有泪千行。料得年年肠断处，明月夜，短松冈。（苏轼）

十二 长相思

又名《双红豆》、《山渐青》、《吴山青》、《忆多娇》，36字，上下阕，平韵。又一体二：100、103字。

汴水流，泗水流，流到瓜洲古渡头，吴山点点愁。　　思悠悠，恨悠悠，恨到归时方始休，月明人倚楼。（白居易）

十三　相见欢

又名《乌夜啼》、《上西楼》、《西楼子》、《忆真妃》、《秋月夜》、《月上瓜州》，36 字，上下阕，平韵。

无言独上西楼，月如钩。寂寞梧桐深院、锁清秋。　　剪不断，理还乱，是离愁；别是一般滋味、在心头。（李煜）

十四　诉衷情

又名《一丝风》，33 字，不分阕，也可分作上下阕，平仄韵交替。又一体二：33、37 字。双调凡四体，41、44、45 字。此词各家句式及韵脚有差异，《词律》以温庭筠 33 字者为范式，句逗及韵脚紊乱。今改选顾夐 37 字者作为样板。

永夜抛人何处去？绝来音。香阁掩，眉敛，月将沉。争忍不相寻？怨孤衾。换我心、为你心，始知相忆深。（顾夐）

诉衷情（双调）

又名《桃花水》，45 字，上下阕，平韵。又一体四：41、44、45 字。

清晨帘幕卷轻霜，呵手试梅妆。都缘自有离恨，故画作，远山长。　　思往事，惜流光，易成伤。拟歌先敛，欲笑还颦，最断人肠。（欧阳修）

十五　点绛唇

又名《南浦月》、《沙头雨》、《点樱桃》，41 字，上下阕，仄韵。

蹴罢秋千，起来慵整纤纤手。露浓花瘦，薄汗轻衣透。　　见有人来，袜刬金钗溜，和羞走；倚门回首，却把青梅嗅。（李清照）

十六　浣纱溪

纱多作沙，又名《浣溪沙》、《小庭花》，42 字，上下阕，平韵。此词有首句不入韵并用仄脚者。

　　一曲新词酒一<u>杯</u>，去年天气旧亭<u>台</u>，夕阳西下几时回？　　无可奈何花落去，似曾相识燕归<u>来</u>，小园香径独徘<u>徊</u>。（晏殊）

十七　卜算子

又名《百尺楼》，44 字，上下阕，仄韵。又一体六。

　　驿外断桥边，寂寞开无<u>主</u>。已是黄昏独自愁，更着风和<u>雨</u>。

　　无意苦争春，一任群芳<u>妒</u>。零落成泥碾作尘，只有香如<u>故</u>。（陆游）

十八　菩萨蛮

又名《子夜歌》、《重叠金》、《巫山一片云》，44 字，上下阕，平仄韵交替。

　　平林漠漠烟如<u>织</u>，寒山一带伤心<u>碧</u>。暝色入高<u>楼</u>，有人楼上<u>愁</u>。　　玉阶空伫<u>立</u>，宿鸟归飞<u>急</u>。何处是归<u>程</u>？长亭更短<u>亭</u>。（无名氏或作李白）

十九　减字木兰花

44 字，上下阕，平仄韵交替。

　　淮山隐隐，千里云峰千里<u>恨</u>。淮水悠悠，万顷烟波万顷<u>愁</u>。

　　山长水远，遮断行人东望<u>眼</u>。恨旧愁新，有泪无言对晚<u>春</u>。（淮上女）

二十　丑奴儿

又名《罗敷媚》、《罗敷艳歌》，44 字，上下阕，平韵。

　　轻舟短棹西湖好，绿水逶<u>迤</u>，芳草长<u>堤</u>，隐隐笙歌处处<u>随</u>。

无风水面琉璃滑，不觉船移，微动涟漪，惊起沙鸥掠岸飞。（欧阳修，原题作《采桑子》）

二十一　巫山一段云

44 字，上下阕，平韵。又一体 46 字。

　　有客经巫峡，停桡向水湄。楚王曾此梦瑶姬。一梦杳无期。

　　尘暗珠帘卷，香消翠幄垂。西风回首不胜悲，暮雨洒空祠。（李珣）

二十二　谒金门

又名《花自落》、《垂杨碧》、《出塞》，45 字，上下阕，仄韵。

　　风乍起，吹皱一池春水。闲引鸳鸯芳径里，手挼红杏蕊。

斗鸭栏杆独倚，碧玉搔头斜坠；终日望君君不至，举头闻鹊喜。
（冯延巳）

二十三　清平乐

又名《忆萝月》，46 字，上下阕，仄平韵交替。

　　红笺小字，说尽平生意。鸿雁在云鱼在水，惆怅此情难寄。

　　斜阳独倚西楼，遥山恰对窗钩。人面不知何处，绿波依旧东流。
（晏殊）

二十四　喜迁莺

一作《喜迁莺令》，又名《鹤冲天》、《燕归来》。46 字，上下阕，平韵。又一体六：47、103、104 字。

　　文倚马，笔如椽，桂殿早登仙。旧游册府记当年，衮绣合貂蝉。　　庆天申，瞻玉座，鹓鹭正陪班。看君稳步过花砖，归院引金莲。（张元幹）

喜迁莺

又一体，103 字，上下阕，仄韵。

　　游丝纤弱，谩着意绊春，春难凭托。水暖成纹，云晴生影，芳草渐侵裙幄。露添牡丹新艳，风摆秋千闲索。对此景，动高歌一曲，何妨行乐。　　行乐。君听取、莺啭绿窗，也似来相约。粉壁题诗，香街走马，争奈鬓丝输却。梦回昼长无事，聊倚栏杆斜角。翠深处，看悠悠几点，杨花飞落。（蒋捷）

二十五　忆秦娥

又名《秦楼月》、《碧云深》、《双荷叶》、《玉交枝》，46 字，上下阕，仄韵。

　　箫声咽，秦娥梦断秦楼月。秦楼月，年年柳色，灞陵伤别。

　　乐游原上清秋节，咸阳古道音尘绝。音尘绝，西风残照，汉家陵阙。（无名氏或作李白）

二十六　更漏子

46 字，上下阕，平仄韵互换。按下阕首句可以不入韵。又一体四。

　　玉炉香，红烛泪，偏照画堂秋思。眉翠薄，鬓云残，夜长衾枕寒。　　梧桐树，三更雨，不道离情正苦；一叶叶，一声声，空阶滴到明。（温庭筠）

二十七　摊破浣纱溪

又名《山花子》，48 字，上下阕，平韵。

　　菡萏香销翠叶残，西风愁起绿波间。还与韶光共憔悴，不堪看。　　细雨梦回鸡塞远，小楼吹彻玉笙寒。多少泪珠无限恨，倚阑干。（李璟）

二十八　西江月

又名《白萍香》、《步虚词》，50字，上下阕，平韵，每阕末句换同母仄韵。又一体二，50、55。

醉里且贪欢笑，要愁那得功夫！近来始觉古人书，信着全无是处。　　昨夜松边醉倒，问松我醉何如？只疑松动要来扶，以手推松曰"去！"（辛弃疾）

二十九　临江仙

又名《庭院深深》，54字，上下阕，平韵。又一体十三。

忆昔午桥桥上饮，坐中多是豪英。长沟流月去无声。杏花疏影里，吹笛到天明。　　二十余年如一梦，此身虽在堪惊。闲登小阁看新晴，古今多少事，渔唱起三更。（陈与义）

三十　鹧鸪天

又名《思佳客》、《于中好》，55字，上下阕，平韵。这是一首咏桂花的词。

暗淡轻黄体性柔，情疏迹远只香留。何须浅碧深红色？自是花中第一流。　　梅定妒，菊应羞。画栏开处冠中秋。骚人可煞无情思，何事当年不见收？（李清照）

三十一　鹊桥仙

或加"令"字，56字，上下阕，仄韵。又一体一。

纤云弄巧，飞星传恨，银汉迢迢暗度。金风玉露一相逢，便胜却、人间无数。　　柔情似水，佳期如梦，忍顾鹊桥归路！两情若是久长时，又岂在、朝朝暮暮？（秦观）

三十二　玉楼春

又名《木兰花》、《春晓曲》，56字，上下阕，仄韵。又一体四：

52、55、56 字。

　　东城渐觉风光好，縠皱波纹迎客棹。绿杨烟外晓寒轻，红杏枝头春意闹。　　浮生长恨欢娱少，肯爱千金轻一笑？为君持酒劝斜阳，且向花间留晚照。（宋祁）

三十三　虞美人

56 字，上下阕，仄平韵。又一体 58 字。

　　春花秋月何时了，往事知多少？小楼昨夜又东风，故国不堪回首月明中。　　雕栏玉砌应犹在，只是朱颜改。问君能有几多愁？恰似一江春水向东流。（李煜）

三十四　踏莎行郴州旅舍

又名《柳长春》，58 字，上下阕，仄韵。

　　雾失楼台，月迷津渡，桃源望断无寻处。可堪孤馆闭春寒！杜鹃声里斜阳暮。　　驿寄梅花，鱼传尺素，砌成此恨无重数。郴江幸自绕郴山，为谁流下潇湘去？（秦观）

三十五　一剪梅

60 字，《词律》此词作 59 字（"雁字回时月满楼"）。上下阕，平韵。又一体四。

　　红藕香残玉簟秋，轻解罗裳，独上兰舟。云中谁寄锦书来？雁字回时，月满西楼。　　花自飘零水自流。一种相思，两处闲愁。此情无计可消除：才下眉头，却上心头。（李清照）

三十六　唐多令重过武昌

"唐"一作"糖"，又名《南楼令》，59 字，上下阕，平韵。

　　芦叶满汀洲，寒沙带浅流。二十年、重过南楼。柳下系船犹未稳，能几日，又中秋。　　黄鹤断矶头，故人曾到否？旧江山，浑是新愁。欲买桂花同载酒，终不似，少年游。（刘过）

三十七　钗头凤

又名《玉珑璁》、《折红英》，60 字，上下阕，两仄韵，每阕末三字须重叠。又一体一，平仄稍异，别名《清商怨》。

红酥手，黄滕酒，满城春色宫墙柳。东风恶，欢情薄。一怀愁绪，几年离索。错、错、错！　　春如旧，人空瘦。泪痕红浥鲛绡透。桃花落，闲池阁。山盟虽在，锦书难托。莫、莫、莫！（陆游）

三十八　蝶恋花

又名《一箩金》、《黄金缕》、《凤栖梧》、《鹊踏枝》、《卷珠帘》、《鱼水同欢》、《明月生南浦》，60 字，上下阕，仄韵。又一体一。

醉别西楼醒不记，春梦秋云，聚散真容易。斜月半窗还少睡，画屏闲展吴山翠。　　衣上酒痕诗里字，点点行行，总是凄凉意。红烛自怜无好计，夜寒空替人垂泪。（晏幾道）

三十九　渔家傲

62 字，上下阕，仄韵。又一体一，平仄均可。

塞下秋来风景异：衡阳雁去无留意，四面边声连角起，千嶂里，长烟落日孤城闭。　　浊酒一杯家万里，燕然未勒归无计。羌管悠悠霜满地。人不寐，将军白发征夫泪。（范仲淹）

四十　苏幕遮

又名《鬓云松令》，62 字，上下阕，仄韵。

燎沉香，消溽暑，鸟雀呼晴，侵晓窥檐语。叶上初阳干宿雨。水面清圆，一一风荷举。　　故乡遥，何日去？家住吴门，久作长安旅。五月渔郎相忆否？小楫轻舟，梦入芙蓉浦。（周邦彦）

四十一 破阵子

又名《十拍子》，62字，上下阙，平韵。

醉里挑灯看剑，梦回吹角连营。八百里分麾下炙。五十弦翻塞外声。沙场秋点兵。 马作的卢飞快，弓如霹雳弦惊。了却君王天下事，赢得生前身后名。可怜白发生！（辛弃疾）

四十二 青玉案元夕

66字，上下阙，仄韵。又一体六。此词各家韵脚小有出入。

东风夜放花千树，更吹落，星如雨。宝马雕车香满路。凤箫声动，玉壶光转，一夜鱼龙舞。 蛾儿雪柳黄金缕，笑语盈盈暗香去。众里寻他千百度，蓦然回首，那人却在、灯火阑珊处。（辛弃疾）

四十三 祝英台近

或无"近"字，又名《月底修箫谱》，77字，上下阙，仄韵。又一体。

宝钗分，桃叶渡，烟柳暗南浦。怕上层楼，十日九风雨。断肠片片飞红，都无人管；更谁劝，啼莺声住。 鬓边觑，试把花卜归期，才簪又重数。罗帐灯昏，哽咽梦中语：是他春带愁来。春归何处？却不解、带将愁去。（辛弃疾）

四十四 洞仙歌

或加"令"字，又名《羽仙歌》，83字，上下阙，仄韵。

冰肌玉骨，自清凉无汗。水殿风来暗香满，绣帘开、一点明月窥人，人未寝、欹枕钗横鬓乱。 起来携素手，庭户无声，时见疏星渡河汉。试问夜如何？夜已三更，金波淡，玉绳低转。但屈指、西风几时来？又不道、流年暗中偷换。（苏轼）

四十五　鹤冲天

87 字，上下阕，仄韵。请注意此为《鹤冲天》正调，与《喜迁莺》、《春光好》之又名《鹤冲天》者有别。又一体二：84、86 字。

　　黄金榜上，偶失龙头望。明代暂遗贤，如何向？未遂风云变，争不恣狂荡！何须论得丧，才子词人，自是白衣卿相。　　烟花巷陌，依约丹青屏障。幸有意中人、堪寻访。且恁偎红倚翠，风流事，平生畅。青春都一饷，忍把浮名，换了浅斟低唱！（柳永）

四十六　满江红

原名《上江红》，93 字，上下阕，平仄韵均可。又一体五：89—97 字不等。

　　怒发冲冠，凭栏处、潇潇雨歇。抬望眼，仰天长啸，壮怀激烈。三十功名尘与土，八千里路云和月。莫等闲、白了少年头，空悲切。　　靖康耻，犹未雪；臣子恨，何时灭！驾长车，踏破贺兰山缺。壮志饥餐胡虏肉，笑谈渴饮匈奴血。待从头、收拾旧山河，朝天阙。（岳飞）

四十七　满庭芳

又名《满庭霜》、《锁阳台》，95 字，上下阕，平韵。又一体二：93、95 字。此词为南宋被掳妇女投河前绝笔。

　　汉上繁华，江南人物，尚遗宣政风流。绿床朱户，十里烂银钩。一旦刀兵齐举，旌旗拥、百万貔貅。长驱入，歌台舞榭，风卷落花愁！　　清平三百载，典章人物，扫地俱休。幸此身未北，犹客南州。破镜徐郎何在？空惆怅，相见无由！从今后，梦魂千里，夜夜岳阳楼。（徐君宝妻）

四十八　水调歌头

又名《江南好》、《花犯念奴》，95 字，上下阕，平韵。

明月几时有？把酒问青天。不知天上宫阙、今夕是何年？我欲乘风归去，又恐琼楼玉宇，高处不胜寒。起舞弄清影，何似在人间。 转朱阁，低绮户，照无眠。不应有恨，何事常向别时圆？人有悲欢离合，月有阴晴圆缺，此事古难全。但愿人长久，千里共婵娟！（苏轼）

四十九 凤凰台上忆吹箫

95字，上下阕，平韵。又一体二：96、97字。

香冷金猊，被翻红浪，起来慵自梳头。任宝奁尘满，日上帘钩。生怕离怀别苦，多少事，欲说还休。新来瘦，非干病酒，不是悲秋。 休休，这回去也，千万遍阳关，也则难留。念武陵人远，烟锁秦楼。唯有楼前流水，应念我、终日凝眸。凝眸处，从今又添、一段新愁。（李清照）

五十 声声慢

96字，上下阕，平仄韵均可。又一体四：97—99字。

寻寻觅觅，冷冷清清，凄凄惨惨戚戚。乍暖还寒时候，最难将息。三杯两盏淡酒，怎敌他、晚来风急。雁过也，正伤心，却是旧时相识。 满地黄花堆积，憔悴损，如今有谁堪摘？守着窗儿、独自怎生得黑！梧桐更兼细雨，到黄昏，点点滴滴。这次第，怎一个愁字了得！（李清照）

五十一 扬州慢

98字，上下阕，平韵。

淮左名都，竹西佳处，解鞍少驻初程。过春风十里，尽荠麦青青。自胡马窥江去后，废池乔木，犹厌言兵。渐黄昏、清角吹寒，都在空城。 杜郎俊赏，算如今重到须惊。纵豆蔻词工，青楼梦好，难赋深情。二十四桥仍在，波心荡、冷月无声。念桥边红药，年年知为谁生！（姜夔）

五十二　念奴娇赤壁怀古

又名《湘月》、《百字令》、《百字谣》、《淮甸春》、《壶中天》、《无俗念》、《酹江月》、《大江东去》、《大江西上曲》，100 字，上下阕，平仄韵均可。又一体二。

大江东去，浪淘尽、千古风流人<u>物</u>。故垒西边，人道是、三国周郎赤壁。乱石穿空，惊涛拍岸，卷起千堆<u>雪</u>。江山如画，一时多少豪<u>杰</u>！　　遥想公瑾当年，小乔初嫁了，雄姿英<u>发</u>，羽扇纶巾，谈笑间，樯橹灰飞烟<u>灭</u>。故国神游，多情应笑我、早生华<u>发</u>，人生如梦，一樽还酹江<u>月</u>。（苏轼）

五十三　水龙吟

又名《龙吟曲》、《庄椿岁》、《小楼连苑》、《海天阔处》，102 字，上下阕，仄韵。又一体二。此词各家顿逗有时稍异。所选是一首咏杨花的词。

燕忙莺懒芳残，正堤上，柳花飘<u>坠</u>。轻飞乱舞，点画青林，全无才<u>思</u>。闲趁游丝，静临深院，日长门<u>闭</u>。傍珠帘散漫，垂垂欲<u>下</u>；依前被风扶起。　　兰帐玉人睡觉，怪春衣、雪沾琼<u>缀</u>。绣床渐满，香球无数，才圆却<u>碎</u>。时见蜂儿，仰沾轻粉，鱼吞池<u>水</u>。望章台路杳，金鞍游荡，有盈盈<u>泪</u>。（章质夫）

五十四　雨霖铃

102 字，上下阕，仄韵。

寒蝉凄切，对长亭晚、骤雨初<u>歇</u>。都门帐饮无绪。留恋处，兰舟催<u>发</u>。执手相看泪眼，竟无语凝<u>噎</u>。念去去、千里烟波，暮霭沉沉楚天<u>阔</u>。　　多情自古伤离别，更那堪、冷落清秋<u>节</u>！今宵酒醒何处？杨柳岸，晓风残<u>月</u>。此去经年，应是良辰好景虚<u>设</u>。便纵有、千种风情，更与何人<u>说</u>。（柳永）

五十五 西河金陵怀古

又名《西湖》，105 字，三叠，仄韵。又一体二，104 字。

　　佳丽地，南朝盛事谁记？山围故国绕清江，髻鬟对起。怒涛寂寞打孤城，风樯遥渡天际。　　断崖树，犹倒倚，莫愁艇子曾系。空余旧迹，郁苍苍、雾沉半垒。夜深月过女墙来，伤心东望淮水。

　　酒旗戏鼓甚处市？想依稀、王谢邻里。燕子不知何世，入寻常、巷陌人家，相对如话兴亡，斜阳里。（周邦彦）

五十六 沁园春

又名《寿星明》，114 字，上下阕，平韵。又一体一，105 字。

　　孤鹤归飞，再过辽天，换尽旧人。念累累枯冢，茫茫梦境；王侯蝼蚁，毕竟成尘。载酒园林，寻花巷陌，当日何曾轻负春。流年改，叹围腰带剩，点鬓霜新。　　交亲散落如云，又岂料、而今余此身。幸眼明身健，茶甘饭软。非惟我老，更有人贫。躲尽危机，消残壮志，短艇湖中闲采莼。吾何恨？有渔翁共醉，溪友为邻。（陆游）

五十七 贺新郎

又名《贺新凉》、《乳燕飞》、《金缕衣》、《金缕曲》、《金缕歌》、《风敲竹》、《貂裘换酒》，116 字，上下阕，仄韵。

　　国脉微如缕，问长缨、何时入手，缚将戎主？未必人间无好汉，谁与宽些尺度？试看取、当年韩五。岂有谷城公付授，也不干、曾遇骊山母。谈笑起、两河路。　　少年棋栌曾联句，叹而今，登楼览镜，事机频误。闻说北风吹面急，边上冲梯屡舞。君莫道，投鞭虚语。自古一贤能制难，有金汤、便可无张许。快投笔，莫题柱！（刘克庄）

五十八 摸鱼儿

又名《摸鱼子》、《安庆模》、《买陂塘》、《陂塘柳》，116字，上下阕，仄韵。又一体一，117字。

更能消、几番风雨，匆匆春又归<u>去</u>！惜春常怕花开早，何况落红无<u>数</u>。春且<u>住</u>。见说道、天涯芳草无归<u>路</u>。怨春不<u>语</u>，算只有、殷勤画檐蛛网，尽日惹飞<u>絮</u>。　　长门事，准拟佳期又<u>误</u>。蛾眉曾有人<u>妒</u>。千金纵买相如赋，脉脉此情谁<u>诉</u>？君莫<u>舞</u>。君不见、玉环飞燕皆尘<u>土</u>。闲愁最<u>苦</u>，休去倚危栏，斜阳正在、烟柳断肠<u>处</u>。（辛弃疾）

五十九 兰陵王

130字，三叠，仄韵。

卷珠箔，朝雨轻阴乍<u>阁</u>。栏杆外，烟柳弄晴，芳草侵阶映红<u>药</u>，东风妒花<u>恶</u>，吹落梢头嫩<u>萼</u>。屏山掩，沉水倦熏，中酒心情怕杯<u>勺</u>。　　寻思旧京<u>洛</u>。正年少疏狂，歌笑迷<u>着</u>。障泥油壁催梳<u>掠</u>。曾驰道同载，上林携手，灯夜初过早共<u>约</u>。又争信飘<u>泊</u>？　　寂<u>寞</u>，念行<u>乐</u>。甚粉淡衣襟，音断弦<u>索</u>。琼枝璧月春如<u>昨</u>。怅别后华表，那回双<u>鹤</u>。相思除是、向醉里，暂忘<u>却</u>。（张元幹）

六十 莺啼序

240字，四叠，仄韵。这是迄今所知最长的宋词。

残寒正欺病酒，掩沉香绣<u>户</u>。燕来晚，飞入西城，似说春事迟<u>暮</u>。画船载、清明过却，晴烟冉冉吴宫<u>树</u>。念羁情、游荡随风，化为轻<u>絮</u>。　　十载西湖，傍柳系马，趁娇尘软<u>雾</u>。溯红渐、招入仙溪，锦儿偷寄幽<u>素</u>。倚银屏，春宽梦窄；断红湿、歌纨金<u>缕</u>。暝堤空，轻把斜阳，总还鸥<u>鹭</u>。　　幽兰旋老，杜若还生，水乡尚寄<u>旅</u>。别后访，六桥无信；事往花萎，瘗玉埋香，几番风<u>雨</u>。长波妒盼，遥山羞黛，渔灯分影春江<u>宿</u>。记当时，短楫桃根<u>渡</u>。青楼仿佛，临分败壁题诗，泪墨惨淡尘土。　　危亭望极，草色天涯，叹鬓侵半苎。暗点检：离痕欢唾，尚染鲛绡；蝉凤迷归，破鸾慵舞。殷勤待写，书中长恨；蓝霞辽海沉过雁，漫相思，弹入哀筝柱。伤心千里江南，怨曲重招，断魂在否？（吴文英）

另附常见词牌 30 例

用以下词牌所填写的前人名作，在书肆出售的一般词选本中，大都能够找到。

1. 如梦令：又名《忆仙姿》、《宴桃源》、《比梅》，33 字，不分阕，平仄韵均可。又一体一。

2. 归国谣：一作《归自遥》，34 字。上下阕，仄韵。

3. 何满子："何"一作"河"，36 字，不分阕，平韵。又一体一，双调 74 字。

4. 生查子：40 字，上下阕，仄韵。又一体三。

5. 酒泉子：40 字，上下阕，三换韵。又一体十九，40—52 字。

6. 女冠子：41 字，上下阕，仄换平韵。又一体四，长调107—114。

7. 后庭花：又名《玉树后庭花》，44 字，仄韵。又 一体二，46 字。

8. 好事近：又名《钓船笛》，45 字，上下阕，仄韵。

9. 阮郎归：又名《醉桃源》、《碧桃春》，47 字，上下阕，平韵。

10. 武陵春："陵"一作"林"，48 字，上下阕，平韵。又一体一，49 字。

11. 太常引：49 字，上下阕，平韵。又一体一，50 字。

12. 少年游：又名《小栏杆》，50 字，上下阕，平韵。又一体十。

13. 梁州令："梁"一作"凉"，50 字，上下阕，仄韵。又一体一，长调 105 字。

14. 醉花阴：52 字，上下阕，仄韵。

15. 青门引：52 字，上下阕，仄韵。

16. 木兰花：52 字，上下阕，仄韵。又一体四，54—56 字。

17. 小重山：58 字，上下阕，平韵。又一体一。

18. **定风波**：62 字，上下阕，平仄韵，韵脚比较特别，应留意。又一体五。

19. **行香子**：64 字，上下阕，平韵。又一体五。

20. **风入松**：72 字，上下阕，平韵。又一体二，66、68 字。

21. **千年调**：75 字，上下阕，仄韵。

22. **早梅芳**：又名《早梅方近》，80 字，上下阕，仄韵。又一体一。

23. **六幺令**：又名《绿腰令》、《录要令》、《乐世令》，94 字，上下阕，仄韵。

24. **八声甘州**：95 字，上下阕，平韵。又一体二。

25. **石州慢**：又名《石州引》、《柳色黄》，102 字，上下阕，仄韵。

26. **南浦**：102 字，上下阕，平韵。又一体一。

27. **瑞鹤仙**：102 字，上下阕，仄韵。又一体三。

28. **永遇乐**：又名《消息》，104 字，上下阕，仄韵。又一体一。

29. **多丽**：又名《绿头鸭》，139 字，上下阕，平韵。又一体二。

30. **六州歌头**：141 字，上下阕，平韵。又一体二。

附录三　常见曲牌及作品五十只

　　从写作规律着眼，元曲的难点就在于弄清楚每个曲牌的定格，即句读和字数，否则就只能跟着你所选择的样板"依样画葫芦"，从而失去创作的主动权。遗憾的是一般的元曲版本，都没有在这上面下工夫。这里一共选取曲牌及作品 50 例，由于带过曲及套数每例包含两个以上的"只曲"，所以实际上有曲牌 62 个。正文与衬词用不同型号字体排印。每个曲牌定格的句读和字数，都系编者通过同一曲牌的多种作品加以对比归纳而来，不一定准确。在句读与字数方面，也可能还有其他的划分方法，这里只不过是提供某种可能的格式作参考而已。

　　此附录所选曲子中，即使句读和字数无误，但衬词与正文的区分，也不一定完全合适；因为有些句子在离析衬词与正文时，可以有不同的分析法，即令作者本人，也可能在写作时并未仔细加以推敲和区分。

　　由于本附录目的在提供习作的样板，所以选材时力求选取正文与衬词可以明显区分的作品（如果此作品带有衬词的话），而主要不是从作家和作品的代表性着眼。谨请读者原谅。

　　今人作曲完全是写作一种有特殊传统的格律诗，本已与曲牌的宫调并无关系；但是本附录仍按传统习惯将宫调标出。

　　附录中作品的先后次序，也跟宋词一样，按字数多少排列，但是由于衬词的离析方法不一定准确，这里的字数统计，也只是仅供参考而已。本附录也跟宋词一样，将韵脚字下画重号线，以便识别。

一 越调·凭栏人

寄征衣　　　　　姚燧

欲寄君衣君不还，不寄君衣君又寒。寄与不寄间，妾身千万难。

二 中吕·醉高歌

姚燧

荣枯枕上三更，傀儡场中四病。人生幻化如泡影，几个临危自省！

三 越调·天净沙①

秋思　　　　马致远

枯藤老树昏鸦，小桥流水人家，古道西风瘦马。夕阳西下，断肠人在天涯。

四 双调·落梅风

马致远

实心儿待，休做谎话儿猜，不信道为伊曾害。害时节有谁曾见来？瞒不过、主身腰带。

五 双调·胡十八

叹世　　　　张养浩

正妙年，不觉的老来到。思往事，似昨朝。好光阴流水不相饶。都不如醉了，睡着。任金乌搬兴废，我只推不知道。

---

① 这一曲牌一般都不使用衬词。

六 南吕·四块玉

马嵬坡　　　　　马致远

睡海棠，春将晚，恨不得明皇掌中看。霓裳便是中原患。不因这玉环，引起那禄山，怎知蜀道难！

七 正宫·双鸳鸯

柳圈辞　　　　　王恽

暖烟飘，绿杨桥，旋结柔圈折细条。都把春发闲懊恼，碧波深处一时抛。

八 中吕·迎仙客

湖上　　　　　张可久

镜出匣，玉无瑕，春风画图十万家。吃剌剌辗香车，慢腾腾骑骏马，一片飞花，减动西风价。

九 中吕·喜春来

伯颜

金鱼玉带罗襕扣，皂盖朱幡列五侯，山河判断在俺笔头。得意秋、分破帝王忧。

十 双调·沉醉东风

自悟　　　　　马谦斋

取富贵青蝇竞血，进功名白蚁争穴。虎狼丛甚日休？是非海何时彻？人我场慢争优劣。免使旁人做话说。咫尺韶华去也。

十一 双调·清江引

贯云石

竞功名有如车下坡，惊险谁参破？昨日玉堂臣，今日遭残祸。

争如我，避风波走在安乐窝。

十二　双调·拨不断

大鱼　　　　　王和卿

胜神鳌，夯风涛，脊梁上轻负着蓬莱岛。万里夕阳锦背高。翻身犹恨东洋小。太公怎钓？

十三　南吕·金字经

宿邯郸驿　　　　　卢挚

梦中邯郸道，又来走这遭。须不是山人索价高，时自嘲，功名无处逃。谁惊觉，晓霜侵鬓毛。

十四　黄钟·节节高

题洞庭鹿角庙　　　　　卢挚

雨晴云散，满江明月。风微浪细，扁舟一叶。半夜心，三更梦，万里别。梦倚篷窗睡些。

十五　双调·潘妃曲

商挺

带月披星担惊怕，久立纱窗下，等候他。蓦听得门外地皮儿踏，则道是冤家，原来风动荼蘼架。

十六　双调·庆东原

张养浩

海来阔风波内，山样高尘土中，整作了三个十年梦。被黄花数丛，白云几峰，惊觉了周公梦。辞却凤凰池，跳出醯鸡瓮。

十七　中吕·红绣鞋

警世　　　　张养浩

才上马齐声儿喝道，只这的便是送了人的根苗。直引到深坑里恰心焦。祸来也何处躲？天怒也怎生饶？把旧来时威风不见了。

十八　中吕·卖花声

客况　　　　张可久

登楼北望思王粲，高卧东山忆谢安，闷来长铗为谁弹？当年射虎，将军何在，冷凄凄霸陵古岸。

十九　中吕·上小楼

自适　　　　王爱山

开的眼便是山，挪动脚便是水。绿水青山，翠壁丹崖，可作屏帏。乐心神，净耳目，抽身隐退，养平生浩然之气。

二十　仙吕·寄生草

饮　　　　白朴①

常醉后方何碍，不醉时有甚思？糟腌两个功名字，醅淹千古兴亡事，曲埋万丈霓虹志，不达时皆笑屈原非，但知音尽说陶潜是。

二十一　双调·大德歌

秋　　　　关汉卿

风飘飘，雨潇潇，便做陈抟睡不着。懊恼伤怀抱，扑簌簌泪点抛。秋蝉儿噪罢寒蛩儿叫，淅零零细雨打芭蕉。

---

① 一说作者为范康。

二十二　仙吕·醉中天

咏大蝴蝶　　　　　　王和卿

弹破庄周梦，两翅驾东风。三百座名园一采一个空。难道风流种，吓煞寻芳的蜜蜂。轻轻的飞动，把卖花人扇过桥东。

二十三　正宫·叨叨令

自叹　　　　　　周文质

筑墙的曾入高宗梦，钓鱼的也应飞熊梦，受贫的是个凄凉梦，做官的是个荣华梦。笑煞人也末哥，笑煞人也末哥，梦中又说人间梦。

二十四　双调·碧玉箫

关汉卿

膝上横琴，哀愁动离情。指下风声。潇洒弄清声。琐窗前月色明。雕栏外夜气清。指法轻，助起骚人兴。听，正漏断人初静。

二十五　越调·小桃红

杨果

满城烟水月微茫，人倚兰舟唱。常记相逢若耶上。隔三湘，碧天望断空惆怅。美人笑道：莲花相似，情短藕丝长。

二十六　中吕·山坡羊

潼关怀古　　　　　　张养浩

峰峦如聚，波涛如怒，山河表里潼关路。望西都，意踌躇，伤心秦汉经行处，宫阙万间都作了土。兴，百姓苦；亡，百姓苦。

二十七　仙吕·锦橙梅

张可久

红馥馥的脸衬霞，黑髭髭的鬟堆鸦。料应他必是个中年人，打扮的堪描画。颤巍巍的插着翠花，宽绰绰的穿着轻纱。兀的不风韵煞人也嗟。是谁家？我不住了偷眼儿抹。

二十八　正宫·塞鸿秋

代人作　　　　　贯云石

战西风遥天几点宾鸿至，感起我南朝千古伤心事。展花笺欲写几句知心事，空教我停霜毫半晌无才思。往常得兴时，一扫无瑕疵。今日个病恹恹刚写下两个相思字。

二十九　中吕·朝天子

志感　　　　　无名氏

不读书有权，不识字有钱，不晓事倒有人夸赞。老天只恁忒心偏，贤和愚无分辨。折挫英雄，消磨良善。越聪明越命蹇。志高如鲁连，德过如闵骞，依本分只落的人轻贱。

三十　双调·殿前欢

村居　　　　　张养浩

会寻思，过中年便赋去来词。为甚等闲不肯来城市？只怕俗却新诗。对着这落花村，流水堤，柴门闭，① 柳外山横翠。便有些斜风细雨，也进不得这蒲笠蓑衣。

---

① 第五、六、七三句，有的作者写作两个五字句，即作"对着这落花村，流水堤柴门闭"。供参考。

三十一　中吕·普天乐

平沙落雁　　　　　鲜于必仁

稻粱收，菰蒲秀，山光凝紫，江影涵秋。潮平远水宽，天阔孤帆瘦。雁落寒惊埋云岫。下长空、飞满沧州。西风渡头，斜阳岸口，不尽诗愁。

三十二　双调·祆神急

无名氏

珠帘闲玉钩，宝篆冷金兽。银筝锦瑟，生疏了弦上手。恩情如纸叶薄，人比花枝瘦。雕鞍去，眉黛愁，数归期三月三，不觉又过了中秋。

三十三　双调·水仙子

咏雪　　　　　乔吉

冷无香柳絮扑将来。冻成片梨花拂不开。大灰泥漫了三千界。银棱了东大海，探梅的心噤难挨。面瓮儿里袁安舍，盐堆儿里党尉宅，粉缸儿里舞榭歌台。

三十四　正宫·醉太平

钟嗣成

风流贫最好，村沙富难交。拾灰泥补砌了旧砖窑。开一个教乞儿市学，裹一顶半新不旧乌纱帽。穿一领半长不短黄麻罩，系一条半联不断皂环绦。做一个穷风月训导。

三十五　黄钟·人月圆

马嵬效吴彦高　　　　　李齐贤

五云绣岭明珠殿，飞燕倚新妆。小鞏中有，渔阳胡马，惊破霓裳。海棠正好，东风无赖，狼籍春光。明眸皓齿，如今何在？空断人肠！

三十六　中吕·满庭芳

误国贼秦桧　　　　周德清

官居极品，欺天误主，贱土轻民。把一场和议为公论。妨害功臣，通贼虏怀奸诳君。那些儿立朝堂仗义依仁？英雄恨，使飞云幸存，那里有南北二朝分！

三十七　双调·折桂令

西陵送别　　　　张可久

画船儿载不起离愁，人到西楼，恨满东州。懒上归鞍，慵开泪眼，怕倚层楼。春去春来，管送别依依岸柳；潮生潮落，会忘机泛泛沙鸥。烟水悠悠，有句相酬，无计相留。

三十八　仙吕·解三酲

真氏

奴本是明珠擎掌，怎生的流落平康？对人前乔做作娇模样，背地里泪千行。三春南国怜飘荡，一事东风没主张，添悲怆。那里有珍珠十斛，来赎云娘！

三十九　正宫·黑漆弩

农妇渴雨　　　　冯子振

年年牛背扶犁住，近日最懊恼煞农夫。稻苗肥、恰待抽花，渴煞青天雷雨。【幺】恨残霞不近人情，截断玉虹南去。望人间三尺甘霖，看一片闲云起处。

四十　双调·秋江送

无名氏

财和气，酒共色，四般儿狠利害。成与败，兴又衰，断送得名利人两鬓白。将名缰自解，利锁顿开。不索置田宅，何须趱金帛？

则不如打稽首疾忙归去<u>来</u>。人老了也，少不的北邙山下丘土里<u>埋</u>。

四十一　越调·寨儿令

鉴湖上寻梅　　　　　张可久

贺监宅，放翁斋，梅花老夫亲自<u>栽</u>。路近蓬<u>莱</u>，地远尘<u>埃</u>，清事恼幽<u>怀</u>。雪模糊小树莓<u>苔</u>，月朦胧近水楼<u>台</u>。竹篱边沽酒去，驴背上载诗<u>来</u>。<u>猜</u>，昨夜一枝<u>开</u>。

四十二　正宫·小梁州

春　　　　　　贯云石

春风花草满园<u>香</u>，马系在垂<u>杨</u>。桃红柳绿映池<u>塘</u>。堪游<u>赏</u>，沙暖睡鸳<u>鸯</u>。【幺】宜晴宜雨宜阴阳，比西施淡抹浓妆。玉女<u>弹</u>，佳人<u>唱</u>，湖山塘<u>上</u>，直吃醉何<u>妨</u>。

四十三　黄钟·昼夜乐

春　　　　　　赵显宏

游赏园林酒半<u>酣</u>，停<u>骖</u>，停骖看、山市晴<u>岚</u>。飞白雪杨花乱<u>糁</u>。爱东君绕地将诗<u>探</u>。听花间紫燕呢<u>喃</u>。景物<u>堪</u>、当了春<u>衫</u>，当了春<u>衫</u>！醉倒也应无<u>憾</u>。（下有幺篇换头）

四十四　南吕·玉交枝

失题　　　　　　乔吉

溪山一<u>派</u>，接松径寒云绿<u>苔</u>。萧萧五柳疏篱<u>寨</u>。撒金钱菊正<u>开</u>。先生拂袖归去<u>来</u>，将军战马今何<u>在</u>？急跳出风波大海，作个烟霞逸<u>客</u>。翠竹斋，薜荔<u>阶</u>，强似五侯<u>宅</u>。这一条青穗绦、傲煞你黄金<u>带</u>。再不着父母忧，再不还儿孙<u>债</u>。险也啊，拜将<u>台</u>。

四十五　中吕·雁儿落过①得胜令

叹世　　　　　　吴西逸

【雁儿落】春花闻杜鹃，秋月看归雁。人情薄似云，风景急如箭。

【得胜令】留下卖花钱，趱入种桑园。茅苫三间厦，秋肥数顷田。床边，放一册冷淡渊明传；窗前，钞几联清新杜甫篇。

四十六　中吕·齐天乐带红衫儿

道情（二首录一）　　　张可久

【齐天乐】浮生扰扰红尘，名利君休问。闲人，贫，富贵浮云；乐林泉、远害全身。将军，举鼎拔山，只落得自刎。学范蠡归湖，张翰思莼。田园富子孙，玉帛萦方寸，争如醉里乾坤。

【红衫儿】曾与高人论，不羡元戎印。浣花村，掩柴门，倒大无忧闷。共开樽，细论文。快活清闲道本。

四十七　南吕·骂玉郎过②感皇恩、采茶歌

闺中闻杜鹃　　　曾瑞

【骂玉郎】无情杜鹃闲淘气，头直上，耳根底。声声聒得人心碎。你怎知，我心里，愁无际！

【感皇恩】帘幕低垂，重门深闭。曲栏边，雕檐外，画楼西，把春醒唤起，把晓梦惊回。无明夜，闲聒噪，廝禁持。

【采茶歌】我几曾离、这绣罗帏？没来由劝我不如归。狂客江南正着迷，这声儿好去对俺那人啼。

---

① 以下三首为"带过曲"。"带过曲"一般由两或三个曲子组成。"过"也写作"带"或"兼"，随作者习惯而定。一般只在总标题上写下所用各个"只曲"名称，正文中不再分别写出，也不标出如何分段，读时须仔细琢磨。曲中曲牌名系选者所加，下同。

② 凡带两支曲子的带过曲，其"带"（或"过"、"兼"）字样，一般仅见于被带曲子的首篇之前。又《骂玉郎带感皇恩、采茶歌》这一组合，以定式频繁出现于剧曲与散曲之中，是一组极为常见的带过曲。

四十八　南吕·一枝花①

不伏老　　　　关汉卿

【一枝花】攀出墙朵朵花，折临路枝枝柳。花攀红蕊嫩，柳折翠条柔，浪子风流。凭着我折柳攀花手，直煞得花残柳败休。半生来弄柳招花，一世里眠花宿柳。

【梁州】我是个普天下郎君领袖，盖世界浪子班头。愿朱颜不改常依旧。花中消遣，酒内忘忧。分茶攧竹，打马藏阄。通五音六律滑熟，甚闲愁到我心头？伴的是银筝女、银台前、理银筝、笑倚银屏，伴的是玉天仙、携玉手、并玉肩、同登玉楼。伴的是金钗客、歌金缕、捧金樽、满泛金瓯。你道我老也，暂休。占排场风月功名首，更玲珑、又剔透。我是锦阵花营都帅头。曾玩府游州。

【隔尾】子弟每是个茅草岗、沙土窝初生的兔羔儿，乍向围场上走，我是个经笼罩、受索网、苍翎毛老野鸡，蹅踏的阵马儿熟。经了些窝弓冷箭蜡枪头。不曾落人后。恰不道"人到中年万事休"，我怎肯虚度了春秋！

【尾】② 我是个蒸不烂、煮不熟、锤不扁、炒不爆，响当当一粒铜豌豆，任弟子每谁教你钻入他锄不断、斫不下、解不开、顿不脱，慢腾腾千层锦套头。我玩的是梁园月，饮的是东京酒，赏的是洛阳花，攀的是章台柳。我也会围棋、会蹴鞠、会打围、会插科、会歌舞、会吹弹、会咽作、会吟诗、会双陆。你便是落了我牙、歪了我嘴、瘸了我腿、折了我手，天赐与我这几般儿歹症候，尚兀自不肯休。则除是阎王亲自唤，神鬼自来钩，三魂归地府，七魄丧冥幽，天哪，那其间才不向烟花路儿上走。

---

① 三支以上曲子的组合称为"套曲"或"套数"，在散曲中也称"散套"。散套曲子最少的如《南吕·一枝花》，可以由"一枝花、梁州、尾"三支曲子组成，也可以加入"隔尾"或其他曲子。套曲曲子多的可以长达十个以上，乃至有几十曲者，如刘致的《正宫·端正好》上高监司，后套长达34支曲子。本附录特选一篇较短、两篇中等长度者以为范例。

② "尾"一作"黄钟尾"，其中"我会"的技能项目，各本在字句内容及项目多少上有差异，今从某大学文学史教材。

四十九　双调·夜行船①

秋思　　　　马致远

【夜行船】酒病花愁何日彻？劣冤家省可里随斜。见气顺的心痛，脾和的眼热。休没前尘、外人行言说。

【幺】但有半米儿亏伊天觑者，图个甚意断恩绝。你既不弃旧怜新，休想我等闲心趄。合受这抛撇。

【鸳鸯煞】据他有魂灵宜赛多情社，俺心合受这相思业。牵苦情怀，愁恨浅跌。唱道但得半米儿有担擎底九千纸教天赦。怕有半米儿心别，教不出的房门化做血。

百岁光阴如梦蝶，重回首往事堪嗟。今日春来，明朝花谢，急罚盏夜阑灯灭。

【乔木查】想秦宫汉阙，都作了衰草牛羊野。不恁么渔樵无话说。纵荒坟横断碑，不辨龙蛇。

【庆宣和】投至狐踪与兔穴，多少豪杰！鼎足三分半腰折，知他是魏耶？知他是晋耶？

【落梅风】天教你富，莫太奢。无多时好天良夜。看钱奴硬将心似铁，空辜负锦堂风月。

【风入松】眼前红日又西斜，疾似下坡车。晓来青镜添白雪，上床与鞋履相别。莫笑鸠巢计拙，葫芦提一向装呆。

【拨不断】名利竭，是非绝。红尘不向门前惹。绿树偏宜屋角遮，青山正补墙头缺，竹篱茅舍。

【离亭燕煞】蛩吟一觉才宁贴，鸡鸣万事无休歇。争名利，何年是彻？密匝匝蚁排兵，乱纷纷蜂酿蜜，急攘攘蝇争血。裴公绿野堂，陶令白莲社，爱秋来那些：和露摘黄花，带霜煮紫蟹，煮酒烧红叶。人生有限杯，几个登高节？嘱咐俺顽童记者：便北海探吾来，道东篱醉了也。

---

① 本散套《夜行船》所用"只曲"数目，各家相差甚远。

五十 般涉调·耍孩儿

庄家不识勾栏　　　　杜仁杰

【耍孩儿】风调雨顺民安乐，都不似俺庄家快活。桑蚕五谷十分收，官司无甚差科。当村许下还心愿，来到城中买些纸火。正打街头过，见吊个花绿绿纸榜，不似那答儿闹嚷嚷人多。

【六煞】见一个人手撑着椽做的门，高声的叫"请请"，道"迟来的满了无处停坐"，说道"前截儿院本《调风月》，背后幺末敷演《刘耍和》。"高声叫："赶散易得，难得的妆哈。"

【五煞】要了二百钱放过咱，入得门上个木坡。见层层叠叠团栾坐。抬头觑是个钟楼模样，往下觑却是人旋涡。见几个妇女向台儿上坐。又不是迎神赛社，不住的擂鼓筛锣。

【四煞】一个女孩儿转了几遭，不多时引出一伙。中间里一个央人货：裹着枚皂头巾，顶门上插一管笔，满脸石灰，更着些黑道儿抹。知他待是如何过？浑身上下，则穿领花布直裰。

【三煞】念了会诗共词，说了会赋与歌，无差错。唇天口地无高下，巧语花言记许多。临绝末，道了低头撮脚，爨罢将幺拨。

【二煞】一个装作张太公，他改做小二哥。行行行、说向城中过。见个年少的妇女向帘儿下立。那老子用意铺谋待取做老婆，叫小二哥相说合：但要的豆谷米麦，问什么布绢纱罗。

【一煞】叫太公往前挪不敢往后挪，抬左脚不敢抬右脚。翻来覆去由他一个。太公心下实焦躁，把一个皮棒槌则一下打做两半个。我则道脑袋天灵破，则道兴词告状，划地大笑呵呵。

【尾】则被一胞尿，爆的我没奈何。刚捱刚忍更待看些儿个，枉被这驴颓笑杀我。

附录四 《对韵》十七则*

一 麻

清对浊，美对嘉，吝啬对矜夸。花须对柳眼，屋角对檐牙。宜男草，益母花，秋实对春华。班姬辞帝辇，蔡女泣胡笳。舞榭歌楼千万户，竹篱茅舍两三家。诸葛行军，滚滚轮前挥羽扇；昭君出塞，匆匆马上弄琵琶。

二 波

微对巨，少对多，缥缈对婆娑。蜂媒对蝶使，竹笠对棕蓑。眉淡扫，面微酡，玉液对金波。轻衫裁夏葛，薄袂剪春罗。丽水良金皆人冶，昆山美玉待匠磨。月本卫星，岂有羿妻曾窃药；宿为天体，虚传织女漫投梭。

三 歌

松对竹，藕对荷，及第对登科。冰清对玉润，地利对人和。韩擒虎，荣驾鹅，妙舞对清歌。死虎因官狠，捕蛇为政苛。将相兼行唐李靖，霸王并用汉萧何。门外雪飞，似觉空中飘柳絮；岩边瀑泻，疑为天上落银河。

---

* 韵次以《诗韵新编》为准，古入声字一律作仄声看待。文字大致依照《笠翁对韵》，编者略加改动。文中暗典甚多，为省篇幅不注，希读者注意。

四　皆

窗对户，陛对阶，周正对倾斜。天堂对地狱，短巷对横街。休懊恼，莫容嗟，小子对公爹。仓中皆粟米，院内尽秫秸。顾客男女真拥挤，行人老幼互提携。河北风寒，住户炉边燃炭火；海南日烈，游人树下饮甜椰。

五　支

茶对酒，赋对诗，舞剑对围棋。栽花对种树，落絮对游丝。三头怪，一足夔，虎豹对熊罴。半池红菡萏，一架白荼蘼。几阵秋风能应候，一场春雨正知时。笛韵悠扬，仙乐似从云里降；橹声咿轧，渔舟正向雪中移。

六　儿①

七　齐

河对港，岸对堤，石燕对金鸡。江风对海雾，人事对天机。三碗酒，一围棋，宝贵对希奇。贪泉能止渴，画饼怎充饥！何处寻官清似水，此间有客醉如泥。塞外萧条，辽海岸边风飒飒；江南佳丽，钱塘湖畔柳依依。

八　微

星对月，电对雷，雨打对风吹。乱臣对贼子，青眼对白眉。千头橘，一岭梅，案首对乡魁。秋水同天色，晚霞映日辉。东篱秋菊携筐采，上苑春花击鼓催。醉醒由他，渔夫长歌挥桨去；行藏在

---

① 本辙只有"儿，而，洏，唲；耳，尔，饵，餌，珥，洱，駬。二，贰"等几十个字（《汉语大词典》收 57 字），常用的不过十来个字。故对韵从略。但北方曲艺中几乎任何字都可以"儿化"，于是"儿辙"又变得十分宽阔了。

我，诗人晚稼荷锄归。

九 开

悲对喜，乐对哀，事假对公差。聪明对颖慧，敏捷对痴呆。同砥砺，独徘徊，感物对伤怀。庸愚贪富贵，老病乞形骸。黎庶愚忠真可悯，枭雄诡计实难猜。德似甘霖，弱众一成能振大；谤如洪水，长堤千里竟冲开。

十 模

终对了，始对初，北国对东都。琴棋对纸笔，也者对之乎。尝春笋，食冬菇，甜杏对苦茶。史上流芳士，海边逐臭夫。一片忠贞苏武节，满怀悲愤任安书。整顿乾坤，周室功臣为钓客；调和鼎鼐，商朝宰相是天厨。

十一 鱼

兵对将，马对车，泽国对山区。表扬对奖励，赂贿对苞苴。骑口马，策黔驴，大道对通衢。笼中双戏鸟，釜底一游鱼。西子湖边耸寺庙，滕王阁下扑阎间。人格丢光，无耻曹商甘舐痔；斯文扫地，厚颜丁渭竟摸须。

十二 侯

恩对惠，喜对愁，祈祷对追求。残羹对剩饭，小屋对高楼。驱驷马，泛孤舟，忍耻对含羞。盗钩须丧命，窃国却封侯。横眉冷对千夫指，俯首甘为孺子牛。学究天人，司马服刑修史记；心存褒贬，孔子失意作春秋。

十三 豪（萧）

琴对鼓，釜对瓢，水怪对花妖。秋声对春色，白练对红绡。臣五代，事三朝，斗柄对弓腰。醉客歌金缕，佳人吹玉箫。风定落花闲不扫，霜余残叶湿难烧。千古良师，孔子一生为木铎；百年霸主，钱王万弩射江潮。

十四 汉 (元、删、先、咸、覃)

寒对暑，日对年，碧玉对青钱。青山对碧水，淡雨对轻烟。歌婉转，貌婵娟，石砚对云笺。荒芦栖宿鸟，疏柳叫秋蝉。洗耳恶听天子语，折腰为博小儿怜。校尉驱车，漫游落得穷途哭；谪仙沽酒，豪饮迎来白昼眠。

十五 痕 (真、文、侵)

歌对舞，啸对吟。往古对来今。情长对气短，交浅对言深。谈旧话，访新闻，顾曲对知音。卞和三献玉，杨震四知金。青皇风暖催春草，白帝城高急暮砧。屈子怀君，极浦吟风行泽畔；王郎忆友，扁舟卧雪访山阴。

十六 唐 (江、阳)

台对阁，沼对塘，细雨对朝阳。游人对隐士，老妇对新娘。三寸舌，九回肠，玉液对琼浆。雄文能徙鳄，艳曲可求凰。九日高风惊落帽，暮春曲水喜流觞。作福作威，酷吏逞凶终入瓮；报君报国，忠臣尽节永流芳。

十七 庚 (青、蒸)

形对貌，色对声，久雨对初晴。山云对涧雨，玉磬对银筝。春秋笔，月旦评，犬吠对鸡鸣。子卿流北海，诸葛守空城。三箭三人唐将勇，一琴一鹤赵公清。帝业独兴，人道刘邦能用将；父书空读，谁言赵括善知兵。

十八 东 (冬)

云对雨，夏对冬，仰射对俯冲。谦虚对谨慎，耻辱对光荣。人

似海，马如龙，罚过对酬功。叛徒如粪土，烈士似青松。一将功成
千妇寡，六王国灭九州同。河清海晏，舜帝荣登天子位；兔死狗
烹，韩王屈斩未央宫。

附录五　韵书示例

　　我国旧时韵书，大都按照《平水韵》的106部排列，《平水韵》又是由宋代《广韵》的206部归并通用的韵部而来的。这些韵书都是把同一韵母的字，分为平、上、去、入四部排列。如果将同一韵母的平仄声字归并在一起，实际上只有61部，并且这还是按古代发音分部的。实际上到了元代，同音合并后，只剩下19部了。这19部与今天普通话的韵部是基本一致的。

　　无奈旧有韵书，包括清朝康熙年间的《佩文韵府》，都是拘于旧习，分作106部，已经远不能反映当代的语音水平。然而这些韵书所收集的资料，一般都很丰富，《佩文韵府》尤其充实，可以当做词典使用。鲁迅就曾提到某条某事，是由某人从《佩文韵府》中查到的。所以现今的《辞海》把《佩文韵府》说成是"分韵编排的辞书"，而不说成是"韵书"；但是多种韵书对于写作诗词很有帮助。

　　现以《佩文韵府》为典型，举例介绍如下：

　　《佩文韵府》按照"平上去入"四声分类，平声因为字多，又分作"上平声"、"下平声"两大类。注意：此处"上、下"与"阴、阳"或"一、二"声无关。每类（每韵）将同韵部的平声字集合在一起，先列单字，注明音义，然后将具有相同韵脚的词语，如"河东，辽东，亩尽东，太华东，宿西食东"等，按字数多少排列；字数相同的词语，则按出处，依"经史子集"的次序先后排列。至于各个同韵单字的先后，并无明确排列标准，既非按部首，也不按笔画，显得比较杂乱。估计是编者们按照他们认为的"常用程度"排列的。一般诗韵书，列举同韵词汇时，把韵脚简化为直线"一"或曲线"〵"。例如"河东"写作"河一"，"太华东"写作"太华〵"。现特举《佩文韵府》"一东"（即上平声第一部"东"字韵）中内容较少的第六字"童"字为例，省去其对每个词的注解，横排如下（《佩文韵府》上平声"一东"中"童"字）：

童：徒红切。《说文》：未冠者，本作僮。《礼记》：十五成僮。又独也，言〵子未有室家者也。又十五以下谓之〵子。又姓，汉内史〵仲。又〵恢为不其令。

【韵藻】① 顽〵，狡〵，狂〵，小〵，成〵，宛〵，千〵，终〵，圣〵，龀〵，黄〵，童〵，颜〵，奇〵，孝〵，神〵，青〵，菀〵，还〵，玉〵，游〵，齐〵，海〵，儒〵，巴〵，香〵，牧〵，野〵，村〵，仙〵，楚〵，樵〵，歌〵，儿〵，胥〵，老〵，阿〵。

五尺〵，山不〵，康衢〵，纨绔〵，莱山〵，繁华〵，西岳〵，渭北〵，白玉〵。

【增】彼〵，学〵，结〵，义〵，舞〵，凡〵，银〵，经〵，状〵，才〵，霍〵，紫〵，宫〵，万〵，两〵，幼〵，毫〵，舆〵，浴〵，郊〵，榜〵，钓〵，邮〵，津〵，沛〵，壤〵，娇〵，金〵，新〵，灵〵，乐〵，亭〵，牛〵，泥〵，羽〵，耕〵，橘〵，川〵，绿〵，蛮〵，鸾〵，巷〵，渝〵，山〵，鳞〵，蕘〵，鲛〵，滇〵，菱〵，庆〵，安〵。

佩觿〵，对日〵，陈国〵，竹马〵，任氏〵，化雉〵，好童〵，鸭化〵，一犁〵，襄野〵，杨氏〵，青衣〵，上清〵，神鸡〵，还珠〵，青莲〵，拜玉〵，日中〵，金晨〵，清华〵，扶菰〵，西山〵，桑重〵，十年〵，侍香〵，聚沙〵，桧似〵，自训〵，放鹤〵，吕马〵，张儒〵，崔惠〵。

---

① "韵藻"意即同一韵脚的辞藻。

青真小〵，双角吴〵，二十一〵。

【对语】绛老，黄〵；枫子，橘〵；仙吏，圣〵；老子，终〵；虎子，糜〵；金母，银〵；佚老，还〵；三老，两〵；谈天客，对日〵；丹霞叟，白玉〵；朱鬣马，绿衣〵；左家女，任氏〵；钓鳌客，放鹤〵；条桑女，拾穗〵。

【摘句】发白言犹〵，云心捧玉〵，岂弟到儿〵，仙人识青〵，曼舞压巴〵，欢笑携稚〵，走鼠骇巫〵，地属采芫〵；采药忽遇松间〵，拦街拍手笑儿〵；牛羊分部任儿〵，骑牛吹笛伴村〵；花灯百队走儿〵，仙客丹成老复〵。

《佩文韵府》可以说是集韵书之大成，是一部很有用的工具书，但前已指出，该书缺点错误不少，特别是抄录有时错误和引文不说明出处。请读者使用时注意核对。

附录六　简易参考书目

1. 这里仅列举与诗词曲格律密切有关，而又不难求得的基本书目。至于本书所曾涉及的一般书籍尤其是中国的古代典籍从略。

2. 书目大致按诗、词、曲、音韵的次序排列，但不尽然，因为有些书的内容是综合性的。

3. 凡属 1949 年以前出版的书籍，因情况比较复杂，均不列出版书局名称，而且一般只能在较大的图书馆找到。

王力：《诗词格律十讲》，商务印书馆 2002 年版

王力：《汉语诗律学》，上海教育出版社 2005 年版

启功：《诗文音律论稿》，中华书局 1997 年版

北京人民广播电台文艺部：《中国古代诗歌十二讲》，北京出版社 1983 年版

沙溆东：《沙氏诗词格律 ABCD》等多种，建设部老年大学出版，20 世纪 90 年代

王骊：《汉诗写作浅谈》，北京大学出版社 1992 年版

（清）王士祯：《律诗定体》

（宋）严羽：《沧浪诗话·诗体》

（清）万树：《词律"发凡"》

吴丈蜀：《词学概说》，中华书局 2000 年版

薛砺若：《宋词通论》，开明书店 1937 年版

（宋）欧阳修：《六一诗话》

姜夔：《白石诗说》

（元）傅若金：《诗法正论》

（清）赵执信：《声调谱》

胡云翼：《词学 ABC》

何铭校阅：《元人论曲》

华连圃：《戏曲丛谈》

（明）魏良辅：《曲律》

（明）沈宠绥：《度曲须知》

（明）王骥德《方诸馆曲律》

（清）李玄玉：《北词广正谱》

（清）庄亲王：《九宫大成谱》

（清）康熙敕撰：《钦定曲谱》

王国维：《宋元戏曲史》

王国维：《人间词话》

（元）周德清：《中原音韵》

（明）胡震亨：《唐音癸签》

（元）钟嗣成：《录鬼簿》

任纳：《散曲概论》

（宋）王灼：《碧鸡漫志》

罗常培：《汉语音韵学导论》，中华书局 1956 年版

王力：《汉语音韵》，中华书局 1963 年版

张世禄：《中国声韵学概要》，商务印书馆

李新魁：《中国古音学》

李新魁：《等韵学》，商务印书馆

王易：《词曲史》

（清）舒梦兰：《白香词谱》

《新编诗韵》，上海古籍出版社 1989 年版

各种大型选本（如《唐诗鉴赏辞典》、《宋词鉴赏辞典》）等的前
言、附录、发凡等。

后　记

　　按照我原来的计划，以为只需用很少的篇幅就能够把有关诗、词、曲的基本格律讲清楚。至于升堂入室的窍门，那就只好让读者自己在实践中去琢磨，去体会，去掌握。这样，近体诗的基本格律只需多则阅读第三章第六节第一条的3000多字，少则阅读其中第二条的90字，最少则熟记其基本规律41字就够了。至于（宋）词（元）曲的格律，需要记忆的东西更少。全书总共应该不超过三五万字。没想到在搁笔时，竟用了16万余字之多，还不包括附录。

　　之所以会用了这许多章节，是因为我觉得这本书不是为那些已经具有相当根基，只是在平仄、对仗、句法等方面有时搞不太清楚的人写的。对于他们，只需记住上面所说的几千字乃至几十字就够了。但是，对于根基不够深或者刚刚入门的人来说，仅仅教以一些简单的规律是很不够的，还应该让他们对这些规律，不仅知其然，而且还知其所以然。这就需要懂得一些最基本的美学和诗歌方面的理论，以及语音学特别是平仄方面的知识；并且还应该从诗歌的发展源流来了解这些知识的来龙去脉。为此便不能不加入有关诗论、我国诗歌发展源流以及第三章中有关语言和音韵的基本知识，并同时顺便澄清了社会上在音韵、声调（平仄）等方面某些严重误导青年人的说法。

　　第二章诗歌发展源流的知识，很难免与后面具体谈论近体诗、（宋）词、（元）曲写作规律的第三、五、六章多少有些重复。这是因为谈发展源流时不能不涉及具体诗歌体裁的发展演变情况；而讨论具体诗、词、曲的写作规律时，也不得不扼要涉及它们的发展源流。好在对于已有这方面知识的人，可以略去你认为重复的部分不看。

在本书的写作过程中，笔者曾经尽力收集坊间所先后出版的有关讨论诗词曲格律的书籍。发现有关近体诗的较多，（宋）词次之，介绍（元）曲的几乎没有。我在写作时，尽量收集前人有关研究诗词曲的有用的题目，吸收其有用的内容；但却并没有完全采用他们的说法，而是根据自己长期教学和进修的体会，写出自己的看法。这些看法可能不会得到许多人的同意，而我却自信是言之有据的。信不信由你，但它们却绝对不会是谬种流传的有害之物。虽然是一孔之见，我想多少总有些参考价值。在这种情况下，凡属个人管见，我都使用"按"或"愚按"字样，以免与传统陈说相混。

在探索近体诗的规律时，我加入了自己长期苦苦思索而不能得到妥帖答案的若干问题，即：中国的古、近体诗为什么会不约而同地选中五、七言？三、四、六言以及八、九言都曾经有人试验过，唐人曾写过一些"六言近体诗"，为什么就无法推广？为什么很少有人去效法？近体诗为什么会偏偏选中四句和八句（俗话所谓"四言八句"）而不是其他？我曾感到奇怪，这样的问题为什么就没有人探讨过，因而我也就很难找到参考资料。但我觉得这类问题很有意思，其中也许隐藏着某种规则或道理，所以就不揣冒昧，大胆提出并试探性地做出解释，以作引玉之砖。幼稚之处，尚祈见谅！

关于（宋）词的写作规律，我大胆作了一些破除迷信的工作。也许有人会觉得我把精致高雅的国宝粗俗而且简单化了。不过你倘能把大量同一词调及其多种"又一体"的名家作品排列在一起，细细对比推敲，就会无可争辩地证明（宋）词无论在字数、平仄、顿逗乃至句式上，都并非如某些食古不化者所说的那样，是神圣不可改移的。

关于（元）曲，参考资料实在太少。近几十年的出版物中，几乎找不到探讨其写作规律的书籍。我只好披荆斩棘，上下求索，并将所得，大胆陈述出来。倘有人继之而起，加以补充和纠谬，则正是我所翘首以待的。

书末所列几种附录，相信对于初学的人是有些用处的。特别是所列名家词 60 阕、曲 50 首，可以供学习写作的人作为"词谱"、"曲谱"的参考之用。这样就能够在旅途或繁忙中，一书在手，便可从事习作。虽然不敢相信果真如此，但却代表了我的一点"献曝之忱"。

末了，我在此深深感谢我的挚交老友、北京外国语大学前法语系主任周世勋教授和中文系前系主任何建章教授。周世勋教授虽生平致力于英、法语的教学与研究工作，但对于中国古代文史素养非常深厚。何建章教授是研究《战国策》的知名专家。他们竟肯以耄耋之年，不辞辛劳，替本书从内容布局到语言文字乃至标点符号，都作了细心的审阅和校正，使本书得以减少了许多瑕疵，真是十分难得。至于引证上的疏忽和论述上的错误，当然只能由我自己负责。

2005 年 10 月黄金周于北京芙蓉里之"不言斋"，2008 年 2 月 7 日（阴历元旦）修改定稿。